KB253017

허담 新무협 판타지 소설

고검주산

FANTASTIC ORIENTAL HEROES

고검추산 5

허담 新무협 판타지 소설

초판 1쇄 찍은 날 § 2007년 12월 18일
초판 1쇄 펴낸 날 § 2007년 12월 28일

지은이 § 허담
펴낸이 § 서경석

편집장 § 문혜영
편집책임 § 이재권
편집 § 유경화 · 심재영

펴낸곳 § 도서출판 청어람
등록번호 § 제1081-1-89호
등록일자 § 1999. 5. 31
어람번호 § 제2-1375호

주소 § 경기도 부천시 원미구 심곡1동 350-1 남성B/D 3F (우) 420-011
전화 § 032-656-4452 팩스 § 032-656-4453
http://www.chungeoram.com
E-mail § eoram99@chollian.net

ⓒ 허담, 2007

ISBN 978-89-251-1085-1 04810
ISBN 978-89-251-0913-8 (세트)

※ 파본은 구입하신 서점에서 교환하여 드립니다.
※ 저자와 협의하여 인지를 붙이지 않습니다.
※ 이 책은 도서출판 청어람과 저작자의 계약에 의해 출판된 것이므로,
　무단 전재 및 유포 · 공유를 금합니다.

도서출판 청어람

신검강호

황금선(黃金船) 上

5

히담 新무협 판타지 소설
FANTASTIC ORIENTAL HEROES

孤劍秋血

第一章

소년 청부객

추산이 투덜거리며 개봉성 시가지를 걸어가고 있었다. 그의 손에는 몇 꾸러미의 물건들이 들려 있었다.

"쳇, 이 시간에 심부름이라니. 정말 못해먹겠군."

시간은 깊어 이미 성내 번화가의 상점들도 하나둘 문을 닫고 있었다. 평소의 게으름을 생각하면 추산은 지금쯤 이불 속에 들어 있을 시간이었다. 하지만 요즘 추산의 형편은 그렇게 한가롭지가 않았다. 사저이자 형수인 능천화의 성화가 요즘 들어 특히나 심해졌기 때문이었다. 더군다나 추산으로선 능천화의 요구를 거절할 수 없는 사태가 발생해 있기도 했다.

"추산! 강남에서 건너온 귤이 먹고 싶구나!"

"아니, 이제 겨울이 지난 지 얼마나 되었다고 지금 귤을 찾아요?"

"한번 찾아보기라도 해봐. 혹시 아니, 지난겨울 보관했던 것들 중에 시장에 나온 게 있을지? 만물장(萬物莊)에 한번 가봐. 거긴 아마 있을 거야."

능천화의 말은 옳았다. 개봉성의 고관대작을 상대로 천하의 귀한 상품을 한곳에 모아 장사를 한다는 개봉 제일의 상점 만물장에 가자 정말 신기하게도 한겨울을 이겨낸 귤이 존재하고 있었던 것이다.

"가는 김에 동해에서 건너온 전복도 좀 사 와. 내일 아침에는 전복 요리를 먹고 싶구나."

밤늦게 무불장을 나서는 추산을 향해 능천화가 덧붙인 말이었다. 대부분의 경우 능천화를 골려먹던 추산의 신세가 이렇게 초라하게 변한 것은 한 달 전부터였다.

고검과 추산이 산동 등주 칠웅문에서 돌아온 지 한 달 반쯤이 지났을까. 갑자기 능천화가 전혀 음식을 입에 대지 못하기 시작했다. 하지만 그때까지만 해도 추산은 자신의 신세가 지금처럼 변할 것이라고는 생각지 못했다. 미식가가 부러워할 만큼 좋은 음식을 먹고 살았던 능천화라 무불장의 소박한 음식이 그만 입에 질렸나 보다 그렇게 생각했을 뿐이었다. 그런데 능천화의 맥을 짚어본 왕민의 말 한마디에 모든 상황은 급변했다.

"장주, 축하드립니다. 부인께 태기가 있군요."

그 한마디가 추산을 곤궁한 처지로 몰아넣었다.

"제길, 보통 이런 일은 애 아버지 될 사람이 해야 하는 것 아니야? 그런데 꼭 나에게 심부름을 시키다니……."

임신한 것을 안 이후 능천화는 고검이 곁에 있음에도 불구하고 꼭 추산을 찾아 심부름을 시켰다.

"뱃속의 조카에게 이 정도 일은 해줄 수 있겠지?"

라는 말을 덧붙이면서 말이다. 그렇다고 사형 고검에게 일을 미룰 수도 없었다. 비록 허물없는 사형제간이지만 그 서열의 법도를 무시할 만큼 막돼먹은 추산은 아니었기 때문이다.

그러나 기실 이런 모든 문제를 감안하더라도 도저히 추산이 참을 수 없는 일이 있었다. 그것은 능천화가 사 오라는 음식들, 그것도 하나같이 이른봄에는 도저히 구하기 힘든 이 귀한 음식들의 값을 모두 추산 자신의 돈으로 치러야 한다는 사실이었다.

추산에게 있어 금전은 그저 단순히 부자가 되기 위한 소유물이나 물건을 사는 데 필요한 것 이상의 가치를 지니고 있었다. 그것은 대상(大商)이 되겠다는 그의 꿈을 위해 가장 필요한 준비물이었던 것이다. 그런데 그 소중한, 자신의 꿈을 위해 준비되어야 할 금전이 능천화가 임신을 하면서부터 술술 추산의 주머니에서 흘러나가고 있었다.

"다른 건 몰라도 이건 분명히 해야겠어. 이러다가는 그동안 모아두었던 금자가 아이가 태어날 때쯤이면 모두 사라지고 없을지도 몰라. 사형도 이해할 거야. 최소한 사형은 사저와 달리 분별이 있는 사람이니까 말이야."

추산이 내심 능천화의 가공할 먹거리를 구하는 데 필요한 금자를 고검에게서 받아내기로 결심을 굳히는 순간, 갑자기 불 꺼진 시가지의 한 귀퉁이에서 무엇인가 검은 물체가 불쑥 튀어나와 추산의 앞을 가로막았다.

"뭐야?"

추산이 갑자기 자신의 앞을 가로막은 자를 향해 인상을 구기며 소리쳤다.

"저기요……?"

그러자 그 검은 인영이 겁먹은 목소리로 나직하게 입을 열었다. 순간 추산의 얼굴이 더욱 험상궂게 변했다.

'이건 거지 아니야? 야야, 동냥을 하려면 사람을 잘 골라야지. 이 추산에게 동냥질을 하겠다고?'

추산이 속으로 콧방귀를 뀌며 자신의 앞을 막아선 사람을 살펴봤다.

'더군다나 이제 보니 어린애잖아.'

어둠에 가려 잘 보이지 않았으나 자세히 살펴보니 추산의 앞을 가로막은 사람은 이제 겨우 십오륙 세 정도에 불과한 어린애였다. 입고 있는 옷도 무척 지저분해 정말 제대로 된 거지일지도 모른다는 생각을 하면서 추산이 입을 열었다.

"나 돈 없다. 그러니 동냥을 하려면 다른 곳에 가봐."

그러자 소년의 입에서 예상 밖의 말이 흘러나왔다.

"전 거지가 아니에요!"

소년의 눈에 언뜻 분노가 스치고 지나갔다.

"원 녀석, 아니면 말지 뭘 그렇게 노려보느냐? 그래, 돈을 구걸하려는 게 아니면 왜 내 앞을 막아섰지?"

그러자 소년이 다부진 모습으로 대답했다.

"전 그저 길을 물으려고 한 것뿐이에요."

"엥? 겨우 길을 물으려던 거였다구?"

추산이 조금 허탈한 표정으로 되물었다. 소년의 말이 사실이라면 소년의 행색을 보고 나서 자신의 머릿속에서 맴돌던 생각들은 모두 쓸데없는 것들이었다.

'하여간 난 생각이 너무 많아 탈이라니까!

추산이 내심 허탈함을 느끼며 소년에게 물었다.

"어딜 가는 길인데?"

"혹 무불장(無不莊)이란 곳을 아세요?"

"엥? 무불장?"

조금 허탈해져 있던 추산의 표정이 다시금 진지해졌다.

"무불장에는 왜 가느냐?"

"무불장을 아세요?"

소년은 추산이 무불장을 아는 듯하자 낯빛이 밝아지며 되물었다.

"글쎄. 무불장에는 왜 가냐니까?"

"그건 형님이 알 바 없잖아요?"

"형님? 햐! 요 녀석 보게. 네가 날 언제 봤다고 형님이냐?"

"그럼 아저씨라고 불러 드리죠. 무불장으로 가는 길을 알고 있다면 길 좀 가르쳐 주세요, 아저씨!"

"야, 이제 보니 무척 맹랑한 녀석일세. 나도 제법 버릇없단 말을 듣는 편인데 네 녀석을 당하지는 못하겠는걸?"

그러자 소년의 표정에 조금 귀찮은 기색이 떠올랐다.

"길을 아세요? 모르세요? 전 지금 몹시 바쁘니 길을 모르면 이만 실례할게요. 다른 사람에게 물어봐야겠어요."

그러자 추산이 얼른 손을 저었다.

"아아, 그럴 것 없다. 난 무불장을 가장 잘 아는 사람 중 하나니까. 그러니까 무불장에 가려면 날 따라오너라."

"그냥 길만 알려주시면 돼요. 굳이 안내까지 해주실 필요는……."

"잔말 말고 따라오기나 해라. 뭐, 따라오기 싫으면 다른 사람에게 길을 물어봐서 오던지……."

추산이 퉁명스럽게 말을 내뱉고는 이내 소년을 지나쳐 걸음을 옮기기 시작했다. 소년은 그런 추산을 물끄러미 바라보며 잠시 고민하다 서둘러 추산의 뒤를 따르기 시작했다.

"그런데 무불장에는 왜 가는 것이냐?"

추산이 자신의 뒤로 따라붙은 소년과 한동안 함께 걸음을 옮기다 소년에게 물었다.

"그야 당연히 청부를 하기 위해서죠. 무불장이 강호제일의 청부업체라는 걸 모르시는 건 아니죠?"

소년이 퉁명스럽게 대답했다.

"아, 물론 무불장의 명성이야 이 개봉을 벗어나 강호 전체에 퍼져 있으니 어찌 내가 그걸 모르겠느냐?"

"아저씨도 무림인이에요?"

"그 아저씨란 말 좀 그만 할 수 없겠냐?"

"그럼 뭐라고 불러요?"

"아저씨보단 형님이 낫겠구나."

"변덕이 심하시군요."

"그런 네 녀석은 참 예의가 없구나. 꼬박꼬박 말대답이나 하고 말이다."

그러자 소년이 잠시 말을 끊더니 이내 다시 질문을 던졌다.

"형님도 무림인인가요?"

"왜 내가 무림인일 거라고 생각하느냐?"

소년이 추산의 옆구리에 걸린 검을 가리켰다. 그러자 추산이 그제야 쓸쓸한 미소를 지으며 대답했다.

"그래, 난 무림인이다."

"그럼 무불장에 대해서 잘 알겠네요?"

"조금 안다고 할 수 있지."

그러자 소년의 눈이 반짝거리더니 이내 정색을 하며 물었다.

"정말 소문처럼 무불장의 고수들은 단 한 번의 청부도 실패하지 않았나요?"

"사실이다. 내가 알기로 무불장이 생긴 이래 청부에 실패한 경우는 단 한 번도 없는 것으로 알고 있다."

추산이 악간 서느름을 피우며 대답했다.

"형님은 마치 자신이 무불장의 고수라도 된 듯이 말씀하시는군요."

소년의 말에 추산이 움찔하며 말머리를 돌렸다.

"괜한 말을 하는구나. 그나저나 그래, 무불장에 청부할 일이 뭐냐?"

"그건 알아서 뭐 하시게요?"

"그냥 궁금해서 그런다."

"묻지 마세요. 타인의 일을 함부로 묻는 것은 강호의 도리에 어긋나는 일이지요."

순간 이번에는 추산의 눈이 반짝였다.

"그렇다면 너도 무림의 사람이었더냐?"

"그래요. 행색은 이래도 저도 무림인이지요. 그렇지 않다면 강호제일의 청부업체 무불장을 찾을 이유가 있었겠어요?"

"흐흠, 그렇구나. 무불장에 청부를 넣는 사람들은 거의 모두가 무림인이지. 그나저나 무불장에 청부를 하기 위해서는 막대한 금전이 필요한데 네게 그런 금전이 있느냐?"

추산이 의심스런 눈초리로 소년을 보며 묻자 당돌하던 소년도 이번만큼은 금세 의기소침해졌다.

"저도 그게 걱정이에요."

"금자가 많지 않은가 보구나?"

행색을 보자면 소년의 대답을 듣지 않아도 소년이 무척 곤궁한 처지임을 알 수 있었다. 그러니 무불장에 청부를 넣을 수 있는 백 냥의 금자가 소년의 수중에 있을 리 만무(萬無)였다.

"턱없이 모자랄 거예요."

소년이 한숨을 섞어 대답했다.

"금자가 없다면 어떻게 무불장에 청부를 넣겠다는 것이냐?"

"이가 없으면 잇몸으로라도 해봐야죠. 그리고……."

"뭐 달리 방법이 있느냐?"

"형님께 말할 이야기는 아니에요."

소년이 재빨리 입을 닫았다. 추산이 그런 소년에게 재차 질문을 던지려다 입을 다물었다. 어느새 두 사람은 무불장의 고풍스런 장원에 도착해 있었던 것이다.

"이곳이 무불장이다."

추산이 손으로 무불장을 가리키며 말했다.

"생각보다는 작네요? 강호제일의 청부업체라고 해서 거대할 줄 알았는데."

"그 규모는 작지만 그 안에 들어 있는 사람들은 가히 강호절정의 고수들이라고 할 수 있지. 자, 들어가자."

추산이 말을 내뱉고는 장원의 문을 밀며 안으로 들어갔다. 그러자 소년이 화들짝 놀란 눈으로 추산을 불렀다.

"아니, 형님도 함께 들어가시려고요? 그럴 필요까지는 없는데……."

"어서 들어오기나 해라. 나도 무불장과는 제법 인연이 깊은 사람이니……."

추산이 소년을 향해 싱긋 웃어 보이고는 망설이지 않고 장원 안으로 걸음을 옮겼다. 그러자 소년이 어리둥절한 표정을 짓다가 황급히 추산의 뒤를 따라 무불장 안으로 들어섰다.

"이제 오세요? 요즘 바쁘시네요?"

추산이 장원 안으로 들어서자 정문 앞에 서 있던 추란(秋蘭)이 아는 척을 했다. 추란은 이제 열여덟 살의 처녀였는데 작년부터 무불장에 들어와 허드렛일을 하고 있었다.

"그러게 말이야. 이거 애 아빠가 될 사람이 누군지 모르겠다."

추산이 심술난 어린애처럼 대답하자 추란이 손으로 입을 가리며 웃었다.

"호호, 그렇긴 하지만 그렇다고 장주님이 밖으로 나가서 먹을 것을 사 올 수는 없잖아요? 추 공자님께는 조카가 되실 분이니 당연히 추 공자께서 수고를 하셔야죠."

"흥, 추란 너도 그렇게 생각한단 말이지?"

"아니, 뭐 그렇다는 얘기예요. 얼른 가보세요. 좀 전에도 마님께서 추 공자님이 아직 돌아오시지 않는다고 불평을 하시더라고요. 그럼 전 이만!"

추산이 화난 얼굴로 노려보자 추란이 재빨리 말을 내뱉고는 도망치듯 자리를 벗어났다. 추산이 여전히 화난 표정을 풀지 않고 사라지는 추란을 노려보고 있는데 곁에 서 있던 소년이 떨리는 목소리로 물었다.

"저, 저기요……."

"왜?"

추산이 신경질적으로 돌아보자 소년이 더욱 기죽은 모습으로 겨우 입을 열었다.

"저기… 혀… 형님, 아니, 대협님도 무불장의 고수 분이세요?"

추산은 그제야 소년이 무슨 말을 하는지 깨닫고는 이내 득의한 미소를 지으며 대답했다.

"그래, 나도 이 무불장의 청부사 중 한 명이다. 그런데 대협이라니, 네가 그렇게 부르니 무척 부담스럽구나."

추산의 말에 소년의 얼굴에 낭패한 기색이 깃들었다.

"저기… 죄송해요. 제가 무불장의 대협이신지 모르고 실수를 많이 했습니다. 너그럽게 용서해 주세요."

소년은 정중한 것을 넘어 비굴해 보일 정도로 허리를 숙여 보였다.

"흥, 걱정 마라. 이 추산이 겨우 그 정도 가지고 서운해할 사람은 아니니. 어쨌든 어서 가자. 성질 더러운 사저께서 무척 기다리신다니."

추산이 앞서서 걸음을 옮기자 소년이 가볍게 안도의 한숨을 내쉬며 추산의 뒤를 따랐다.

소년을 대동한 추산의 발걸음은 무불장주 고검의 처소 앞에서 멈춰 섰다. 그때 신경질 가득한 능천화의 말소리가 방 안에서 들려왔다.

"아니, 추산 이 녀석은 왜 이렇게 안 오는 거예요? 설마 강남에 가서 귤을 만들어오는 것노 아닐 테고……."

"만물장까지는 꽤 거리가 있으니 조금 시간이 걸리는 걸 거야. 그러니 조금만 참으라고, 능 매!"

굵으면서도 나직한 고검의 목소리가 연이어 들려왔다.

"어쩌면 이 녀석이 일부러 시간을 끄는지도 몰라요. 절 애태우려고 말이에요."

"설마 사제가 그렇기야 하겠어?"

"흥, 그러고도 남을 녀석이죠."

순간 추산이 더 이상 참지 못하고 큰 소리로 소리를 질렀다.

"여기 그 성질 더럽고 게으른 사제가 왔으니 어서 문이나 열어요!"

그러자 잠시 방 안이 조용해지는가 싶더니 이내 능천화의 목소리가 들려왔다.

"역시 양반은 못 돼! 호랑이도 제 말 하면 온다더니… 어서 들어오렴!"

그러면서 고검과 능천화가 있는 방문이 열렸다. 문 안쪽으로 작은 탁자를 사이에 놓고 마주 앉아 있는 고검과 능천화의 모습이 보였다. 추산이 불만 가득한 표정을 지은 채 성큼성큼 안으로 들어가더니 들고 있던 몇 개의 뭉치를 탁자 위에 올려 놨다.

"자요. 사다 달라는 것, 다 사 왔으니까. 이제 오늘은 더 이상 날 찾지 말아요."

"호호, 어디 보자. 오! 이건 정말 귤이구나. 역시 만물장에는 없는 게 없다니까. 호호호! 가가, 어서 같이 먹어봐요."

능천화가 추산이 사 온 물건들 중에서 얼른 귤 하나를 집어 들고는 재빨리 껍질을 까더니 반쪽을 갈라 고검에게 건네며 말했다.

"능 매나 많이 먹어. 나는 됐으니까."

고검이 가볍게 미소를 지으며 대답하자 능천화가 억지로 고검의 입에 귤을 넣으며 말했다.

"우리 짠돌이 사제가 이번에는 충분히 사 온 것 같으니 사양 말고 드세요. 맛이 정말 달아요."

"흥! 짠돌이라고 하니 말인데요, 사형! 드릴 말씀이 있어요."

추산이 단단히 결심을 굳힌 표정으로 말했다. 그러자 고검이 능천화가 넣어준 귤을 오물거리며 대답했다.

"네가 하고 싶은 말이 뭔지는 모르겠지만 먼저 그가 누군지부터 말해줘야 하지 않겠느냐?"

추산은 고검의 눈이 어느새 문밖의 소년에게로 향해 있다는 것을 알아채고는 아차 하는 표정을 지었다.

"이런 내 정신 좀 보게. 사형, 손님이 한 명 찾아왔어요."

"손님이라니?"

"청부를 맡기겠다고 하네요."

추산이 조금 심드렁한 표정으로 대답했다. 그러자 고검이 자리에서 일어나 천천히 열린 문을 통해 밖으로 나왔다. 그러자 고검의 처소 앞마당에 서 있던 소년이 잔뜩 긴장한 표정으로 고검의 얼굴을 바라봤나.

방을 벗어난 고검은 아무런 말 없이 아주 오랫동안, 적어도 소년이 느끼기에는 그렇게 느낄 시간 동안 소년을 바라보다가 나직하면서도 묵직한 목소리로 소년에게 물었다.

"청부를 하고자 왔다고?"

그러자 소년이 마음에 이는 긴장감을 떨어내려는 듯 당차게 고개를 끄덕였다.

"그래요. 전 무불장에 청부를 넣고자 합니다."

소년은 제법 당당한 모습을 유지하려 애썼지만 고검과 추산이 보기에 소년은 무척 긴장하고 있어, 언제 두 다리에 힘이 빠져 땅에 쓰러져도 전혀 이상할 것 같지 않은 상태였다.

어렵게 대답한 소년을 또 한동안 바라보던 고검이 다시 예의 그 나직한 목소리를 다시 흘려냈다.

"본 장에서 청부 손님을 받을 때는 언제나 예의와 격식을 갖춰서 받는 게 보통이라네. 그러니 아무리 나이가 어리다고 해도 손님을 이렇게 마당에 세워두고 이야기를 나눌 수는 없지. 추산!"

"예, 사형!"

"손님을 대청으로 모시도록 해라. 내가 곧 나가마!"

그러자 추산이 고개를 갸웃하다가 이내 고개를 끄덕이고는 큰 목소리로 대답했다.

"알았어요, 사형! 그럼 대청으로 손님을 모시고 가 있을게요."

말을 마친 추산이 얼른 고검의 방을 벗어나 소년의 곁으로 다가왔다. 그리곤 지금까지 소년을 대하던 것과는 다른 정중한 목소리로 소년에게 말했다.

"자, 어린 손님. 날 따라오시게. 장주께선 조금 있다 나오신다니……."

추산의 말에 소년이 어리둥절한 표정을 짓다가 추산의 재촉에 이내 걸음을 옮기기 시작했다.

"정말 저 아이를 만나 이야기를 들어보실 생각이에요?"

추산이 소년과 함께 어둠 속으로 사라지기를 기다려 능천화가 고검에게 물었다.

"일단, 무불장을 찾아온 손님이니 이야기는 들어봐야지 않겠어?"

"하지만 행색을 보니 무불장에 청부를 할 만한 여력이 있어 보이지 않는데요?"

그러자 고검이 능천화를 돌아보며 미소를 지었다.

"능 매는 내가 어떻게 사부님을 만났는지 알아?"

"그럼요. 그 이야기는 한두 번 들은 것이 아니잖아요. 칠마에 대한 청부를 아버지에게 하면서부터 두 분의 인연이 시작되었지요."

"맞았어. 바로 그것을 인연으로 난 사부님의 제자가 되었지."

"그런데 갑자기 그 이야기는 왜 하세요?"

"저 소년의 행색과 눈빛을 보니 왠지 과거 내가 사부님께 청부를 하던 때 생각이 나서 말이야."

고검의 말을 듣고 있던 능천화의 얼굴색이 순식간에 변했다. 그리곤 잠시 후 부드러운 목소리로 입을 열었다.

"이 밤에 그 행색을 하고 감히 강호제일의 청부업체를 찾아왔다면 반드시 그만한 사연이 있겠지요. 어서 가서 만나보세요."

그러자 고검이 능천화를 보며 미소를 지었다.

"능 매는 내 마음을 알고 있군. 역시 능 매는 좋은 여자야. 그럼 어린 청부객을 만나러 다녀오리다."

고검이 능천화에게 미소를 지어 보이고는 이내 대청으로 발걸음을 옮기기 시작했다.

대청에 들어선 고검은 여전히 긴장을 풀지 못하고 있는 소년에게서 눈길을 떼지 않고 소년의 맞은편, 그러니까 무불장의 주인이 앉는 자리를 찾아갔다. 소년은 고검이 들어서자 얼떨결에 자리에서 일어났다. 말로만 듣던 강호제일의 청부사 무불장주를 만나니 당돌한 소년조차도 긴장한 모양이었다.

"무불장주 고검이라고 하네."

긴장한 소년을 향해 고검이 정중하면서도 힘이 있는 말투로 자신을 소개했다. 그것은 마치 소년이 아니라 수백 금을 손에 쥔 손님을 대하는 태도 같았다.

"저… 전 진천(珍天)이라 해요."

생각지도 못한 정중한 대우에 소년 진천이 더욱 긴장하며 자신을 소개했다.

"일단 자리에 앉아서 청부에 대한 이야기를 나누도록 하세."

고검이 먼저 자리에 앉으며 말하자 소년 진천이 엉거주춤한 자세로 의자에 엉덩이를 붙였다. 그런 고검과 진천 두 사람의 모습을 곁에서 추산이 흥미로운 표정으로 바라보고 있었다.

"그래, 진 소협은 어디에서 왔는가?"

고검이 여전히 정중한 말투로 물었다.

"전… 전, 남경 금오표국에서 왔어요."

진천이 어느덧 여유를 찾았는지 예의 그 영악한 표정으로 대답했다.

'남경 금오표국? 들어본 적이 없는걸. 그렇다면 역시 강호에 이름이 알려지지 않은 작은 표국인 모양이군. 그런데 이 녀석, 남경에서 이곳까지 왔다니 정말 대단하군.'

추산이 내심 감탄하며 새삼스런 눈으로 진천을 바라봤다.

"남경 금오표국이라… 미안하네. 들어보지 못한 곳이군."

그러자 진천이 재빨리 고개를 저었다.

"당연한 일이에요. 저희 금오표국은 표국을 연 지 십여 년밖에 되지 않는 곳이고, 또 규모도 그리 크지 않아서 이곳 개봉에는 알려지지 않은 곳이니까요."

진천은 고검이 자신의 금오표국을 모르는 것이 전혀 미안해 할 일이 아니라는 표정으로 말했다.

"그래… 금오표국에서 무슨 일을 청부하려고 이 먼 개봉까지 오셨는기?"

"그러니까. 그게… 저……."

청부 이야기가 나오자 진천이 말을 더듬기 시작했다.

"청부가 뭐냐고 물으시잖아!"

곁에 있던 추산이 답답한지 진천을 향해 소리쳤다. 그러자 고검이 손을 들어 추산을 제어했다.

"추산! 본 장을 찾아온 손님이다. 아무리 나이가 어려도 예의를 지켜라."

"쳇, 알았어요. 자, 그러니 어서 무슨 청부를 가지고 오셨는지 말씀해 보시오, 진 소협!"

추산이 장난스런 목소리로 진천에게 재차 묻자 진천이 기어 들어 가는 듯한 목소리로 말했다.

"저기… 청부 일을 말하기 전에 한 가지 물어보고 싶은 게 있어요."

진천의 말에 고검과 추산의 얼굴에 호기심이 일었다.

"묻고 싶은 말이라… 그래, 그게 뭔가? 내가 답해줄 수 있는 것이라면 답해주겠네."

고검이 선선히 고개를 끄덕이자 진천이 용기를 얻었는지 이번에는 제법 또렷한 목소리로 물었다.

"혹시 무불장에 조앙이란 분이 계시나요?"

"조앙? 들어보지 못한 이름인데… 사형?"

고개를 갸웃거리며 고검을 돌아보던 추산의 신형이 멈칫했다. 조앙이란 인물은 분명 그가 들어보지 못한 인물이었다. 무불장의 식솔이라야 일하는 사람까지 해도 채 이십이 넘지 않으므로 그가 모르는 인물이 있을 수 없었다. 혹여 과거에 무불장을 거쳐 간 인물이 아니라면……

그런데 과거에 그런 인물이 있었는지를 물어보려고 추산이 고검을 바라봤을 때 고검의 표정은 딱딱하게 굳어 있었고, 그의 눈은 마치 소년 진천의 머릿속을 헤집어보려는 듯 날카로운 안광을 토해내고 있었다.

'뭐야? 사형은 조앙이란 인물을 알고 있는 것인가?'

추산이 의아한 표정을 지으며 고검을 향해 입을 열려는 순간 고검의 입이 먼저 열렸다.

"그 이름을 어떻게 알고 있느냐?"

고검의 말투에서 지금까지의 정중함이 사라져 있었다. 대신 그의 말투에서 느껴지는 것은 날카로운 추궁의 서릿발이었다. 그러자 소년 진천이 순식간에 공포에 사로잡혔다. 무뚝뚝하지만 정중하던 무불장주 고검은 온데간데없고 그의 앞에는 서슬 퍼런 강호의 고수 한 명이 앉아 있는 것이었다.

"그… 그건 그를 만난 후에 말하겠어요."

하지만 진천은 힘겹게 고검의 위세에 굴복하지 않았다. 고검의 서릿발 같은 추궁에도 자신의 의사를 확실히 밝힌 것이다. 그런 진천을 고검이 꽤 오랫동안 뚫어지게 응시했다. 그리고 잠시 후 가볍게 고개를 끄덕였다.

"잠시 있거라. 그가 널 만나고자 하는지 알아보고 오마. 추산, 넌 어린 손님을 잘 접대하고 있거라."

"아, 알았어요, 사형."

추산이 얼떨결에 대답을 하는 사이 고검은 어느새 자리에서 일어나 대청을 벗어나고 있었다.

고검이 자리를 비우자 추산과 진천 두 사람의 어색한 침묵이 시작됐다. 추산으로서는 생각보다 이 어린 녀석이 제법 대단한 비밀을 지닌 녀석이란 걸 알게 되자 뭐라 쉽게 말을 꺼내기가 어려웠고, 진천은 그가 말한 대로 조앙이란 인물을 만나기 전에는 아무 말도 하지 않을 것처럼 입을 굳게 닫고 있었다. 하지만 추산이 이런 상황을 그리 오래 버틸 인물은 아니었다.

"이것 봐, 어린 손님!"

추산이 넌지시 진천을 건네다 보며 입을 열었다.

"왜요?"

진천이 경계의 빛을 보이며 대답했다.

"그 조앙이란 사람은 너와 어떤 관계지?"

그러자 진천이 고개를 저었다.

"말했잖아요. 그를 만나기 전에는 그에 대해 한마디도 할 수 없어요."

"하지만 내가 알기로 조앙이란 이름을 가진 인물은 우리 무불장에 없거든?"

"그러나 장주님은 그를 데리러 가셨잖아요."

"흐흠, 그렇긴 하지. 그래서 의문이란 말이야. 그 조앙이란 사람이 누군지……."

추산이 여전히 대답을 추궁하는 눈빛을 보내며 말했다. 하지만 진천은 아예 추산에게서 시선을 돌려 대답을 회피하는 것이었다. 그러자 추산도 더 이상 진천의 대답을 요구하지 못하고 다시금 두 사람 사이에 침묵이 이어지기 시작했다. 그렇게 얼마나 지났을까. 추산이 더 이상의 침묵은 참지 못하겠다고 결심하고 한바탕 겁이라도 줘서 이 녀석의 입을 열어야겠다고 생각하는 순간, 갑자기 추산의 등 뒤로 서늘한 기운이 느껴졌다.

'어라? 이건 조 노사의 기운인데?'

추산은 천통지를 익힌 덕에 기감(氣感)에 관한 한 무불장의 누구보다도 뛰어난 능력을 가지고 있었다. 그래서 그는 자신에게 익숙한 인물들, 다시 말해 무불장의 식솔들 하나하나에 대한 기감을 정확하게 구분할 수 있었다.

그래서 지금 그의 등 뒤로 느껴지는 이 조금은 어둡고 음습한 기운이 청부사 조오현의 기운임을 단번에 알아차렸던 것이다. 그리고 추산이 고개를 돌리자 과연 고검과 조오현이 어느새 장내에 모습을 나타내고 있었다.

'그렇다면 이 녀석이 찾던 조앙이란 인물이 바로 조 노사란 말인가? 조오현이란 이름은 가명이었군.'

추산이 대청에 나타난 조오현을 보며 이런저런 생각을 하는 사이 고검과 조오현이 소년 진천 앞으로 다가와 자리에 앉았다. 그리고 자리에 앉자마자 조오현은 소년의 얼굴을 뚫어지게 바라보기 시작했다. 그리고 얼마 후 조오현의 얼굴에 반가움인지 아니면 안타까움인지 모를 표정이 떠올랐다.

“네 이름이 ‘묵(墨)’ 이었던가?”

조오현의 입에서 흘러나온 말이 그가 녀석을 알고 있다는 것을 확인시켜 주었다. 그렇다고 반갑다거나 혹은 불편하다거나 하는 느낌이 깃들어 있는 말투는 아니었다. 그는 그저 먼 과거를 조용히 되살리는 느낌으로 소년에게 말을 걸었던 것이다.

그러자 소년의 얼굴에도 묘한 표정이 떠올랐다. 자신을 알고 있어서 다행이라던가 아니면 자신이 그를 찾아온 것에 대한 미안함 같은 것보다는 도저히 앞에서 말을 꺼낸 상대를 어떻게 대해야 할지 모르겠다는 낯설음 같은 것이 소년의 얼굴에 떠올랐다. 그것은 모든 사람들이 생면부지의 사람이 자신을 아는 척했을 때 보이는 반응과 같았다.

‘그런데 이 녀석은 조 노사를 모르는 것 같잖아?’

추산의 머릿속에 다시금 의혹이 떠올랐다. 분명 녀석은 조앙이라는 인물을 찾았고, 사형 고검은 조오현을 데려왔다. 그렇다면 녀석이 찾던 조앙이란 인물은 조오현이 분명했다. 그런데 정작 녀석은 조오현의 얼굴을 처음 보는 것처럼 행동하고 있었던 것이다.

“그건 아주 오래전, 아버님이 금오표국을 열기 전의 제 이름이지요. 그런데 아저씨가 조앙이라는 분인가요?”

소년이 조심스럽게 되물었다.

‘역시 맹랑한 녀석이야.’

추산이 고개를 저었다. 상대에 대한 낯설음은 일단 녀석의 입이 열리자 금세 사라지고 녀석은 어느새 자신에게 길을 묻던 그 영악한 소년으로 돌아가 있었던 것이다.

"그건 내가 네가 '묵'이라는 이름을 쓰던 시절에 가졌던 이름이다."

조오현이 대답했다. 그러자 소년 진천의 얼굴에 미소가 깃들었다.

"제대로 찾아왔군요."

하지만 소년의 얼굴에 떠올랐던 기쁨은 조오현의 대답에 금세 사라져 버렸다.

"왜 날 찾아왔느냐?"

지극히 건조한 음성, 절대 자신과 과거 어떤 형태로든 인연을 맺은 사람에게 흘려낼 수 있는 말투가 아닌 말투로 조오현이 물었다. 소년의 얼굴이 금세 딱딱하게 굳었다.

"도움이 필요해요."

소년이 대답했다. 그러자 조오현이 천천히 고개를 저었다.

"네 아버지와 나는 서로에게 과거의 사람들이다. 아니, 과거의 사람이 아니라 태어난 이후 한 번도 만나본 적이 없는 사람들이 되기로 약속한 사람들이다. 그러니 도움이라는 말은 적당치 않구나. 또한 그런 연유로 본 무불장에 청부를 하는 것 역시 적합지 않다."

그러자 진천이 이미 그런 말을 예상했다는 듯 대답했다.

"당연히 아저씨로부터 그 말을 들을 것이라 생각했어요. 하지만 전 아저씨를 찾아오지 않을 수 없었어요."

"무슨 일이 생긴 것이냐?"

"여덟 분의 숙부님들 중 여섯 분이 돌아가셨지요. 아버지는 중상을 입으셨고 표국은 문을 닫기 일보 직전이에요."

순간 추산은 조오현의 눈이 살짝 떨렸다고 느꼈다. 하지만 그 시간은 무척 짧아 여전히 조오현은 냉막한 얼굴로 소년을 대하고 있었다.

"그래서?"

조오현의 차가운 응대에 소년이 입술을 깨물었다.

"그래서 전 아저씨가 한 번만 표국을 도와주시기 바라요. 이 대로는 표국은 사라지고 아버지와 살아계신 두 분 숙부님도 결국 돌아가시고 말 거예요."

맹랑할 정도로 당당했던 소년은 사라졌다. 고검과 추산, 그리고 조오현 앞에는 나약하고 어린 소년만이 존재했다.

"네가 이곳에 온 걸 아버지도 알고 계시느냐?"

조오현이 물었다. 그러자 소년이 고개를 저었다.

"아뇨. 아버지는 모르셔요."

"그럼 넌 내가 이곳에 있다는 것을 어떻게 알았느냐?"

"살아계신 두 분 숙부님과 아버님이 하시는 말씀을 들었어요. 두 분 숙부님께서는 아저씨에게 도움을 청하자고 하셨지요. 하지만 아버님은 허락지 않으셨어요. 아저씨는 아저씨의 삶이 있는 거라고, 다시금 아버님과 숙부님들의 일에 관여하면 우리는 결코 과거를 단절한 것이 아니라고… 숙부님들은 아버님의 말씀에 수긍하셨어요. 그리고 며칠 있다가 여섯 숙

부님이 돌아가신 그곳으로 가시겠다고 하셨지요. 그래
서……."

"그래서 넌 아버지 몰래 날 찾아온 것이구나."

조오현의 말에 소년이 고개를 끄덕였다. 조오현이 소년에게
서 시선을 돌렸다. 그의 고개가 약간 틀어지고 시선은 초점없
이 대청의 빈 공간에 머물렀다. 추산은 도대체 이 두 사람이
무슨 이야기를 하는지 몰라 조바심이 났지만 고검은 무엇인가
를 알고 있는 사람처럼 깊은 생각에 잠겨 있었다. 그렇게 침묵
의 길이가 일각 정도 이어졌다. 먼저 입을 연 것은 고검이었
다.

"금오표국에 무슨 일이 벌어진 건가?"

순간 조오현이 고검을 바라봤다. 그리고 추산은 그의 눈에
비친 감정의 빛을 읽어냈다. 그건 먼저 말을 꺼낸 고검에 대한
고마움이었다. 어쩌면 조오현은 누군가 자신을 대신해 소년
진천의 가문에 일어난 일을 물어봐 주기를 기다리고 있었는지
도 몰랐다. 고검의 질문이 반가운 것은 소년도 마찬가지인 모
양이었다. 진천은 조오현을 한 번 바라보고는 천천히 금오표
국에 불어닥친 불행에 대해 이야기하기 시작했다.

금오표국이 강남의 고도 남경에 자리를 잡은 것은 지금부터
십 년 전의 일이었다. 표국주 진감을 비롯해 여덟 명의 표두가
뜻을 모아 세운 금오표국은 규모가 크거나 뒤를 봐주는 대상
가가 있는 것은 아니었지만 표두들의 무공이 고강하고 또한

무척 성실했으므로 금세 남경 인근의 자그마한 표행들을 도맡기 시작했다.

하지만 무슨 연유에선지 금오표국주 진감은 어느 정도 표국이 성장하자 더 이상 표국의 세를 늘리지 않았다. 표국의 표두는 여전히 여덟 명, 각 표두 밑에는 대략 다섯 명 정도의 표사들이 수시로 들어왔다 나갔고, 표국의 허드렛일을 돕는 사람들이 십여 명에 진감과 표두들의 가족을 합쳐도 언제나 백여 명을 넘지 않는 선에서 금오표국은 유지됐다.

가끔 주변에서 표국의 규모를 키우거나 표행의 거리를 넓히라는 권유가 없었던 것도 아니지만 진감은 더 이상 표국을 키울 욕심이 없는지 표국의 세를 확장하지 않았다.

그런데 어느 날 그런 진감으로서도 도저히 거부할 수 없는 제안이 금오표국을 찾아들었다.

"바로 남경제일의 상가이자 강호 최고의 재력 가문이라 불리는 벽산철가의 십이 총관 중 한 명인 사도위가 찾아왔어요."

벽산철가 사도위의 이름은 고검도 알고 있었다. 그가 일개 상가의 열두 총관 중 한 명의 이름을 알고 있는 것은 벽산철가가 그저 그런 일개 상가가 아니기 때문이었다. 부(富)로 따질 때 천하제일 재력가를 들자면 언제나 첫째 둘째를 다투는 가문이 바로 벽산철가였기 때문이었다. 그곳의 십이 총관은 그래서 천하사패 주요 문파의 고수들보다도 강호에 유명한 인물들이었다.

"그가 무슨 제안을 했느냐?"

조오현이 심각한 표정으로 물었다. 벽산철가와 엮인 일이라면 생각보다 복잡할 수 있었다. 들리는 소문에 의하면 벽산철가는 겉으로는 천하사패 중 동궁과 밀접한 관계를 맺고 있는 것으로 알려졌지만, 기실은 천하사패 모두에게 매년 일정액의 금자를 대고 있다고 알려져 있었다.

"벽산철가란 이름의 유래를 아세요?"

진천이 누구에겐지 모를 질문을 던졌다. 그러자 고검이 대답했다.

"벽산철가는 비록 남경에 그 본가(本家)가 있지만 호북 서쪽의 벽산(碧山)의 철광(鐵鑛)을 기반으로 부를 쌓은 가문이기 때문에 벽산철가라 부르는 것이 아니냐?"

"맞아요. 역시 무불장의 장주님답게 잘 알고 계시네요."

"그런데 벽산철가란 이름의 유래는 왜 묻는 것이냐?"

"벽산철가의 총관 사도위가 제안한 일이 벽산철가란 이름과 연관이 있기 때문이에요. 벽산철가에서는 벽산에서 생산되는 막대한 양의 철을 천하에 산재한 그들의 거래처로 운반하는 데 장강의 물길을 이용하죠. 하지만 철의 양이 워낙 엄청나서 자신들의 선박만으로는 모든 철을 운반할 수는 없어요. 그래서 남경 주변의 여러 표국과 상가들 중 능력이 입증된 여덟 곳을 골라 철의 운반을 대행시켜 왔어요. 벽산철가의 총관 사도위가 제안한 것은 바로 그 여덟 곳의 철 운반 업체 중 하나를 금오표국에서 맡아달라는 것이었어요."

"음… 그건 무척 괜찮은 제안이구나."

조오현이 중얼거렸다.

"정말 좋은 기회죠. 벽산철가의 철 운반 대행을 하는 문파는 수십 년 간 안정적인 수입이 보장되는 것이니까요. 그래서 좀체 표국의 성장에 욕심을 부리시지 않던 아버님도 고민하지 않으실 수 없었어요."

"그래서 그 제안을 받아들였느냐?"

조오현이 물었다. 그러자 진천이 고개를 끄덕였다.

"아버님과 여덟 분의 숙부께서는 수일 동안 그에 대한 이야기를 나누셨어요. 어느 분은 반대를 하셨고, 어느 분은 좋은 기회이니 잡아야 한다고 하셨지요. 그리고 결국 아버님께서는 벽산철가의 제안을 받아들이기로 결정하셨어요. 그런데 벽산철가에서는 이 일을 맡는 것에 대한 전제 조건을 달았어요. 첫 번째는 최상의 상선 두 척을 준비할 것, 두 번째는 그 두 척의 배를 자신들의 철 운반 선단에 포함시켜 일 년간 세 번의 철 운반을 탈없이 수행할 것이었죠. 그렇게 일 년 동안 아무 일 없이 시험을 통과하면 그때 배 다섯 척 규모의 철 운반 계약을 정식으로 체결하겠다는 거였어요. 사실 저희 금오표국으로선 벽산철가에서 요구한 최상의 선박 두 척을 마련할 재력이 충분치 않은 상태였지요."

"어떻게 배를 마련했느냐?"

"그건 그리 어렵지 않았어요. 비록 본 표국의 재력은 부족했지만 벽산철가의 철 운반 업체로 들어간다는 사실만으로도 저희 표국에 금자를 빌려줄 곳은 많았으니까요. 어쨌든 그렇게 표국의 전 재산과 다른 곳에서 빌린 돈으로 두 척의 최상급 선박을 마련한 아버님은 다른 표행을 절반 이하로 줄이면서 여덟 분의 숙부님 중 네 분을 이 일에 투입하셨지요."

"이 일에 표국의 명운을 건 것이군."

조오현이 살짝 고개를 저었다.

"맞아요. 아버님도 첫 번째 항해에 나서는 네 분 숙부님께 그리 말씀하셨어요."

"계속 말해보거라."

조오현이 진천의 말을 재촉했다.

"일은 생각보다 수월하게 진행되었어요. 일을 맡은 지 팔 개월 정도 되었을 때 우리는 이미 두 번의 철 운송을 성공적으로 마쳤지요. 그리고 한 번만 더 무사히 마치면 드디어 벽산철가의 정식 철 운송업체로 계약할 수 있게 될 터였어요. 그런데…그 마지막 철 운송에서 그만 문제가 발생하고 말았던 거예요."

第二章

금자 열두 냥의 청부

孤劍秋山

금오표국 소유의 상선 두 척이 포함된 열두 척의 벽산철가
철 운반선단이 정체불명의 고수들에 의해 공격을 받은 것은
태호 인근이었다. 살아남은 자들의 전언에 따르면 선단을 공
격한 것은 작은 나룻배에 탄 단 여섯 명의 고수였다고 한다.
하지만 그 여섯 명의 무공은 전율적이라 표현할 수밖에 없을
만큼 대단했다.

그들은 각기 한 사람당 한 척씩의 배를 공격해 열두 척의 배
중 정확하게 다섯 척의 배를 침몰시켰고, 한 척의 배를 탈취해
도주했다고 한다. 벽산철가의 선단 중 적의 공격을 받지 않은
배도 여섯 척이나 되었지만 그들은 감히 그들을 추격할 엄두
를 내지 못했다는 것이었다.

"그런데 재수없게도 공격을 당해 침몰한 배 중 한 척이 저희 금오표국 소유의 배였어요. 그리고 더욱 나쁜 것은 탈취당한 배 역시 저희 금오표국의 나머지 배였다는 거예요."

진천이 어린 눈에 분노를 드러내며 말했다.

"이후의 일을 말해보거라. 벽산철가에서 추격대를 보냈을 것 아니냐?"

그러자 진천의 낯빛이 금세 어두워졌다.

"모르겠어요. 벽산철가에서 추격대를 보냈는지 아닌지는… 하지만 어쨌든 우리 표국은 큰 타격을 입고 말았지요. 침몰한 배에 타고 있던 두 분 숙부님 중 한 분은 죽임을 당하셨고, 탈취당한 배에 타고 있던 두 분 숙부님의 생사는 묘연한 상태였지요."

"손해 또한 막심하겠구나. 벽산철가에서 배상까지 요구했을 텐데……."

그러자 진천이 한숨을 내쉬었다.

"무슨 일인지 벽산철가에서는 잃어버린 철에 대한 배상을 요구하지 않았어요. 그저 철 운송업체 계약만 없던 일로 하자는 연락을 보내왔을 뿐이죠."

"하긴, 벽산철가와 같은 대재력가에서 적지 않은 희생을 치른 금오표국에 손해배상을 요구하는 것은 너무 야박한 일이지."

추산이 중얼거렸다.

"하지만 그들이 손해배상을 요구하지 않았다고 해도 저희 금오표국은 도산한 것이나 마찬가지였죠. 두 척의 배를 마련하느라 표국의 전 재산을 쓸어 넣었고, 거기에 더해 적지 않은 금자를 빌려오기까지 했으니까요. 표국에 남아 있던 재물을 모두 모아도 빌린 돈을 갚기 어려웠어요. 그래서 표국은 결국 문을 닫았어요. 백여 명에 이르던 식솔들도 모두 흩어지고 남은 사람은 다섯 분 숙부님과 그 가족들뿐이었어요. 그나마도 살림이 곤궁해져 무척 어렵게 생계를 이어가고 있고요.”

“하지만 아버님의 능력이라면 어떻게든 재기를 하실 수 있었을 텐데?”

조오현은 아마도 금오표국의 국주를 잘 아는 듯했다. 또한 그는 금오표국의 국주에 대해 어느 정도의 신뢰감을 가지고 있는 듯 보였다.

“물론 아버님과 숙부님들이라면 충분히 그러실 수 있는 분들이죠. 하지만 아버님과 숙부님들은 표국의 재기보다는 죽은 숙부님들에 대한 복수와 사라진 한 척의 배, 그리고 그 일을 벌인 범인들을 추격하는 데 온통 정신을 쏟아 부으셨어요.”

진천의 말에 조오현이 고개를 끄덕였다.

“네 아버님의 성정이라면 반드시 그랬을 것이다.”

“그런데 그 일이 또 문제를 일으켰어요.”

“무슨 말이냐?”

“아버님은 직접 살아계신 다섯 분의 숙부님 중 기 숙부님을 제외한 네 분을 대동하고 사건이 일어난 태호 인근의 노룩지라는 곳으로 딜러가셨어요. 그리고 보름 뒤에 돌아오셨지요.

오직 한 분의 숙부님만을 데리고요."

"나머지는······?"

"흉수들을 추격하는 와중에 모두 돌아가셨어요. 아버님과
마삼 숙부님이 살아 돌아온 것도 천운이라고 하셨어요. 그렇
게 해서 결국 저희 표국은 전 재산을 잃고 여덟 분의 숙부님 중
여섯 분을 잃게 된 거예요. 그러니 표국이 온전할 리가 있겠어
요? 더군다나 아버님과 살아계신 두 분 숙부님은 또다시 그 흉
수들을 찾아 나서실 것 같은 분위기였어요. 전 어떻게든 세 분
의 출도를 막아보고 싶었지만 돌아가시거나 실종되신 숙부님
들을 생각하면 그럴 수도 없었어요. 하지만 아버님과 두 분 숙
부님마저 일을 당하신다면 저희 표국과 식솔들은 정말로 멸문
의 위기에 몰리게 될 거예요. 그래서······."

진천이 말꼬리를 흐렸다. 이미 진천이 하고자 했던 말은 모
두 했다고 할 수 있었다. 금오표국에 일어난 일을 설명하면서
자연스레 진천이 왜 무불장을 찾아왔는지 그 이유 또한 드러
난 것이다.

'저런 표정은 처음 보는군. 아니, 저런 표정을 지을 수 있는
양반이었나?'

추산이 진천의 이야기를 모두 들은 뒤 조오현의 표정을 보
며 생각했다. 조오현의 표정은 무척이나 묘했는데 그건 마치
은은한 통증이 가슴에 느껴지는 사람이 짓는 표정과 같았다.
그리고 어찌 보면 갈등의 빛이기도 했다.

"네가 온 것은 그 선단을 공격했던 자들을 찾아달라는 청부

를 하기 위해서이냐? 아니면 나에게 네 아버지의 행동을 막아 달라고 부탁하기 위해서이냐?”

조오현이 물었다.

“전자예요. 전 무불장에 우리 표국의 배를 탈취해 간 자들을 찾아달라는 청부를 하기 위해서 왔어요.”

“무불장의 청부는 무척 비싸다는 걸 알고 왔느냐?”

진천이 풀 죽은 모습으로 고개를 끄덕였다.

“그래, 넌 얼마의 청부금을 무불장에 내놓을 수 있느냐?”

어찌 보면 잔인한 질문을 조오현은 망설이지 않고 해대고 있었다.

‘원, 그 양반 성격하고는…….’

곁에서 보고 있는 추산이 다 민망할 정도의 추궁을 당하고 있던 진천이 품속에서 작은 전낭을 꺼내 그들 사이에 놓인 탁 자 위에 올려놨다.

“뭐냐?”

“제가 준비할 수 있는 최대한의 금전이었어요. 남경에서 이 곳까지 오면서도 여비를 아끼기 위해 한 번도 객잔에서 잠을 잔 날이 없어요. 이게… 이게 제가 드릴 수 있는 전부예요.”

진천이 자신없는 말투로 말했다. 탁자에 놓인 전낭은 한눈 에 보아도 그리 많은 금전이 들어 있지 않을 것이 분명했다. 조오현은 그 전낭을 아픈 표정으로 바라보고만 있었다. 그러 자 고검이 손을 뻗어 전낭을 들어 올리더니 전낭 안에 든 금자 를 확인했다.

"모두 금자 열두 냥이군."

고검이 모두가 들을 수 있는 목소리로 말했다. 그러자 진천의 표정이 더욱 어두워졌다. 진천도 무불장에 청부를 넣기 위해서는 아무리 작아도 수백 냥의 금자가 필요하다는 것을 알고 있었기에 자신이 내놓은 금자가 얼마나 보잘것없는 것인지 잘 알고 있었다.

고검이 전낭 안에 든 금자를 확인하자 조오현이 차갑게 가라앉은 목소리를 흘려냈다.

"금오표국의 사정은 잘 알겠다. 또한 네가 금자 열두 냥을 가지고 무불장을 찾아온 이유도 안다. 넌 아마도 이 열두 냥의 금자가 본 무불장에 청부를 넣기에는 턱없이 부족한 금액이란 걸 알고 있을 것이다. 그러면서도 무불장을 찾은 것은 역시 날 믿고 온 것이겠지. 하지만……."

조오현이 잠시 말을 끊었다. 진천의 얼굴은 이미 낙담으로 일그러지고 있었다.

"하지만 무불장은 나 혼자만의 조직이 아니다. 오히려 난 무불장의 일개 청부사에 지나지 않아. 그러므로 금자 열두 냥짜리 청부를 과거 나와 인연이 있던 사람이라 해서 받아들일 수는 없다. 홀로 이곳까지 올 정도로 컸다면 너도 이런 세상의 이치를 알 것이다."

그러자 진천이 천천히, 그러나 무척 실망한 표정으로 고개를 끄덕였다.

"예상은 했었어요. 하지만 저로선 지푸라기라도 잡지 않을 수 없는 상황이었어요. 그리고 아저씨가 이미 아버지나 숙부님들과 인연이 끊긴 분이라는 것도 알고 있지요. 번거롭게 해서 죄송해요. 그럼 전 이만 돌아가 볼게요.”

말을 마친 진천이 조오현의 얼굴을 한 번 보고는 시선을 돌려 고검을 바라봤다. 그리고 천천히 손을 내밀었다. 금자 열두 냥이 담긴 전낭을 돌려달라는 의미였다. 그러자 고검이 손에 들고 있던 전낭을 진천에게 건네주며 말했다.

“어린 손님, 밤이 깊었네. 청부야 어찌 됐건 본 장은 찾아온 손님을 한밤중에 내쫓을 만큼 야박하지 않네. 오늘은 이곳에서 쉬시게.”

“그… 그러실 필요 없어요. 금자가 있으니 객잔을 잡을 수 있을 거예요.”

진천은 고검의 제의에 자존심이 상한 모양이었다.

“장주님의 말씀대로 하거라. 오늘은 이곳에서 묵어가거라.”

조오현의 말에 진천이 잠시 망설이는 듯하더니 천천히 고개를 끄덕였다.

“그럼 신세를 질게요.”

“좋아. 추산, 어린 손님을 객청으로 안내해 드리거라.”

‘사형께서 조 노사와 할 말이 있는 모양이군.’

추산이 금세 고검의 의도를 알아차리고는 고개를 끄덕였다.

“알았어요, 사형. 자, 날 따라와.”

추산이 제법 부드러운 목소리로 진천에게 말하고는 먼저 일어나서 대청을 벗어나기 시작했다. 그러자 진천이 잠시 우물

거리다가 이내 추산의 뒤를 따라 나갔다. 그렇게 추산과 진천이 대청을 나가자 고검이 조오현을 보며 물었다.

"괜찮으시겠습니까?"

그러자 조오현이 잠시 눈을 감았다가 뜨며 말했다.

"어쩔 수 없는 일이지요. 제 개인의 인연으로 안 되는 청부를 받을 수는 없지 않겠소이까? 더군다나 그들과 나는 이미 십년 전에 인연을 정리한 사이기도 하고."

"자른다고 잘라질 인연이 아니지 않습니까?"

"휴… 그렇긴 하나. 어쩔 수 없지요. 애초에 서로 자신들의 갈 길을 선택하며 인연을 끊기로 했으니……."

"제게 한 가지 생각이 있습니다만……."

고검의 말에 조오현이 의아한 눈으로 고검을 바라봤다.

"생각이시라면……?"

"솔직히 말하면 전 저 아이의 청부를 받아들이고 싶습니다."

"사정이야 딱하지만 역시 본 장의 규칙에는 어긋나는 일이지요."

조오현이 대답했다.

"그래서 말인데… 그동안 모아두신 금자 어디에 쓰실 생각입니까?"

순간 조오현이 고검의 말을 이해하지 못하고 어리둥절한 표정을 짓다가 이내 고검이 하는 말의 의미를 깨닫고는 고검에게 되물었다.

“그러니까 장주께서는 지금 제게 금오표국의 청부대금을 대신 내라 말씀하시는 것이구려?”

“그렇습니다. 어차피 쓸 곳도 없는 돈 아닙니까?”

그러자 조오현이 살짝 얼굴을 찌푸렸다.

“저라고 언제까지 청부 일만 하면서 살 수는 없지요.”

“그거야 먼 훗날의 이야기고요.”

그러자 조오현이 의아한 눈으로 고검을 바라봤다.

“도대체 장주께서는 왜 그 아이의 청부를 받아들이시려는 것이오? 이 일은 내가 보기에 본 장의 전력을 기울여야 하는 청부일 겁니다. 벽산철가의 선단을 건드렸다는 것은 일을 벌인 자들이 보통 인물들이 아니라는 의미지요. 어쩌면 사패가 관여된 일일 수도 있소이다.”

“그래서 지금 조 노사께서는 제가 금오표국의 청부를 받아들이는 것이 싫다는 말씀입니까? 아니면… 모아두신 금자를 내놓기가 싫으신 건지?”

고검이 장난스런 표정으로 물었다. 조오현은 이 젊은 장주가 여간해서는 이런 식의 행동을 하지 않는다는 것을 알고 있었다. 그리고 지금 그가 이렇게 자신에게 농을 던지는 것은 자신의 부담을 줄여주기 위함임을 알고 있었다.

“장주… 고맙습니다. 장주께서 나서주신다면 제 수중에 있는 금자 단 한 푼이라도 털어드리겠소이다.”

그러자 고검이 고개를 끄덕였다.

“좋습니다. 그럼 이 일을 맡기로 하지요.”

"고맙소이다, 장주……."

"고맙긴요. 한 식구의 일인데요."

고검이 가볍게 미소를 지었다. 조오현은 그런 고검에게 정중하게 고개를 숙여 보인 후 천천히 자리에서 일어났다. 그리곤 천천히 대청을 벗어나기 시작했다. 그런데 조오현이 막 대청을 벗어나려는 순간 고검이 불쑥 입을 열었다.

"과거의 인연이란 역시 끊기 어렵지요?"

그러자 조오현이 고검을 돌아봤다.

"그렇군요. 십 년이나 보지 않은 사이인데 아직도 내 심장은 어제처럼 그들을 기억하고 있었나 보오이다."

그러자 고검이 고개를 끄덕였다.

"저도 그렇습니다. 제가 이 일을 맡기로 한 것은 조 노사 때문만은 아닙니다. 그 아이… 진천이라는 그 아이를 보니 제가 처음 사부님을 만날 때의 일이 생각나는군요."

고검의 말에 그제야 조현이 뭔가를 깨달았다는 듯한 표정을 지었다.

"그러니 너무 부담 갖지 마십시오. 제 마음이 움직여 수락한 일이니까요."

"알겠소이다, 장주. 제 마음을 편하게 해주시는구려. 그럼."

조오현이 조금 밝아진 표정으로 대청을 벗어났다. 그러자 고검이 두 눈을 감으며 의자에 등을 기댔다.

"금자 열두 냥의 청부라… 후후, 난 은자 일백 냥으로 사부께 청부를 넣었었지."

소년 진천은 애써 담담한 표정을 지으려 했지만 자신도 모르게 주눅이 드는 것은 어쩔 수 없었다. 간밤을 뜬눈으로 지새운 후 무불장을 떠날 준비를 하는 진천에게 추산이 찾아와 그를 다시 무불장의 대청으로 데려간 후에 생긴 일이었다.

추산과 진천이 대청에 들어서자 장내에는 어제와 달리 제법 많은 수의 사람들이 있었는데 청부를 나간 왕민을 제외한 무불장의 전 고수와 총관 한단, 그리고 능천화까지 대청에 나와 있었다.

"어서 오시게."

고검이 대청에 들어서는 진천을 어제와 같은 정중함으로 맞아들였다. 그러자 잠시 어리둥절한 표정을 짓던 진천이 조심스럽게 물었다.

"무슨 일인가요? 전 일찍 무불장을 떠날 생각인데요?"

그러자 고검이 정색을 하며 말했다.

"지난밤 여러 가지 논의를 한 끝에 본 장에서는 진 소협의 청부를 받아들이기로 했네."

진천은 고검이 하는 이야기를 처음에는 알아듣지 못하다가 이내 고검이 무슨 말을 하는지 알아채고는 놀란 눈으로 조오현을 바라봤다. 그러자 조오현이 가볍게 고개를 끄덕였다. 순간 진천은 이 무불장의 젊은 장주가 정말로 자신의 청부를 받아들였다는 것을 깨달았다.

"정말인가요? 성발… 남오표국의 청부를 받아주시는 건

가요?"

"그렇다네, 진 소협! 오늘부터 본 무불장은 남경 금오표국의 청부를 수행할 걸세. 먼저 아침 식사를 하고 함께 남경으로 떠나도록 하세."

고검의 말에 진천의 눈에 어느새 눈물이 글썽이고 있었다.

"정말… 정말 고맙습니다. 반드시 나중에 제가 크면 이 은혜를 갚을 거예요."

"은혜라니, 그런 말 마시게. 우린 진 소협의 청부를 받아들였을 뿐이야. 청부자와 청부업자 사이는 거래 관계일 뿐 은혜랄 것은 없네. 자, 이제 진 소협은 청부대금을 주시게. 모두 선불로 받겠네. 청부대금은 금자 열두 냥일세."

고검의 말이 끝나자 진천이 즉시 품속에서 금자 열두 냥이 든 전낭을 꺼내 고검에게 건넸다.

"좋아. 이제 계약은 성립됐네. 진 소협의 청부를 완료하기 위해 본 무불장은 최선을 다할 걸세."

그렇게 무불장은 무불장이 탄생한 이후 가장 적은 금액의 청부, 금자 열두 냥짜리 청부를 수락했다. 그리고 그날 정오 무렵 왕민을 제외한 무불장의 모든 청부사들이 장원을 나서 강남으로 향했다.

*　　　*　　　*

개봉에서 남경까지 가장 빠르게 이동하는 방법은 대운하를 따라 운행하는 객선을 이용하는 것이다. 장원을 나선 무불장의 고수들은 강북과 강남을 왕복하는 객선에 몸을 실었다.

이미 사건이 벌어진 지 꽤 시간이 흐른 뒤였고, 금오표국의 국주와 살아남은 두 표두들이 다시 사건의 현장으로 떠날 생각을 하고 있었기에 잠시도 머뭇거릴 여유가 없었다. 그들이 도착하기 전에 금오표국의 국주와 두 표두가 움직인다면 무불장의 고수들로서는 처음부터 모든 일을 알아봐야 할 터였다. 더군다나 그들이 도착하기도 전에 금오표국의 마지막 고수들이 일을 당할 수도 있었다.

"이상해요. 벽산철가는 생각보다 조용하다는군요."

무불장을 떠나 객선에 몸을 실은 지 오 일째, 강남에서 날아온 첫 번째 전서구를 받아 들고 미심이 고검을 찾아왔다.

"그 정도 손해는 별문제되지 않는다는 건가?"

대웅산이 고개를 갸웃거렸다.

"금전적인 손실이야 벽산철가의 재력을 생각한다면 큰 문제가 되지 않을 수도 있겠지. 하지만……."

고검이 말꼬리를 흐리자 그의 말을 다시 미심이 받았다.

"역시 벽산철가라는 이름이 문제겠죠. 물건을 탈취당하고도 아무런 조치를 취하지 않는다면 천하제일거부를 다투는 벽산철가로서는 그 명성에 큰 흠집이 생기는 것이죠. 당연히 향후 그들의 사업에도 영향을 미칠 것이고요. 해서 그들은 반드시 이 일을 해결하려 들 줄 알았는데……."

"그런데 아무런 움직임을 보이고 있지 않다?"

대웅산이 다시 말을 받았다.

"혹은 아무도 모르게 움직이고 있을지도 모르지."

고검이 말했다.

"어쨌든 벽산철가는 조용한 대신 오히려 다른 곳의 움직임이 심상치 않더군요."

"다른 곳이라면……?"

"동궁과 남련이 움직였어요. 그중 남련은 제법 대단한 전력을 태호로 보냈고, 동궁의 움직임은 겉으로 드러나지는 않으나 일단의 고수들이 태호로 향한 것은 분명하다는군요. 그리고 적지 않은 무림인들이 일이 벌어진 노륙지로 몰려들고 있다는군요. 그리고 보니 어쩌면 그들 중 벽산철가에서 고용한 사람들이 정체를 숨기고 끼어 있을 수도 있겠군요."

그러자 대웅산이 고개를 끄덕였다.

"그렇겠죠. 본래 태호는 동궁과 남련의 경계가 아닙니까? 양쪽 모두 움직일 수 있는 곳이지요. 그리고 벽산철가의 일이라면… 후후, 양쪽 모두 전력을 기울일 겁니다. 말 그대로 강호 최대의 재력가가 아닙니까?"

"하지만 그렇다면 더 이상한 일이군. 동궁과 남련이 나섰는데도 이 일을 아직 해결하지 못했다면 말일세."

가만히 사람들의 이야기를 듣고 있던 조오현이 입을 열었다. 그러자 다른 사람들 얼굴에 그제야 정말 그렇구나 하는 표정이 떠올랐다. 동궁과 남련이 어떤 곳인가? 강호무림을 지배하는 네 곳 중 두 곳이 아닌가. 그런 자들이 나섰는데도 벽산철가의 선단을 공격한 자들을 잡지 못했다면 이건 보통 일이 아니었다.

"둘 중 하나군요. 동궁과 남련 이패에서 정예 고수들을 움직이지 않았거나 혹은 일을 벌인 자들이 동궁과 남련의 정예 고수들에게서도 몸을 감출 수 있을 만큼의 고수던지……."

추산이 말했다.

"하지만 과연 강호에 그런 고수가 얼마나 있을까?"

대웅산이 고개를 갸웃했다. 벽산철가와 같은 대재력 가문을 건드리고 동시에 동궁과 남련 고수들의 추격을 피할 자는 강호에 그리 많지 않았다. 아마 누군가는 아예 그런 자는 존재하지 않는다고 말할지도 몰랐다.

"어쨌든 확실한 것도 있군."

고검이 입을 열자 사람들의 시선이 고검에게로 향했다.

"하나는 이 일에는 제법 많은 사람들이 개입할 것이라는 것이고, 또 하나는 우리가 목표로 하는 자들은 생각보다 훨씬 고수들일 것이라는 사실이지. 그러니 우린 제법 조심할 필요가 있겠고……."

고검의 말이 끝나자 무불장 고수들의 얼굴이 심각하게 굳어졌다. 하지만 또한 그들의 표정에는 적지 않은 흥분의 기색이 어리기도 했다. 그것은 강한 상대에 대한 승부욕이었다.

추산은 무불장의 식구들을 대할 때 가끔 답답함을 느끼는 경우가 있었다. 그건 서로 허물없이 이야기하다가도 언뜻 내

가 이 사람에 대해 알고 있는 것이 과연 얼마나 될까 하는 생각
이 떠오를 때 느끼는 감정이었다. 그렇다고 무불장의 식구들
에게 과거에 뭐 하던 사람이었냐고 물어볼 수도 없었다. 왜냐
하면 상대의 과거를 묻지 않는 것이 무불장의 불문율이기 때
문이었다.

그런 추산에게 이번 청부행을 나서면서부터 또다시 시작된
그 답답함은 객선이 장강에 이르렀을 때 견딜 수 없을 만큼 증폭
되어 있었다. 그래서 결국 추산은 고검과 함께 어둠에 잠긴 장강
의 풍경을 감상하던 어느 날 이런 질문을 던질 수밖에 없었다.

"도대체 그 금오표국이라는 곳과 조 노사는 어떤 관계가 있
는 거죠?"

물론 고검의 대답을 기대한 것은 아니었다. 왜냐하면 고검
은 천검 능운백과 함께 무불장 청부사들의 과거를 모두 알고
있는 사람 중 하나였지만 그가 그들의 과거를 타인에게 전한
경우는 단 한 번도 없다는 걸 추산도 알고 있기 때문이었다.
하지만 수일간 머릿속에 키워오던 궁금증을 입에 올리지 않으
면 자신의 머리가 터질지도 모른다는 생각에 추산은 끝내 조
오현과 금오표국의 관계를 묻고야 말았던 것이다.

"넌 또 금기를 어기는구나."

"묻지 않으면 제 머리가 터져 버릴 거예요."

추산이 어깨를 으쓱거렸다.

"하지만 내가 대답해 주지 않을 거란 사실도 알고 있겠지?"

"물론 사형께서는 규칙에 충실하신 분이니까요."

“이건 규칙을 지키는 것과는 별개의 문제다. 이건 규칙의 문제가 아니라 조 노사에 대한 예의 같은 것이지. 과거를 굳이 이야기하지 않겠다는 사람의 과거를 다른 사람이 떠벌려서야 되겠느냐?”

그러자 추산이 어쩔 수 없다는 표정으로 고개를 끄덕였다.

“사형 말이 맞아요. 단지 제가 다른 사람들에 비해 호기심이 좀 강한 것이 문제일 뿐이죠.”

“너무 조급하게 생각하지 말거라. 어차피 일이 이렇게 된 이상 이번 일을 진행하다 보면 자연히 조 노사의 과거를 알게 될 테니…….”

“듣고 보니 그렇군요. 뭐, 조금 참죠.”

“이 기회에 인내심이란 것도 좀 기르고…….”

“사형도 참, 제가 겉모습만 그렇지 꽤나 인내심이 있는 사람이라고요.”

“그런가?”

“그나저나 이제 목적지에 거의 도착한 것 아닌가요?”

그러자 고검이 고개를 끄덕였다.

“금오표국은 남경에서 조금 벗어난 곳에 있으니 하루 이틀이면 도착할 것이다.”

“금오표국의 국주와 살아 있는 두 표두가 움직이지 않았어야 할 텐데요.”

“그러게 말이다. 어쩐지 이번 일은 무척 어려울 것 같단 예감이 느는구나.”

"사형도 긴장이란 것을 하세요?"

"물론, 나도 사람이니까."

"전 사형은 긴장이란 걸 모르는 사람인 줄 알았어요."

"넌 언제나 이 사형을 너무 높이 평가하는 버릇이 있어. 난 그렇게 강한 인간이 아니란다. 네게 의지해야 할 만큼 말이야."

"크크, 알았어요. 사형, 앞으로는 저만 믿으세요."

추산이 짐짓 자신있는 말투로 대답했다. 그러자 고검이 빙그레 미소를 지으며 말했다.

"넌 지난번 칠웅문의 청부를 수행하면서 뭔가 큰 깨달음을 얻은 모양이구나."

"어? 눈치 채셨어요?"

"네 기도와 행동이 바뀌었다는 걸 너 자신은 모르겠지?"

"그렇게 느껴지세요? 뭐, 사실 제가 그곳에서 약간의 깨달음을 얻은 것은 사실이죠."

"그게 뭔지 물어봐도 되겠느냐?"

그러자 추산이 고개를 들어 밤하늘을 바라봤다. 마침 유성 몇 개가 하늘을 가로지르며 지나갔다.

"저거예요."

추산의 말에 고검이 고개를 들어 추산이 가리키는 유성을 찾았다.

"유성?"

"네, 전 유성의 검을 얻었어요."

추산이 의미심장한 표정으로 대답했다.

예상대로 고검과 추산이 탄 배는 하루 반나절 뒤에 소년 진천과 무불장의 고수들을 남경 동쪽 금오표국이 터를 잡고 있는 중동진(中東津)에 내려놓았다. 배에서 내리자 진천은 상기된 표정으로 무불장의 고수들을 금오표국으로 인도했다.

하지만 금오표국에 도착한 진천과 무불장의 고수들은 낭패한 기색을 지을 수밖에 없었다. 금오표국주 진감과 살아남은 두 표두 마삼과 기륭이 다시금 흉수들을 찾아 노륙지로 출발했던 것이다. 그리하여 금오표국에서 무불장의 고수들을 맞이한 사람은 표국주 진감의 부인, 그러니까 진천의 어머니와 몇몇 젊은 표사들이 전부였다.

주인이 사라진 장원은 을씨년스러워 금오표국의 몰락을 가감없이 보여주고 있었지만 진천의 어머니이자 금오표국의 안주인, 상화옥의 태도는 한 가문의 안주인으로서의 체통을 잃지 않고 있었다.

"이 아이가 사라진 후 아이 아버지와 표국의 식구들은 몹시 걱정을 했지요. 하지만 표국에 큰일이 생겨 그 존망이 어려운 상황에서 아이를 찾고 있을 수는 없었습니다. 또한 어리지만 자기 앞가림은 하는 아이라는 믿음도 있었지요. 그런데 오늘이 이 아이가 무불장의 고수 분들을 모셔오리라고는 전혀 생각지 못했습니다."

상화옥이 어린 아들을 대견스러운 표정으로 바라보며 말했다.

"용기있는 아드님을 두셨습니다. 저나 무불장의 식구들 모두 진 소협의 용기에 감탄했지요."

"비록 안에서 살림이나 하는 아녀자지만 저 또한 무불장에 대한 강호의 소문은 듣고 있었습니다. 강호제일의 청부사들이 계신 곳이라고요. 또한 그래서 무불장에 일을 맡기려면 막대한 금자가 필요하다고 들었는데 혹시 우리 천이가 지키지 못할 약속을 한 것은 아닌지……?"

상화옥이 걱정스런 표정으로 말했다. 그녀는 지금 금오표국에 무불장의 고수들을 불러올 만큼의 금자가 없다는 것을 잘 알고 있었다. 말을 하면서 그녀의 시선이 언뜻 조오현에게 향한 것은 그녀 또한 조오현을 알고 있다는 의미였으며, 조오현이 무불장의 고수들이 금오표국에 온 이유가 아닐까 하는 생각을 하고 있음이 분명했다.

"아드님께서는 이미 청부대금을 지급하셨습니다."

고검의 대답에 상화옥이 깜짝 놀란 표정으로 되물었다.

"천이가 이미 청부금을 지급했단 말인가요?"

"그렇습니다."

고검이 고개를 끄덕였다.

"하지만 천이에게 그렇게 큰 금전이 있을 리 없는데……."

상화옥이 진천을 의심스런 눈으로 돌아보며 말했다.

"어머니, 무불장주께서는 금자 열두 냥에 제 청부를 수락해 주셨어요."

그러자 상화옥의 표정이 더욱 어둡게 변했다. 금자 열두 냥에 청부가 수락된 것은 당연히 그녀가 알고 있는 무불장의 '그' 때문이 분명했기 때문이었다. 그녀의 입에서 작은 한숨이 흘러나왔다.

"국주께선 표국의 문을 닫는 한이 있어도 그분을 찾아가려 하지 않으셨다. 그런데 넌 어디서 그분에 대한 이야기를 듣고 무불장에 간 것이냐?"

상화옥의 얼굴에는 작은 노기조차 서려 있었다. 그러자 진천이 머리를 숙이며 대답했다.

"아버지와 두 분 숙부님께서 나누시는 말씀을 들었어요. 그래서 무불장에 우리가 도움을 구할 수 있는 분이 계시단 걸 알았어요. 비록 아버님의 뜻에 어긋나는 일이었지만 전 우리 표국과 가족들이 비참하게 멸망하는 것을 보고 싶지 않았어요. 그리고 무엇보다도 아버님과 두 분 숙부님까지 잃고 싶지는 않았어요."

진천이 또렷한 목소리로 말했다. 그러자 상화옥이 한숨을 쉬며 대답했다.

"하지만 세상에는 목숨보다 더 중한 약속이 있단다. 아버지는 그 약속을 지키고 싶어하셨던 것이다."

상화옥이 어두운 안색으로 말하자 그때까지 조용히 침묵을 지키고 서 있던 조오현이 나직하게 입을 열었다.

"그들의 목숨은 나와의 약속보다 중합니다. 우리의 약속은… 그저 과거와의 단절을 위한 우리의 의지 같은 것이었지요. 그 약속 자체가 중요한 것은 아니었습니다. 그러니 너무 마음 쓰지 마십시오."

그러자 상화옥이 자리에서 일어나더니 정중하게 조오현에게 허리를 숙여 보였다.

"직접 뵙는 것은 이번이 처음이군요. 상화옥이라 합니다. 끊어진 인연을 잊지 않고 와주셔서 감사하고 송구스럽습니다."

그러자 조오현이 두 손을 모아 포권을 하며 대답했다.

"간혹 일이 끝나면 멀리서 뵌 적이 있지요. 아마도 국주와 난 끊어질 수 없는 인연이었나 봅니다. 우리 열 사람의 인연이니 부인께서 마음 쓰실 일은 아닌 듯합니다. 그것보다는 이번 일에 대한 이야기를 나누어야 할 때인 것 같습니다. 비록 아드님께 듣기는 했지만 아무래도 부인께서 좀 더 많은 이야기를 해주실 수 있을 것 같습니다만……."

조오현이 말하자 상화옥이 고개를 끄덕였다.

"제가 알고 있는 것은 모두 말씀드리지요."

그렇게 시작된 상화옥의 이야기는 진천이 청부를 넣으며 한 이야기와 별반 다른 것이 없었다. 하지만 진천의 이야기보다는 좀 더 상세했으며 표국주 진감과 두 표두가 간 곳에 대해서도 대강의 위치를 파악하고 있었다.

"일이 벌어진 후 습격자들이 움직인 방향은 태호 서북쪽의 습지대인 노륙지라고 하더군요. 처음 국주께서 다섯 분의 표두 분들을 이끌고 그들을 추격해 간 곳도 바로 그 노륙지였고요."

그러자 고검이 곁에 서 있던 미심을 바라봤다. 그러자 미심이 입을 열었다.

"알아본 바에 의하면 그곳이 흉수들이 숨어든 곳이 확실한 것 같더군요."

"어떤 곳입니까?"

그러자 미심이 살짝 인상을 찌푸렸다.

"좀… 어려운 곳이죠. 전혀 사람의 발길이 닿지 않은 불모지로 알려진 곳이에요. 능숙한 어부들조차 그곳으로는 배를 몰지 않는다고 하더군요. 이유는 습지 곳곳에 도사리고 있는 위험 때문이기도 하지만 근거를 알 수 없는 몇 가지 소문 때문이기도 하고요."

"어떤 소문이죠?"

추산이 궁금한 듯 물었다.

"괴수가 산다고 하더군요. 또 누구는 귀신이 산다고도 하고요. 아무튼 주변의 사람들은 노륙지에 사람의 세상에 살지 않은 존재들이 있다고 믿고 있다고 해요. 그래서 노륙지는 금단의 늪지가 되어 있고요."

"흠, 사람의 세상에는 살지 않는 괴물들이 사는 습지라… 흥미로운 곳이군요."

추산이 호기심이 동한 표정으로 고개를 끄덕였다.

"처음에 국주께서 다섯 분의 표두와 함께 그곳에 갔을 때 어떤 일을 겪으셨는지 혹 들으셨습니까?"

고검이 상화옥에게 물었다. 그러자 상화옥의 표정이 다시금 어두워졌다.

"짧게 듣기는 했지요. 하지만… 솔직히 말하자면 국주께서도 자신들에게 일어난 일이 믿기지 않는다고 하시더군요."

"어떤 일을 겪으셨기에……?"

"국주께서는 노륙지에서 방금 전 말씀들 하셨던 그 괴물을 만났다고 하더군요."

"아니, 정말 그 괴물들이 존재한다는 건가요?"

추산이 놀라며 물었다.

"글쎄요. 그것이 정말 괴물인지, 아니면 괴이한 무공을 지닌 고수인지는 국주께서도 확신하지 못하셨어요. 하지만 국주께서는 그 괴물이 반드시 사람일 거라고 생각하셨어요. 특히나 벽산철가의 선단을 공격했던 자들 중 하나일 것이라고 믿고 계셨지요. 그래서 국주께서는 그들을 괴물이라 부르지 않고 괴고수라 불렀지요. 어쨌든 그 괴고수는 늪지를 자유자재로 이동했는데 어찌나 그 움직임이 빠른지 국주께서도 정확하게 그 실체를 파악하지 못하셨다고 하더군요. 순식간에 늪에서 솟아 나와 일행이 타고 있던 배를 공격하면 어김없이 한 명씩 의 희생자가 나왔다고 했어요. 그리하여 세 분의 표두님들을 잃고 나서야 국주님과 마 표두님은 어쩔 수 없이 노륙지를 벗 어났고요."

"혹 목숨을 잃으신 표두 분들의 시신에 남겨진 흔적에 대해 서는 말씀이 없으셨나요?"

"그게, 일단 괴고수의 공격 대상이 된 사람은 어김없이 노륙

지의 늪으로 끌려 들어갔다고 했어요. 결국 죽은 분들의 시신
은 단 한 구도 모셔오지 못한 거지요."

"그렇다면 스스로 물러난 곳을 왜 또다시 간 겁니까?"

조오현이 답답한 표정으로 물었다.

"국주님과 두 분 표두께서는 몇 가지 준비를 하고 가셨어요.
한 번 괴고수의 공격을 경험하셨으니 그에 대비해 배를 고치
고 또 괴고수를 상대할 무기들도 새롭게 장만하셨지요."

"휴… 그게 정말 늪지에 사는 괴물이라면 그 준비가 유용할
테지만 그게 아니라 국주님의 생각대로 괴공을 익힌 고수라면
그러한 준비는 아무런 소용이 없을 겁니다."

"국주님의 고집을 꺾을 수는 없었지요. 아시지 않습니까?"

상화옥의 말에 조오현이 수긍한다는 듯 고개를 끄덕였다.
아마도 그가 알고 있는 금오표국의 국주 진감은 무척 고집이
센 인물인 모양이었다.

"국주께서 떠난 지는 얼마나 되셨습니까?"

고검이 물었다.

"닷새 정도 되었군요."

"아무런 소식이 없었습니까?"

"떠나신 이후에는 아무 소식이 없군요."

"결국 그곳으로 가봐야겠군요."

고검의 말에 장내에 있던 무불장의 고수들이 고개를 끄덕였
다. 그들이 상화옥으로부터, 그리고 미심으로부터 전해 들은
이야기를 종합해 볼 때 노륙시는 아마도 무척 험준한 늪지일

것이다. 그것이 사람이 되었든 아니면 그 주변 사람들이 믿듯 괴물이 되었든 노륙지에 도사리고 있는 존재는 가공할 힘을 지니고 있는 것이 분명했다.

하지만 무불장의 고수들 중 두려움을 드러내는 사람은 없었다. 그들의 눈에는 오히려 미지의 존재에 대한 작은 흥분마저 감돌고 있었다.

'이들이 청부사로 살아가는 것은 금전 때문이 아니라 이렇게 생각지 않게 나타나는 기이한 존재들에 대한 흥미 때문이 아닐까?'

추산은 무불장 고수들의 표정을 보며 이런 생각을 떠올렸다.

진천은 동행하고자 했지만 고검과 조오현은 단호하게 진천의 동행을 거절했다. 이유는 간단했다. 진천에게는 무불장의 고수들과 함께 움직일 만한 능력이 없었다. 금오표국의 표두들은 고강한 무공을 소유하고 있었다. 그런 그들이 죽은 곳으로 진천을 데려갈 수는 없었다. 진천의 나이 이제 겨우 열여섯이었다.

진천은 영리한 소년이었으므로 자신이 무불장 고수들과 함께 갈 수 없다는 사실을 순순히 받아들였다.

"부탁드릴게요."

진천이 조오현이 아닌 고검을 보며 말했다. 그도 이미 이 무불장의 젊은 장주가 그가 믿고 갔던 조오현, 그러니까 과거에는 조앙이라는 이름으로 아버지와 인연을 맺었던 인물보다도 더 중요한 사람임을 알고 있었다.

"국주님의 소식을 알게 되면 연락을 보내도록 하겠네."

고검이 진천을 보며 말했다.

"좋은 소식 기다릴게요."

"나도 좋은 소식 전할 수 있기 바라네. 그럼, 이만 가보겠네."

진천에게 작별을 고한 고검이 진천의 뒤에 서 있는 상화옥에게 가볍게 고개를 숙여 보이고는 이내 무불장의 고수들을 이끌고 노륙지를 향해 떠나갔다.

"과연 저들이 아버지와 두 분 숙부님을 데리고 돌아올 수 있을까요?"

진천이 걱정스런 표정으로 입을 열자 상화옥이 대답했다.

"가끔은 그저 누군가를 맹목적으로 믿는 것이 좋을 때도 있단다. 저들을 한번 믿어보도록 하자. 저들은 말 그대로 강호제일의 청부사들이니까."

금오표국을 떠난 무불장의 고수들은 작은 배에 타고 강을 거슬러 올랐다. 하루 만에 남경을 지난 그들은 서둘러 배를 달려 오 일 뒤에는 태호로 접어들고 있었다. 그리고 태호의 서쪽 끝, 그러니까 노륙지와 인접한 곳까지 배를 몰아갔을 때 처음으로 이번 사건과 관련된 인물들을 볼 수 있었다.

"벽산철가의 배군요."

미심이 조용히 입을 열었다. 멀리 노륙지로 들어서는 입구
·에 세 척의 배가 위압적인 모습으로 떠 있었다. 배의 돛대 위
에는 검은색 깃발이 휘날리고 있었는데 그 가운데 철가라는
두 글자가 흰색으로 새겨져 있었다.

"벽산철가가 움직이지 않은 것은 아니군요."

대웅산이 입을 열었다. 그간의 정보로는 벽산철가에서는 이
번 사건과 관련해 밖으로 드러나는 움직임을 보이지 않는 것
으로 알려져 있었다. 그런데 지금 노륙지의 입구에 벽산철가
의 배들이 보이는 것으로 보아 드디어 벽산철가도 공식적으로
자신들의 선단을 공격한 흉수들의 추격에 나선 것으로 보였
다.

"아마도 우리가 금오표국에 들어선 이후에 움직인 모양이
에요. 제게 전해진 소식이 없었던 걸 보면……."

미심이 벽산철가의 배들에게서 시선을 떼지 않고 말했다.

"두 가지로 해석할 수 있겠군요."

추산이 눈빛을 반짝이며 말했다.

"어떻게 말이냐?"

고검이 흥미로운 표정으로 물었다.

"첫 번째는 비공식적으로 흉수를 추적했던 것이 실패했다
는 의미일 수 있겠고, 두 번째로는 믿었던 동궁과 남련의 고수
들이 아무것도 해주지 못했다는 의미일 수도 있겠지요."

"어느 쪽이라고 생각하느냐?"

고검의 물음에 추산이 빙긋 웃음을 지었다.

"그야 당연히 전자(前者)지요. 왜냐하면 벽산철가 같은 곳에서 자신들의 철 운반 선단이 공격당했는데 정말 두 손 놓고 있을 리는 만무니까요."

추산의 대답에 고검이 고개를 끄덕였다.

"나도 같은 생각이다. 아마 소수의 고수를 노륙지로 투입하는 일은 실패한 듯하구나. 저렇게 세 척이나 되는 선박을 보낸 것을 보면……. 아마도 세 척에 타고 있는 고수의 숫자만 해도 백에 육박할 것이다."

"아예 노륙지를 밀어버리려는 걸까요?"

그러자 미심이 추산의 말을 받았다.

"비록 그들이 대단한 숫자의 고수를 동원했다고 해도 노륙지를 단번에 장악할 수는 없을 거예요. 노륙지의 넓이는 몇십 리에 달하고 그 안의 지형 또한 사람들이 쉽게 접근할 수 없는 수림과 늪지가 혼재해 있으니까요. 더군다나 일 년의 반 이상을 안개에 휩싸여 있다고 하더군요. 그들이 저렇게 대선단을 투입한 이유는 아마도 노륙지를 장악하려는 것보다는 자신들의 피해를 줄이려는 데 있을 거예요. 저 정도 배와 인원이라면 노륙지의 괴물이든 괴고수든 쉽게 접근할 수 없을 테니까요. 그리고 그들은 아주 천천히 노륙지를 하나하나 훑어나가겠죠."

"시간이 걸려도 안전하고 완벽한 방법을 택하겠단 말이군요."

"그게 시간과 세력이 충분한 사들이 선택할 수 있는 가장 확실한 방법이라고 할 수 있죠."

　미심의 말에 무불장의 고수들이 고개를 끄덕였다. 그녀가 말한 대로 시간과 세력이 충분한 쪽이 선택할 수 있는 가장 확실한 승리 방법은 지구전이기 때문이었다. 그때 대웅산이 불쑥 입을 열었다.

　"우리 쪽으로 오는데요?"

　사람들이 대웅산의 말에 고개를 돌리자 과연 노륙지의 입구에 늘어서 있던 벽산철가의 세 척 배 중 한 척이 뱃머리를 돌려 무불장의 고수들이 타고 있는 배를 향해 서서히 접근해 오고 있었다.

第三章

미묘한 기류

孤劍秋山

"어디서 오는 사람들인지 모르겠으나 노륙지는 위험한 곳이니 돌아들 가시오!"

상대의 신분도 묻지 않고 뱃머리를 돌려 돌아가라고 소리치는 자는 거대한 체구에 부리부리한 눈동자를 지닌 오십대 중반의 사내였다. 검은 무복에 대도를 들고 있는 것이 전장을 호령하는 장수를 연상케 한다.

"정보에 따르면 벽산철가 십이 총관 중 여섯은 무공의 달인이고 다른 여섯은 상거래의 귀재들이라 하더군요. 무공의 달인 여섯 중 제일은 패도의 고수 황패라는 사람인데 저자의 인상착의가 바로 그 황패란 자와 닮았네요."

역시 미심이었다. 들은 정보로 단번에 벽산철가 십이 총관 중 무총관의 최고수 황패를 알아봤다.

"그나저나 누군지 묻지도 않고 돌아가는 건 자신들이 노륙지를 통제하겠다는 의밀까요?"

추산이 고검을 보며 물었다. 만약 벽산철가에서 자신들의 선단을 공격한 흉수들이 숨어들었다는 것을 빌미로 노륙지를 통제하겠다고 나오면 이번 청부는 처음부터 어려움에 부딪치게 될 터였다.

"지금부터 그들의 의도를 알아봐야겠지."

고검이 담담한 목소리로 말하고는 일행 앞으로 나섰다. 어느새 벽산철가의 선박은 무불장 고수들 바로 앞까지 다가와 무불장 고수들이 탄 작은 소선을 내려다보고 있었다.

"노륙지로 들어가는 수로가 막혔소이까?"

고검이 역시 자신의 신분을 밝히지 않고 물었다. 그러자 미심이 황패라 지목한 자가 송충이 같은 눈썹을 꿈틀거리며 말했다.

"옛날부터 노륙지의 위험함은 익히 알려진 사실이오. 그 사실을 모른다니 이곳 사람이 아닌 모양이구려? 어디서 온 누구인데 사람들이 찾지 않는 불모의 오지 노륙지에 들어가려는 것이오?"

"우린 개봉 무불장에서 온 사람들입니다."

고검의 대답에 황패의 얼굴에 뜻 모를 표정이 떠올랐다. 개봉 무불장, 천하제일청부사들이 모여 있는 곳의 이름이다. 더군다나 황패는 강호에 떠돌고 있는 소문들의 참과 거짓을 구

분할 줄 아는 인물이었으므로 무불장의 고수들이 어떤 인물들
인지 잘 알고 있었던 것이다.

"강호제일의 청부사들을 보게 되다니 오늘 이 황패의 안복
이 제법 있는 모양이오. 그렇다면 지금 말씀하시는 분이 무불
장주이시오?"

"그렇습니다. 고검이라고 합니다. 저 또한 말로만 듣던 벽
산철가 제일의 고수 황 대협을 만나게 되어 영광입니다."

그러자 황패의 얼굴이 살짝 굳는 듯하더니 이내 너털웃음을
터뜨렸다.

"핫하하! 과연 무불장주시구려. 단번에 나를 알아보다니 말
이오. 그런데 무불장의 고수 분들께서 이 불모의 습지 노륙지
에는 무슨 일로 오셨소이까?"

황패의 물음에 고검이 엷은 미소를 흘려내며 대답했다.

"강호의 황금충이 움직이는 이유는 오직 하나지요."

"청부를 받았다는 거요?"

"그렇습니다."

그러자 황패가 인상을 찌푸렸다. 그리고 잠시 생각에 잠겼
다가 다시 질문을 던졌다.

"그 청부의 내용을 알 수 있겠소이까?"

어찌 보면 상당히 무례한 질문일 수도 있었으나 고검은 담
담하게 황패의 질문을 받아들였다.

"본시 청부사는 청부자의 신분이나 청부받은 일에 대해 함
구하는 것이 원칙이나, 오늘 우리 무불장이 받은 청부는 벽산

철가와도 관련이 있는 일이니 숨길 일도 아니지요. 이번에 무불장에서는 벽산철가의 철 운반 선단을 공격한 일단의 흉수들을 추격해 달라는 청부를 받았소이다.”

순간 황패의 눈이 차갑게 굳어졌다.

“누가 본 가의 일을 감히 청부했단 말이오?”

“그야 당연히 이번 일로 손해를 보게 된 곳이지요.”

“그곳이 어디요?”

황패의 질문이 추궁하듯 매섭다.

“본 장은 이번에 금오표국의 청부를 받았소이다.”

“금오표국?”

고검의 대답에 황패가 고개를 갸웃거렸다. 아마도 금오표국에서 무불장을 고용했다는 것이 믿기지 않는 모양이었다.

“내가 알고 있기로 무불장에 청부를 넣기 위해서는 적어도 수백 금의 금자가 필요하다고 알고 있소만… 금오표국에 그런 금자가 있었다니 놀라운 일이군.”

고검의 대답을 바라고 한 말이겠지만 고검은 황패의 의문을 풀어줄 생각은 없었다. 금오표국과 무불장의 자세한 거래 내역까지 황패에게 말해줄 이유는 없기 때문이었다.

잠시 대답을 기다리다 고검에게서 바라던 대답을 얻지 못하자 황패가 살짝 인상을 구기며 다시 입을 열었다.

“해서 무불장의 고수 분들께서 이 노륙지로 들어가시겠다는 것이구려?”

“그렇습니다.”

"단 다섯 명이서 말이오?"

"무불장의 청부사는 그리 많지 않지요."

"강호의 동도로서 충고 한마디 하리다. 기실 강호에는 알려지지 않았지만 우리 벽산철가의 철 운반 선박들이 공격을 당한 이후 적지 않은 고수들이 이 노륙지로 들어갔소. 하지만 그 중 살아 나온 사람은 극히 적소이다. 본 가에서 조용히 일을 처리하지 않고 이렇게 대대적인 인원을 동원한 것도 다 그런 이유 때문이오. 그러니 무불장 단독으로 이 노륙지로 들어가는 것은 무척 위험한 일이오. 배를 돌려 돌아가거나 그도 아니면… 어떻소, 무불장도 본 가와 함께 움직이는 것이?"

무불장 단독으로는 어떤 성과도 얻을 수 없을뿐더러 오히려 목숨을 보장받기 어렵다는 투의 말투였다. 하지만 황패의 제의는 고검에 의해 단번에 거절당했다.

"타고 들어갈 배가 있으니 초청은 사양하겠습니다. 본래 강호의 황금충들은 홀로 움직이는 것이 상례지요."

그러자 황패가 다시 한 번 눈썹을 씰룩이더니 이내 고개를 끄덕였다.

"정 그렇다면 어쩔 수 없구려. 조심해서 들어가시구려. 무운을 빌겠소."

아마도 벽산철가는 고검 등이 예상한 것과는 달리 강호고수들이 노륙지로 들어가는 것 자체를 막을 생각은 없는 모양이었다. 아니면 무불장의 이름이 그들이 막아서기에는 너무 무겁기 때문일 수도 있었다. 무불상의 뒤에 천검 능운백이 버티고 있었으므로…….

"혹여 그동안 조사한 것 중 도움이 될 수 있는 정보를 얻을 수 있겠습니까?"

고검이 막 신형을 돌리려는 황패에게 물었다. 순간 고검의 질문을 들은 황패나 무불장의 고수들이나 모두 의아한 표정을 지었다. 노륙지로 홀로 들어가는 것을 만류한 황패에게 할 질문이 아니었던 것이다. 설혹 어떤 정보가 벽산철가에 있다 하더라도 자신들의 제의를 거절한 무불장에 정보를 줄 리 없었다.

"글쎄올시다. 우리 벽산철가에서도 별로 아는 것이 없구려. 도움을 주지 못해 미안하오. 하지만 지금이라도 충고하건대 이대로 배를 돌려 돌아가거나 아니면 우리와 함께 행동하시는 게 좋을 게요. 굳이 조사를 해보지 않아도 그동안의 결과가 노륙지의 위험함을 말해주고 있으니 말이오."

그러자 고검이 이미 황패의 대답을 짐작하고 있었다는 듯 고개를 끄덕였다.

"본 장의 안위를 걱정해 주시니 고마울 따름입니다. 하지만 역시 본 장은 홀로 움직이는 것이 좋겠습니다."

"흠… 정 그렇다면 그렇게 하시구려. 돌아간다. 배를 돌려라!"

황패가 심드렁하게 대답을 하고는 이내 배를 돌리라는 명을 내리고 선실 안으로 들어가 버리는 것이었다.

벽산철가의 선박이 천천히 배의 방향을 돌리는 사이 무불장의 고수들이 탄 소선은 벽산철가의 배를 지나쳐 노류지 쪽을 향해 나아가기 시작했다.

"사형, 마지막에 한 질문은 왜 하신 거예요?"

추산이 고검을 보며 묻자 다른 사람들도 고검을 바라봤다. 그들도 고검이 황패에게 그간 모은 정보를 알려줄 수 없냐고 부탁한 이유가 궁금했기 때문이었다. 애초에 그 질문에 대한 답이 황패의 입에서 나올 가능성은 전무했었다.

벽산철가에서 어느 정도의 정보를 수집해 놓고 있거나 아니면 아예 흉수들에 대해 갈피를 잡지 못하고 있거나에 상관없이 고검의 질문은 황패가 대답을 해줄 리 없는 질문이었던 것이다. 처음부터 황패는 무불장의 고수들이 노류지에 들어가는 것을 막으려 했던 것을 보면, 아마도 벽산철가는 다른 사람들이 이 일에 개입하는 것을 원치 않고 있는 것이 분명했다. 그런 그들이 자신들이 얻은 정보를 무불장에 전해줄 리 만무였다.

"난 그냥 한번 그의 반응을 살펴보려 했던 것뿐이다. 뭐라도 정보를 주면 더 좋고!"

"어차피 대답을 듣지 못하실 거라는 건 알고 계셨잖아요."

"물론 당연히 알고 있었지. 하지만 내가 보고자 했던 것은 내 질문을 받은 황패의 반응이었다."

"그의 반응이요?"

"예를 들면 그가 뭔가를 알고 있는 데 숨기려는 것인지, 아니면 정말 아무것도 모르는 것인지 같은 것이지. 그런데 가만

히 보니 그는 어쩌면 정말 별로 아는 것이 없을 것 같다는 생각
이 들더군. 내 질문을 받았을 때 그의 표정이란 정말 별로 할
말이 없는 사람 같았거든."

"아니, 사람의 표정을 보고 그런 것도 알 수 있어요?"

"그렇다. 넌 장사를 하겠다는 사람이니 앞으로 이런 연습을
많이 해두거라. 황패같이 힘을 앞세우는 인물은 자신의 내심
을 숨기지 않고 얼굴에 표현하는 법이란다. 상대의 표정에서
그 생각을 읽을 수 있다면 하고자 하는 거래에 실패할 리가 없
겠지."

"하하, 그렇겠네요."

"이 분야의 대가는 바로 왕 선생이다. 그분께 조언을 구해보
도록 하거라."

"그러고 보니 왕 선생을 뵌 지가 꽤 오래되었네요? 사천의
일이 잘 풀리지 않는 모양이지요?"

"글쎄다. 생각보단 일이 길어지는 것 같구나. 하지만 왕 선
생은 현명한 분이니 잘 마무리 짓고 올 게다."

"하여간 천하에 도둑놈들이 날뛰는군요. 왕 선생의 청부도
도둑맞은 물건을 찾는 것이고, 우린 도적질당한 쇠 덩어리를
찾고 있으니 말이에요."

"최근 들어 강호에 기이한 기류가 흐르고 있는 것은 사실이
다. 어쩌면 지금 강호천하에 도적과 마인들의 활동이 늘어나
고 있는 것은 그 전조라고 할 수도 있겠지."

"어떤 일의 전조죠?"

그러자 고검이 신중한 표정을 짓더니 무겁게 입을 열었다.

"내가 보건대 강호에 대한 사패의 장악력이 최근 들어 현저히 떨어지고 있는 것 같구나."

고검의 말에 무불장의 고수들이 고검을 바라봤다. 수십 년간 강호는 사패의 세상이었다. 사패를 제외하고는 강호 자체가 성립할 수 없는 시절에 그들은 살고 있었다. 그리고 그들은 그 사패의 세력이 약해졌다는 어떤 징후도 발견하지 못하고 있었다. 그런데 고검은 사패의 강호 장악력이 약해져 가고 있다고 말하고 있었다.

"왜 그렇게 생각하시는 거죠?"

모든 사람이 묻고 싶은 질문을 추산이 대신했다.

"우선 좀 전에 말했듯이 최근 들어 강호에 도적과 마인들의 활동이 부쩍 늘어난 것이 그 한 예다. 아마 내가 기억하는 사패의 시기 중 오대혈전을 제외하고는 이렇게 강호가 혼란스러운 적이 없었을 것 같구나. 더군다나 오늘 이 노룩지에서 벌어진 일만 해도 그렇다. 태호는 과거 동궁과 남련이 큰 전쟁을 벌였던 곳이다. 태호대전이야 옛날에 끝났지만 태호는 여전히 동궁과 남련이 첨예하게 대립하는 곳이지. 그런데 바로 이곳에서 벽산철가의 선단이 공격을 받았다. 물론 흥수가 남련과 동궁의 경계 지역이라는 점을 역이용했을 수도 있지만 뭔가 일을 벌이기에는 너무 민감한 장소라고 할 수 있지. 더군다나 벽산철가는 겉으로 드러나지 않았지만 동궁뿐 아니라 다른 세력에도 막대한 금자를 대고 있는 곳이고… 그 벽산철가를 태호에서 건드린 자가 나타났다는 것은 천하사패의 시대에 어떤 변화가 생기고 있다는 의미일 것이다."

"또 다른 징후는요?"

그러자 고검의 얼굴이 더욱 심각해졌다.

"너도 알고 있는 일이다. 바로 암옥이라는 존재 말이다."

추산도 암옥이라는 말을 듣고는 고개를 끄덕였다.

"정말 그렇군요. 암옥을 잠시 잊고 있었어요. 그런데 생각보다 그들이 너무 조용하지 않나요? 당시의 상황을 보면 곧이라도 천하에 자신들의 세력을 드러낼 것 같아 보였는데, 기련장도 손에 넣었겠다."

"아직은 사패와 견줄 힘이 부족하다고 보는 것이겠지. 하지만 분명 암중에 뭔가를 시도하고는 있을 게다. 특히나 네가 혼내준 그 암제 마극이란 자는 귀계를 꾸미는 데는 탁월한 재주가 있어 보였으니까. 그거야 어쨌든 암옥과 같은 세력이 등장한 것이나, 벽산철가의 선단이 태호에서 공격당한 것이나, 모든 것은 사패의 강호 장악력이 약해지고 있다는 증거가 아니겠느냐?"

"듣고 보니 그러네요. 천하사패의 강호에 변화가 생겨나고 있다라… 재미있어지는군요."

"또한 조심해야 할 때지."

고검과 추산의 대화가 이어지는 사이 무불장의 고수들을 태운 소선이 막 노륙지의 경계를 넘어서고 있었다.

노륙지는 처음부터 범상치 않은 모습으로 무불장의 고수들을 맞이했다. 다른 곳과는 물빛부터 달랐다. 푸른빛이 아닌 검은빛이 도는 노륙지의 수면은 단 한 자의 깊이도 사람들의 시선이 닿는 것을 허락하지 않았다. 또한 늪지 곳곳에 사람의 키 두세 배에 이르는 무성한 갈대숲이 이어져 있었다. 그리고 수십 리에 걸쳐 펼쳐진 광활한 갈대숲을 지나자 이번에는 햇빛을 가리는 거대한 나무들이 자리 잡고 있어 한 번 길을 잃으면 도저히 헤어 나올 수 없는 미로를 형성하고 있었다. 더군다나 일 년의 반은 안개로 뒤덮여 있다고 하니 웬만한 강심장을 지니지 않은 사람은 감히 들어올 엄두를 내지 못하는 지역이었다.

"이런 곳이 존재하리라고는 생각도 못했어요."

추산이 주변을 돌아보며 말했다. 안개 사이로 드문드문 보이는 숲과 작은 수로 주변을 가득 메운 늪지의 수풀들이 만들어내는 풍경은 이승의 세계가 아닌 듯 느껴졌다.

"귀신이라도 나올 것 같군."

추산의 곁에 있던 대웅산도 덩치에 걸맞지 않게 몸을 떨며 말했다. 그런데 말이 씨가 되었을까. 갑자기 한차례 스산한 바람이 불어오는가 싶더니 안개에 휩싸인 물 위의 나뭇가지에서 무언가 거뭇한 물체가 번개처럼 나타났다 사라졌다. 순간 무불장 고수들의 눈빛이 번뜩였다.

"뭐죠?"

추산이 긴장한 듯 나직한 목소리를 흘려냈다.

"글쎄, 분명 뭔가가 있는 듯한데……."

대웅산이 추산의 말을 받았다. 그런데 바로 그 순간이었다.

쐐애액!

소름 끼치는 파공음과 함께 안개 속에서 불쑥 은빛 물체가 나타나더니 무서운 속도로 무불장 고수들을 향해 날아들었다.

"기습인가?"

평범한 무사들 같으면 기겁을 했을 공격에도 무불장 고수들은 담담했다. 그리고 한순간 대웅산의 창이 날카롭게 앞으로 뻗어나갔다. 그러자 기이한 곡선을 그리며 무불장 고수들에게 닥쳐들던 은빛 물체와 대웅산의 창날이 허공에게 맹렬하게 교차했다.

창!

강렬한 충돌음이 늪지 위로 퍼져 나갔다. 대웅산의 거창에 막힌 은빛 물체는 자신의 길을 잃고 무불장 고수들의 옆으로 비켜 날아갔다.

"음!"

그리고 그 순간 대웅산의 입에서 작은 신음성이 흘러나왔다. 그의 얼굴과 무불장 고수들의 얼굴에 모두 작은 놀람의 빛이 떠올랐다. 공력으로는 무불장 첫째 둘째를 다투는 대웅산이었다. 그런 그가 묵직한 침음성을 흘려냈다는 것은 은빛 물체에 담긴 공력이 만만치 않다는 의미였다.

그렇게 은빛 물체를 튕겨낸 대웅산의 반응에 무불장 고수들이 놀라고 있을 때 갑자기 튕겨져 나갔던 은빛 물체가 맹렬히 회전하며 무불장 고수들의 뒤쪽에서 날아들었다.

"흥!"

은빛 물체가 다시 나타나자 대웅산의 안광이 번쩍였다. 호승심이 일어난 모양이었다. 그의 신형이 바람처럼 회전하며 자신의 창을 위에서 아래로 휘갈겼다.

카카캉!

순간 처음의 충돌보다 몇 배는 큰 충돌음이 장내에 울려 퍼졌다. 대웅산의 신형은 갑판을 벗어나 허공에 솟아올라 있었고 그의 창은 정확하게 은빛 물체의 정중앙을 찌르고 있었다. 덕분에 처음 충돌에서 대웅산의 창에 막혀 튕겨져 나갔던 은빛 물체는 이번에는 대웅산의 창끝에 머물러 있었다.

그리고 그제야 사람들은 은빛 물체를 정확하게 볼 수 있었다. 그것은 사방에 네 개의 검날을 지닌 십자 모양의 기형륜이었는데 그 가운데 사람의 손이 들어갈 만한 구멍이 뚫려 있었다. 보통의 무림인들이 십자륜이라 부르는 병기의 일종인 듯싶었다.

대웅산의 창날은 바로 그 십자륜의 중앙을 꿰뚫고 있었다. 그런데 대웅산의 창에 걸려 더 이상 움직이지 못할 것 같던 십자륜이 어느 순간 맹렬히 회전하기 시작했다.

"엇!"

대웅산이 예상치 못한 십자륜의 움직임에 잠시 당황하는 사이 십자륜이 낚시에 물렸다 떨어져 나가는 고기처럼 대웅산의 창날을 벗어났다. 그리곤 무서운 속도로 회전을 하더니 이내 굉음을 일으키며 안개 속으로 사라져 가는 것이었다.

한순간에 십자륜을 놓쳐 버린 대웅산이 멍한 표정으로 십자륜이 사라진 방향을 바라보다가 허탈한 웃음을 터뜨렸다.

"이런 제길, 오늘 이 대웅산이 단단히 망신을 당하는구나. 다 잡은 고기를 놓치다니."

"무서운 고수다. 조심해야겠어."

대웅산과 십자륜의 싸움을 지켜본 고검의 말이었다. 그리고 그것은 고검만이 아닌 무불장의 고수 전부의 마음이었다. 무불장 고수들 사이에 팽팽한 긴장감이 일어났다. 그들은 각자 자신의 병기에 손을 가져간 채 안개 자욱한 사방을 감시하듯 두리번거렸다.

"다시 공격할 생각은 없는 모양인데요?"

추산이 눈빛을 반짝이며 말했다.

"그런 방심을 기다리고 있는지도 모르지."

고검이 대답했다. 고검의 말 때문은 아니지만 무불장 고수들은 사위를 경계한 채 다시 얼마간의 시간을 흘려보냈다. 하지만 공격은 더 이상 이어지지 않았다.

"정말 가버린 모양이우, 장주!"

대웅산이 창을 거둬들이며 고검을 바라보자 고검이 고개를 끄덕였다.

"그저 한번 시험해 본 모양이로군."

"원 싱거운 놈 같으니라구. 하지만 대단한 공력을 지닌 자더군요. 지금껏 제가 만나본 인간들 중 열 손가락 안에 꼽을 공력이었습니다."

대웅산이 정색을 한 표정으로 말했다.

"벽산철가의 선박을 공격한 자들일까요?"

추산이 뭔가를 생각하는 듯한 표정으로 중얼거렸다.

"지금으로선 확신할 수 없다. 지금 이 노륙지에는 그들 말고도 적지 않은 고수들이 들어와 있을 테니까. 하지만 역시 그들일 가능성이 높겠지. 흉수들이 아니라면 굳이 우리를 공격할 이유가 없지 않겠느냐?"

고검의 대답에 추산이 고개를 끄덕였다.

"그렇겠지요? 그런데 흉수들은 생각보다 대단한 자들일 것 같네요."

"왜 그렇게 생각하느냐?"

"첫째 이유는 당연히 우릴 공격한 자의 무공이 고강한 것 때문이고요. 두 번째는 그들이 우릴 공격했다는 것은 이 기이한 늪지대인 노륙지를 완전히 파악하고 있다는 의미이기 때문이죠. 사실 우리가 노륙지로 들어선 것은 그리 오래된 것도 아니고, 또 우리 배는 벽산철가의 배들처럼 대단히 큰 것도 아니어서 이 넓은 노륙지에서 쉽게 발견할 수 있는 것은 아니죠. 그런데 그들은 우리가 노륙지에 들어선 지 반 시진도 되지 않아 공격을 해왔어요. 그건 그들은 이 거대한 불모의 습지를 완전히 파악하고 있는 게 아니겠어요? 그러니 그들이 보통 자들이 아니라는 거예요. 만약 어떤 문파가 이 노륙지를 완전히 파악하고 통제하려면 적어도 수백 명의 고수를 동원해야 할 거예요. 더군다니 시형 말치럼 지금 이 노륙지에는 강호의 내로라

하는 고수들이 들어와 있으니 그들의 눈에 발각되지 않으면서 노륙지를 통제하는 것은 더욱 어려운 일이 아니겠어요?"

추산의 말에 무불장의 고수들이 고개를 끄덕였다.

"추 소협의 말이 옳은 듯하네요. 역시 우린 이번에 제법 어려운 상대를 만난 것 같아요."

미심이 추산의 말을 거들었다.

"그런데 우린 언제까지 이렇게 정처없이 안개 속을 흘러들어 가야 하는 겁니까?"

대웅산이 답답한 표정으로 말했다. 그러자 고검이 빙긋 미소를 지었다.

"웅산, 가끔은 우리가 누굴 찾는 것보다도 누군가 먼저 우릴 찾기를 기다리는 것도 좋은 법이다. 우린 이 노륙지에 대해 아는 것이 별로 없으니 함부로 배를 멈추고 숲으로 들어갈 수는 없는 일이다."

고검의 예상은 정확하게 들어맞았다. 누군가 먼저 무불장의 고수들을 찾아왔던 것이다.

안개에 휩싸여 하늘을 덮은 나무는 가지를 수면에 닿을 정도로 치렁하게 내려뜨리고 있었다. 간혹 대웅산이 창을 들어 수면에 닿은 나뭇가지들을 밀어내야 뱃길이 열릴 지경, 당연히 무불장 고수들을 태운 소선은 아주 느리게 노륙지의 안쪽으로 흘러들어 가고 있었다.

'되돌아 나올 길이 있을까?'

추산은 자신들이 지나온 길을 돌아보며 생각했다. 추산 자신에게 다시 입구로 나가는 길을 찾으라고 한다면 도저히 그 길을 찾아낼 자신이 없었다. 하지만 배는 멈추지 않고 꾸준히 안개와 치렁한 가지를 가진 나무, 그리고 음습한 어둠이 혼재한 공간으로 밀려들어 가고 있었다. 그러던 어느 순간 무불장 고수들의 옷깃을 스칠 정도로 가깝던 나뭇가지들이 그들로부터 멀어졌다. 물길이 넓어지고 한쪽에는 제법 너른 공터가 눈에 들어왔다. 그런데 그곳에 사람이 있었다.

"도와주시오."

전신이 피로 낭자한 사내, 사십대 중반으로 보이는 사내의 손에는 검이 들려 있었지만 그가 들고 있는 검은 상대를 베기 위한 것이 아닌 그의 몸을 지탱하는 도구로 쓰이고 있었다. 이제라도 곧 허물어져 내릴 것 같은 몸을 겨우 자신의 검으로 지탱하며 사내가 무불장 고수들이 탄 배를 향해 힘겹게 목소리를 흘려냈다.

"어쩌죠?"

대웅산이 고검을 돌아봤다. 본시 위급에 처한 사람을 보면 구하는 것이 인지상정이지만 강호란 곳은 그런 기본적인 행동들조차도 한 번은 의심하고 행해야 하는 곳이다. 더군다나 이 노륙지는 무불장의 고수들에겐 암흑과도 같은 곳이기에 자신들에게 접근하는 사람을 무작정 맞아들일 수는 없는 곳이었다.

"만나본다. 하지만 조심해라."

고검의 대답에 대웅산이 고개를 끄덕이고는 구원을 청하는 자가 서 있는 공터로 천천히 배를 저어갔다. 가까이서 보자 구원을 청한 사내는 다른 의도를 가진 자로 걱정하지 않아도 될 만큼 처참한 모습을 하고 있었다.

"도와주시오."

재차 사내의 입에서 고통으로 일그러진 목소리가 흘러나왔다. 하지만 그의 눈에는 누군가 자신을 도와줄 사람을 만났다는 것에 대한 안도감이 드러나고 있었다.

"뉘시오?"

대웅산이 배에 탄 채 사내에게 물었다. 비록 사내의 몰골이 비참하기 이를 데 없지만 조심해서 나쁠 것은 없었다. 더군다나 사내는 심각한 부상을 입고 있긴 했지만 당장 죽을 것 같아 보이지는 않았다.

"난, 남궁유기라 하오. 남련 풍운당 소속이오."

사내가 다급한 목소리로 대답했다. 그러면서도 그는 힐끔거리며 자신의 뒤를 경계했다. 마치 누군가에게 쫓기고 있는 것처럼. 사내의 대답을 들은 무불장 고수들의 얼굴에 이채가 서렸다. 남련 풍운당 소속의 고수라면, 특히나 남련십육문 중 다섯 손가락 안에 꼽는 명문대파 남궁세가의 소속이라면 그의 이 비참한 처지는 쉽게 이해되지 않는 일이었다.

대웅산이 고검을 바라보자 고검이 고개를 끄덕였다. 그러자 대웅산이 훌쩍 배에서 날아올라 자신을 남궁유기라 밝힌 사내의 곁에 내려섰다.

“배에 오를 수 있겠소?”

대웅산이 묻자 남궁유기가 고개를 저었다.

“움직일 힘조차 없소이다.”

“흠, 그럼 날 의지하시구려.”

대웅산이 남궁유기의 팔 하나를 자신의 어깨에 걸치며 말했다. 그러자 남궁유기 눈에 의혹의 빛이 생겨났다.

“배에 오르는 것이 아니오?”

“왜 아니겠소. 그러니 어서 내게 몸을 맡기시구려.”

대웅산이 조금 귀찮다는 듯 대답하고는 남궁유기의 몸을 어깨에 걸친 채 훌쩍 몸을 날려 다시금 배로 날아올랐다.

그런데 그렇게 자신의 소원대로 무불장 고수들이 타고 있는 배에 오른 남궁유기의 표정에는 오히려 경계의 빛이 흐르고 있었다. 아마도 그는 자신을 부축한 채 배 위로 날아오른 대웅산의 무공에 놀란 듯 보였다. 강호에서 자신의 몸 하나 수장 높이로 띄워 올리는 인물은 많지만 이렇게 어른 한 명을 부축해 배 위로 날아오를 수 있는 고수는 쉽게 찾아볼 수 없었다. 남련 풍운당 소속이며 명문 남궁세가 출신인 자신조차도 누군가를 부축해 배 위로 날아오를 자신은 없었던 것이다.

“다, 당신들은 누구요?”

남궁유기의 입에서 두려움이 깃든 음성이 흘러나왔다.

“우린 무불장의 사람들이오.”

“무불장!”

남궁유기의 눈빛이 번쩍였다. 그도 무불장의 명성은 익히 알고 있는 듯했다. 동시에 그의 얼굴에 안도의 빛이 보였다.

"무불장의 고수 분들이셨구려."

"도대체 무슨 일을 당한 것이오?"

대웅산이 좀체 대명문 남궁세가 고수로서의 신위를 회복하지 못하는 사내에게 물었다. 강호명문의 고수들이란 아무리 심한 어려움을 겪어도 문파의 명예를 생각해 절대 나약한 모습을 보이지 않는 위인들이었다.

대웅산의 질문에 다시금 남궁유기의 얼굴에 공포가 깃들었다. 그리곤 재빨리 자신이 서 있던 공터 쪽을 바라보며 말했다.

"얼른, 얼른 이곳을 벗어납시다. 어서 이 노류지를 벗어나야 합니다."

하지만 남궁유기의 다급함은 무불장 고수들에겐 전달되지 못한 듯했다. 무불장의 고수들은 담담한 표정으로 홀로 공포에 질려 있는 남궁유기를 바라보고 있을 뿐이었다.

"뭘 하고 있는 것이오? 어서 이곳을 벗어나자니까?"

남궁유기가 자신의 말에 미동도 하지 않는 무불장 고수들을 돌아보며 소리쳤다.

"허! 물에 빠진 사람 건져 놓으니까 보따리까지 내놓으라네."

대웅산이 혀를 찼다.

"도대체 무슨 일이 있었던 것이오?"

고검이 냉정한 목소리로 물었다. 흥분한 사람의 가슴을 가라앉혀 대답을 이끌어내기에 적당한 목소리였다. 그러자 두려움에 떨던 남궁유기의 눈빛이 조금 가라앉았다.

"모두… 모두 죽었소. 그자는 사람이 아니라 마치 괴물과 같았단 말이오."

"도대체 누굴 두고 하는 말이오?"

"남련 풍운당 십오조를 전멸시킨 그자를 말하는 것이오."

순간 무불장 고수들의 눈에도 은은한 놀람의 빛이 떠올랐다.

남련 풍운당의 명성은 강호 전역에 퍼져 있었다. 남련 최고의 정보 조직으로 북천무맹 묵천성과 쌍벽을 이루는 조직이었다. 당연히 풍운당에 속한 고수들은 남련에서도 손꼽히는 인재들이었다. 그런 풍운당의 한 조를 전멸시킬 수 있는 인물이 과연 강호에 몇이나 있을 것인가? 아니, 그것보다도 강호의 온갖 어두운 부분을 헤집고 다니는 남련 풍운당의 인물을 이렇게 공포에 질리게 할 수 있는 인물이 몇이나 있을 것인가?

"지금 남련 풍운당 십오조가 전멸했다고 했소?"

고검이 여전히 차가운 음성으로 물었다.

"그렇소. 우리 조는 전멸했소."

"적이 단 한 명이었소?"

"아마… 아마 그럴 거요. 아니오, 확실히 그렇소. 그는 단 한 명이었소. 그 혼자서 우리 열 명 중 아홉을 전멸시킨 거요. 난… 강호에서 그자와 같이 잔혹한 자를 본 적이 없소."

"도대체 어떤 놈이기에 남련 풍운당의 한 조를 전멸시킨 거요? 좀 자세히 이야기해 보시구려.”

대웅산이 도저히 이해가 가지 않는다는 표정으로 물었다. 그러자 남궁유기가 자신이 상황을 정확히 설명치 않으면 무불장의 고수들이 움직이지 않을 거란 것을 깨달은 듯 두려움에 찬 목소리로 입을 열었다.

“이번에 남련에서 선발대로 이 노륙지에 투입된 인원은 풍운당 소속 세 개 조요. 풍운당주께서 친히 세 개 조를 이끌고 앞서 오셨고, 아마도 지금쯤이면 련에서 추가로 고수들을 이 노륙지로 보냈을 것이오. 우리 십오조는 그중 가장 먼저 노륙지에 투입된 조직이오. 이곤 당주께서는 두 개 조를 이끌고 노륙지의 초입에 머물러 계시고 우리 십오조가 노륙지 깊숙한 곳으로 보내졌소. 그런데… 그런데 그만 우린 그를 만나게 된 것이오.”

“글쎄, 그가 어떤 작자냐고 묻고 있지 않소?”

대웅산이 계속 흉수에 대해서는 이야기하지 않고 사설만 늘어놓는 남궁유기를 향해 소리쳤다. 그러자 남궁유기가 퍼뜩 정신을 차린 듯 다시금 입을 열기 시작했다.

“그는 이곳에서 하룻길 정도 떨어진 곳에서 나타났소. 습지가 끝나고 원시림이 시작되는 곳이었소. 처음 본 조의 동료 두 사람이 죽을 동안 우린 그의 얼굴조차 보지 못했소. 우리 풍운당의 당원들은 풍운당에 입당하면서부터 남련 최고의 경공과 은잠술을 수련하오. 그래서 우리의 움직임은, 특히나 숲에서의 움직임은 아무리 고수라도 쉽게 발견할 수 없소. 그런데 그

자는 우리 조원들의 움직임을 정확하게 읽고 있었소. 가장 먼저 일을 당한 사람은 우리 조의 조장이었던 상관경이었소. 놈은 우연인지 아니면 영악하게도 이미 우리의 움직임에서 상관경이 우리 조를 이끌고 있다는 것을 파악한 것인지 상관경을 먼저 제거했소. 그리고 상관경 조장의 죽음은 우리 십오조를 완전히 공황상태에 빠져들게 했소."

그러자 대웅산이 고개를 갸웃거리며 물었다.

"물론 조장의 죽음은 큰 충격이겠지만 그렇다고 남련 풍운당의 고수들이 한 사람의 죽음으로 공황상태에 빠져들었다는 것은 이해하기 어렵구려."

그러자 남궁유기가 얼른 고개를 끄덕였다.

"물론 그러실 거요. 우리같이 은밀하게 움직이는 사람들에게는 임무를 수행하다 동료가 죽는 것은 비일비재한 일이지요. 그러니 상관경 조장이 죽었다고 우리가 그런 혼란에 빠질 이유는 사실 없었소. 단, 그의 주검이 우리 앞에 던져지기 전에는 말이오."

말을 하는 남궁유기의 동공에 다시금 서서히 공포의 그림자가 내려앉기 시작했다.

"그것은… 아아, 도저히 사람이 한 짓이라고는 생각할 수 없을 정도로 처참한 주검이었소. 온몸은 마치 날카로운 맹수의 발톱에 할퀴어진 것처럼 너덜너덜하게 찢겨져 있었고, 한 팔은 아예 어깨로부터 뽑혀져 있었소. 더군다나 찢겨진 상처에서는 배 안의 내용물이 흘러나오고 있었던 것이오. 특히나 상관경

조장의 얼굴은 본래 있어야 할 곳의 반대쪽을 향해 있었소.”

순간 무불장의 고수들이 눈살을 찌푸렸다. 남궁유기가 말로 설명하는 것만 들어도 죽은 상관경의 시신이 어떤 모습을 하고 있었는지 짐작이 갔기 때문이었다.

“도대체 어떤 작자가……!”

대웅산이 은은한 분노를 담은 목소리로 중얼거렸다.

“처음에 우린 그게 사람의 짓이라고는 생각할 수 없었소. 그래서 노륙지를 두고 떠도는 소문, 노륙지에는 정체를 알 수 없는 괴물이 살고 있다는 그 소문 속의 괴물이 나타난 것이라고 생각했던 것이오. 하지만 두 번째 희생자가 생기고 또다시 세 번째 희생자가 생겨날 때 우린 드디어 놈이 괴물이 아닌 사람임을 알 수 있었소. 아아, 물론 놈이 비록 두 팔과 두 다리, 그리고 우리와 같은 눈코 입을 가지고 있기는 해도 오히려 괴물이라 부르는 게 더 자연스러울 만치 흉측한 모습과 포악한 성정을 지닌 놈이었지만 말이오.”

“그를 봤단 말이오?”

그러자 남궁유기가 고개를 끄덕였다.

“그렇소. 세 번째 희생자가 생길 때 우린 그자를 보게 되었소.”

“도대체 어떻게 생긴 자였소?”

“정말 괴물에 어울리는 자였소. 먼저 그 거대한 몸집이 우리 눈을 사로잡았소.”

그러면서 남궁유기가 대웅산을 바라봤다. 대웅산은 호기심 가득한 눈으로 남궁유기의 다음 말을 기다렸다.

"당신은 제법 몸이 크구려."

남궁유기가 대웅산을 보며 말했다.

"뭐, 다른 사람보다 조금 크긴 하오."

대웅산은 막강한 공력에 어울리는 몸집을 가지고 있었다. 무불장의 고수들 중 대웅산의 키가 가장 컸으며 체구 역시 철막공을 익힌 덕에 단단하기 이를 데 없었다.

"놈은 당신보다 적어도 일 척은 더 컸소."

남궁유기의 말에 대웅산뿐 아니라 무불장 고수들의 눈이 화들짝 커졌다. 보통의 사람들에게는 거인으로 취급되어도 괜찮을 대웅산보다 일 척이 더 크다면 도대체 남궁유기가 말하는 자는 어떤 몸집을 가지고 있단 말인가? 아니, 세상에 그런 사람이 존재할 수 있다는 사실 자체를 무불장 고수들은 받아들이기 어려웠다.

"그러면서도 그는 빨랐소. 도저히 그 움직임을 잡을 수 없을 만큼. 더욱 놀라운 것은 그의 공력이었소. 우린 그가 들고 있던 한 자루의 거대한 대도(大刀)보다도 그의 두 손이 더욱 두려웠소. 그가 어떤 강력한 장법이나 권법을 지니고 있기 때문이 아니라 일단 그의 손에 잡힌 동료들은 처참할 정도로 찢어지거나 짓이겨졌기 때문이오. 그에 비해 우린 제법 많은 인원이었지만 결국 맹수에 쫓기는 사슴마냥 뿔뿔이 도주할 수밖에 없었소. 지금 생각해 보면 우리가 힘을 합쳤다면 지금과 같은 상황이 벌어지지 않았을지도 모르겠소. 하지만 일단 조장이 죽어 조직력이 와해된 상황에서 그 잔인한 살인자를 대면하자 우린 아무 생각 없이 도주할 수밖에 없었던 것이오. 놈은 그런 우리를 한 명 한 명 사냥하듯 죽여 나갔소. 우린 무림의 법칙, 힘이 약한 자들이 강자를 상대할 때는 반드시 힘을 하나로 모아야 한다는 그 간단한 법칙조차 잊어버린 채 어두운 노륙지의 늪지대에서 뿔뿔이 흩어졌소. 이후 동료들이 어찌 되었는지는 나도 모르겠소. 하지만 아마도 모두 죽었을 것이오. 내가 살아서 당신들을 만난 것은 그야말로 기적인 셈이오. 그러니⋯ 배를 돌려주시기 바라오. 무불장의 명성은 오래도록 들어왔지만⋯⋯.”

그 뒷말은 듣지 않아도 알 수 있었다. 무불장의 고수들이 아무리 무공이 뛰어나다고 해도 그 흉수를 만나게 된다면 풍운당 십오조과 같은 길을 걷게 되리라는 경고일 것이다.

무불장 고수들의 시선이 고검에게로 향했다. 그들도 남련 풍운당 십오조의 유일한 생존자 남궁유기가 결코 거짓을 말하고 있지 않다는 것을 알고 있었다. 또한 그의 말에 조금의 과장이 없다는 사실도 눈치 채고 있었다. 이야기를 하는 내내 그의 눈에 담긴 공포는 결코 거짓이 아니었기 때문이었다.

“그를 만나면 이번 일의 수수께끼가 풀릴지도 모르겠군.”

고검이 담담한 어조로 말했다. 남궁유기의 긴 이야기가 끝났지만 그는 조금의 흔들림도 없어 보였다.

“결국 배를 돌리지 않겠다는 말이구려.”

남궁유기가 절망적인 표정으로 중얼거렸다.

"청부가 끝날 때까지 청부사는 목표를 향해 움직이는 법이오. 비록 그 앞에 죽음이 기다리고 있어도 말이오. 그게 돈을 받고 일을 하는 무림의 청부사들… 그러니까 황금충의 숙명이오. 그러니 그대가 이 배를 타고 우리와 함께 가지 않겠다면 지금 배에서 내리시오. 우린 당신들이 그 괴인을 만났다는 곳까지 들어갈 생각이오."

고검이 남궁유기를 보며 냉정하게 말했다. 그러자 남궁유기의 얼굴에 잠시 갈등의 빛이 서렸다.

"…하지만 이 배를 떠나서 어떻게 노륙지를 빠져나간단 말이오? 우리가 타고 들어온 배는 아직 그곳에 남아 있을 텐데……."

남궁유기가 포기한 듯 말했다. 그로서는 선택의 여지가 없었다. 날개가 달리지 않은 이상 이곳에서 내려 노륙지를 빠져나갈 방법은 없었다.

"아마도 당신들은 이 결정을 후회하게 될 거요."

남궁유기가 원망스런 눈으로 고검을 보며 말했다. 하지만 고검은 남궁유기의 시선 따위는 신경도 쓰지 않았다.

"웅산, 출발하자. 그리고 다른 분들은 좀 더 주변 경계에 신경을 써주시기 바랍니다."

"알았수, 장주! 어디 그 괴물인지 괴인인지를 만나러 가봅시다. 허허, 세상에 나보다 한 척이나 큰 놈이 있다니 얼른 보고 싶군."

대웅산이 안개에 휩싸인 검은 수로(水路)를 노려보며 중얼거렸다. 잠시 후 무불장 고수들을 태운 소선이 다시 노륙지의 중심을 향해 서서히 움직이기 시작했다.

배를 발견한 것은 무불장 고수들이 남련의 고수 남궁유기를 만난 후 다시 배를 움직인 지 여섯 시진쯤 지난 뒤였다. 한눈에 보기에도 험한 수로를 여행하기에 적합하게 만들어진 단단한 배였다. 무불장 고수들이 타고 있는 배에 비하면 그야말로 하늘과 땅 차이의 배. 하지만 배에서는 어떤 인기척도 느껴지지 않았다. 배는 남련 풍운당 십오조가 타고 들어왔던 그 배였다.

"배가 그대로 있구려."

남궁유기의 표정이 밝아졌다. 그들이 노륙지의 수로를 벗어나 땅 위로 하선했던 곳에 배는 그대로 남아 있었던 것이다. 살아남은 사람이 없으니 당연히 인기척은 없었다.

"가보시겠소?"

고검이 남궁유기를 보며 묻자 남궁유기가 긴장한 표정으로 고개를 끄덕였다. 고검이 대웅산에게 눈짓을 했다. 그러자 대웅산이 고개를 끄덕이고는 덩그러니 떠 있는 남련의 배 쪽으로 소선을 몰아가기 시작했다.

"혼자서라도 돌아가실 거요?"

배를 몰아가면서 대웅산이 남궁유기에게 물었다. 배가 생겼으니 그가 굳이 무불장 고수들과 동행할 이유는 없었다. 그는 그가 원하는 대로 자신들이 타고 온 배를 타고 노륙지를 벗어나면 될 터였다. 물론 그 배에 탈 사람이 자신 혼자라는 것이 문제긴 했지만……. 남궁유기가 당연하다는 듯 고개를 끄덕였다.

"당연하오. 난 돌아갈 것이오."

두 번 생각할 것도 없다는 말투였다. 천하사패로 강호를 지배하는 대남련 풍운당의 당원이라는 신분이 무색할 만큼 두려움에 떨고 있는 남궁유기였다.

'쳇, 이거 천하사패가 강호를 지배하게 된 이유가 궁금해지는 순간이군.'

남궁유기의 소심함에 적이 추산이 내심 실망하고 있을 때 무불장의 고수들이 타고 온 배가 남련의 고수들이 타고 온 배에 가볍게 부딪치며 멈췄다.

"자, 가시려거든 여기서 갈라지도록 합시다. 우린 이곳에서 배를 멈춰야겠소이다."

고검이 남궁유기를 보며 말하자 남궁유기가 고개를 끄덕였다.

"알겠소. 난 이곳에서 배를 갈아타겠소. 그런데 정녕 이곳에 남아 있을 생각이오?"

남궁유기가 걱정스런 눈빛으로 물었다.

"청부가 끝나지 않았으니……."

"청부도 좋지만 목숨이 더 소중하지 않겠소?"

"괴인이 강한 줄은 알겠지만 우린 아직 그와 일검도 나누지 않았소."

그러자 남궁유기가 가볍게 한숨을 내쉬었다.

"풍운당 십오조원들의 무공은 당신들이 생각하는 것처럼 그리 약하지 않았소. 꼭 그 괴인을 만나봐야 그의 무서움을 알 수 있는 것은 아니란 말이오. 하지만 역시 직접 경험하지 못한 이상 내가 아무리 이야기해도 소용없는 일이겠지. 어쨌든 난 이제 돌아가겠소. 위험한 순간에 목숨을 구해준 것 고맙소. 부디 몸조심들 하시오."

소선을 타고 오면서 조금이나마 체력을 회복한 남궁유기가 훌쩍 몸을 날려 텅 빈 남련 풍운당의 배에 올랐다. 그리곤 재빨리 배의 닻을 거둬 올리고는 그들이 따라 들어온 수로를 되짚어 나가기 위해 배를 움직이기 시작했다.

그러나… 그는 영원히 노륙지에 머물 운명인 모양이었다.

第四章

괴고수(怪高手)

　고검과 추산이 거의 동시에 느낀 그 기운은 말로 형언할 수 없을 만큼 음습했다. 그러면서도 온몸에 전율이 흐를 만큼 강력한 힘이 느껴지는 것이기도 했다.

　쩌저적!

　부수어진 것은 남궁유기가 타고 있는 배만이 아니었다. 그것은 노류지를 벗어날 꿈에 부풀어 있던 남궁유기의 희망을 완전히 파괴시키는 굉음이었다.

　한차례 굉음과 함께 남궁유기가 타고 있던 단단한 배의 정중앙에 미세한 균열이 생기는가 싶더니 이내 거대한 폭음과 함께 배가 산산이 부수어져 나가기 시작했다.

　"저건!"

대웅산의 입에서 한마디 탄성이 흘러나왔다. 그 순간 무불장의 고수들은 볼 수 있었다. 남궁유기가 타고 있던 배의 중심이 갈라지며 한 덩어리의 검은 물체가 거무튀튀한 대도를 들고 허공으로 숫구쳐 오르는 것을.

"놈이군."

어지간해서는 입을 열지 않는 조오현도 긴장한 목소리로 입을 열었다. 하지만 괴인의 신형을 발견한 무불장 고수들과 달리 남궁유기는 자신의 뒤쪽에서 숫아오른 괴인을 미처 발견하지 못하고 있었다.

"위험해!"

추산의 입에서 자신도 모르는 사이에 경고성이 터져 나갔다. 그 순간 남궁유기의 고개가 허공을 향해 젖혀졌다. 그리고 그의 눈에 하늘을 가득 메울 듯 거대한 체구를 지닌 괴인이 들어왔다.

"우악!"

남궁유기의 입에서 다급성인지 기합성인지 모를 괴성이 터져 나왔다. 동시에 그가 황급히 자신의 검을 뽑아 허공에서 떨어져 내리고 있는 괴인을 향해 찔러갔다. 그리고 그 순간 괴인이 들고 있던 거무튀튀한 대도가 거칠게 휘둘러졌다.

쩌정!

노륙지의 음습한 공기를 타고 한가닥 굉음이 퍼져 나갔다.

"저런!"

대웅산의 입에서 안타까운 탄성이 흘러나왔다. 괴인의 대도와 충돌한 남궁유기의 검이 맥없이 부러져 나가며 남궁유기가 괴인 앞에 아무런 방비 없이 노출되고 말았던 것이다.

그리고 그 순간 무불장의 고수들은 괴인의 입가에 한가닥 비릿한 미소가 지어지는 것을 보았다. 동시에 괴인의 도를 들지 않은 거대한 왼손이 남궁유기의 머리를 일격에 부숴 버릴 듯한 기세로 덮쳐 왔다.

남궁유기는 뱀 앞에 몰린 개구리처럼 완전히 상대의 기세에 질려 죽음이 코앞에 다가왔음에도 아무런 움직임도 보이지 못하고 있었다. 그렇게 남련 풍운당 십오조의 마지막 생존자 남궁유기의 생명이 사라지려는 찰나 한마디 노성과 함께 몇 줄기 검기가 번개처럼 괴인을 향해 닥쳐들었다.

“멈춰, 이 괴물아!”

노성의 주인은 추산이었다. 그의 신형은 허공에 반 장 정도 떠올라 있었고 그의 검은 괴인을 향해 뻗어나가고 있었는데 그 검에서 유성우를 연상케 하는 다섯 줄기의 검기가 전광석화처럼 터져 나왔다. 추산이 칠웅문 무저곡에서 깨달았던 그 절대경지의 환검이 펼쳐진 것이다.

“오!”

순간 무불장 고수들의 입에서 탄성이 흘러나왔다. 추산의 이 한 초식의 검법은 너무도 빠르고 신묘해서 지금껏 그들이 알고 있던 추산의 무공이라고는 생각할 수 없을 정도로 고절했던 것이다.

막 남궁유기의 머리를 한 손으로 부수어 버릴 듯하던 괴고수가 예상치 못한 추산의 공격에 움직임을 멈췄다. 그리고 다음 순간 어둠에 휩싸여 있던 그의 눈에 한가닥 기광이 서리는가 싶더니 보통 사람이라면 두 손으로도 들기조차 힘들어 보이는 대도를 맹렬하게 휘둘렀다.

차창!

추산의 검기와 괴고수의 대도가 부딪치며 맹렬한 충돌음을 일으켰다. 하지만 추산의 초식은 워낙 신묘한 데가 있어서 다섯 줄기의 검기 중 괴인이 막아낸 것은 세 개에 지나지 않았다.

팟!

괴인의 대도에 막히지 않은 두 줄기의 검기가 괴인의 몸을 스치고 지나갔다. 동시에 두 줄기의 선혈이 허공으로 치솟았다. 각기 다리와 목덜미를 베고 지나간 검기는 보통의 무인이라면 치명적인 상처를 남겼을 것이 분명한 타격이었다. 하지만 두 개의 검기를 허용한 괴인의 다음 움직임은 공격을 한 추산은 물론 무불장 고수들을 경악시키기에 충분했다.

“제법이군.”

동료들을 모두 잃은 남궁유기조차도 처음 들어봤음직한 괴인의 목소리, 마치 무쇠 솥을 긁는 듯 괴이로운 음성이 불현듯 괴인의 입에서 흘러나왔다. 그리곤 그의 입가에 다시금 예의 그 비릿한 미소가 드리워졌다. 그의 표정과 행동은 그가 입은 상처가 그에게는 전혀 치명적이지 않다는 것을 말해주고 있었다.

'뭐 이런 놈이 다 있지?'

추산의 머릿속에 짙은 의혹이 깃들었다. 분명 그의 검기는
상대의 허벅지와 목덜미를 베어냈다. 물론 목덜미를 베는 순
간 괴인이 살짝 머리를 틀어 치명적인 부상을 입히지는 못했
지만 이렇게 여유있게 말을 흘려낼 만큼 약한 공격도 아니었
던 것이다.

"이번엔 네가 한 번 막아봐라, 애송이!"

다시금 괴인의 입이 열리는 순간 거대한 괴인의 대도가 믿
기지 않을 만큼 빠른 속도로 그어졌다.

번쩍!

한줄기 빛이 괴인의 대도에서 번쩍였다. 그리고 그 빛은 여
지없이 추산의 몸을 일직선으로 가르며 닥쳐들었다.

"엇!"

순간 추산의 입에서 자신도 모르게 다급성이 흘러나왔다.
추산은 지금껏 이렇게 빠른 도초를 경험해 본 적이 없었다. 추
산이 재빨리 옆으로 몸을 틀었다. 순간 사내의 도가 추산의 왼
쪽 어깨를 스쳐 지나갔다.

팟!

추산의 어깨 부위를 감싸고 있던 옷과 그 안쪽의 살이 베어
져 나가면서 한줄기 선혈이 솟구쳤다.

"사제, 뒤로 물러나라!"

추산은 뒤쪽에서 다가드는 고검의 기운과 그의 목소리를 듣
고는 황급히 신형을 뒤로 뺐다. 그리고 그의 앞을 고검이 묵빛

검을 집어 들고 막아섰다.

"크크, 내 도를 피해내다니. 역시 대단해. 서로 한 번씩 칼질을 해댔으니 비긴 건가?"

괴인은 뒤로 물러나는 추산을 따라잡을 생각을 하지 않고 반으로 갈라져 침몰하는 남련 풍운당의 배 위에 서서 나직한 웃음을 흘려냈다. 추산의 관여로 가까스로 목숨을 구한 남궁유기는 어느새 몸을 날려 무불장 고수들이 타고 있는 배로 넘어와 있었다.

고검은 천하를 위압할 듯한 기세로 부서진 배 위에 우뚝 서 있는 괴고수를 담담한 시선을 응시했다. 사내의 모습은 남궁유기가 말했던 모습 그대로였다. 체구는 대웅산보다 일 척이나 컸고, 한 자루 도를 들고 있는 모습은 천하를 질타할 듯 위압적이었다. 또한 얼굴에 드리워진 묘한 미소는 상대로 하여금 알 수 없는 공포를 느끼게 만드는 힘이 있었다.

그런데 자신을 바라보는 고검을 대한 괴고수의 표정에 약간의 변화가 생겨났다. 감탄 같기도 하고 혹은 경계의 빛을 담고 있는 것 같기도 한 표정이 괴고수의 얼굴에 떠올랐던 것이다.

"무불장의 고수들이라고 했던가?"

괴고수가 다시금 그 괴이한 목소리로 입을 열었다. 그가 고검 일행이 무불장의 고수들임을 알고 있는 것으로 보아 그는 남궁유기가 고검과 추산 등을 만날 때부터 무불장 고수들을 주시하고 있었던 것이 분명했다. 고검이 상대의 물음에 답하지 않고 여전히 담담한 표정으로 상대를 응시했다. 그러자 괴고수가 다시 입을 열었다.

"최근 이 노륙지에 들어온 자들 중 가장 나아 보이는군."

"당신도 대단한 무공을 지니고 있구려."

고검이 상대의 말을 받았다. 순간 괴고수의 표정이 다시 한 번 변했다. 그러자 단번에 그의 몸에서 감당하기 힘들 정도의 진기의 폭풍이 흘러나왔다.

"무불장의 명성을 모르는 것은 아니야. 하지만 오늘날 이 노륙지는 죽음의 땅이 되었으니 목숨이 중한 줄 안다면 지금 즉시 이곳을 벗어나라. 그렇지 않다면 지금껏 쌓아 올린 무불장의 명성도 그대들의 목숨과 함께 이곳에 수장되리라."

괴고수의 입에서 흘러나온 목소리가 수면과 숲에 반사되어 허공을 한 바퀴 돌아 되돌아왔다. 자못 괴기스런 분위기를 일으키는 상대의 경고에 고검은 여전히 담담한 표정으로 대답했다.

"무불장의 명성은 언제나 청부에 있어서 뒤로 물러나지 않았기에 생긴 명성이오. 그러니 아무리 길이 험하다 하더라도 뒤로 물러날 수는 없소이다."

그러자 괴고수가 한차례 안광을 폭사시키더니 이내 앙천광소를 토해냈다.

"크하하, 인간의 어리석음이란 어쩔 수가 없구나. 죽음을 향해 뛰어드는 불나방을 무슨 수로 막을 수 있으랴. 나 천괴의 충고를 마다했으니 내 손에 죽어도 날 원망치 마라."

한차례 광소를 쏟아낸 천괴라 자칭한 괴고수가 순식간에 고검을 향해 일도를 떨쳐 냈다.

콰아앙!

그것은 추산을 공격할 때와는 완전히 다른 형태의 도법이었다. 추산을 공격한 초식이 대도에 어울리지 않는 쾌속의 도초였다면 지금 고검을 향해 떨쳐 내는 일초의 도법은 대도의 무게와 생김새에 어울리는 강력한 진기가 깃든 패도였다.

그러나 산을 쪼갤 듯한 기세로 다가오는 상대의 도를 고검은 미동도 하지 않고 정면으로 응시하고 있었다. 그러다가 상대의 도기에 검은 기운이 묻어 나오기 시작하는 순간 고검의 묵빛 검도 움직였다.

고검이 검을 들어 가볍게 휘두르자 순식간에 고검의 검에서 묵빛 검기가 만들어지더니 이내 괴고수의 도기를 향해 마주 달려나갔다. 그리고 강력한 진기를 머금은 검기와 도기가 허공에서 충돌했다.

콰콰쾅!

벽력을 치는 듯한 충돌음이 두 사람 사이의 공기를 진동시켰다. 덕분에 괴고수가 타고 있던 난파된 선박 조각들이 사방으로 튕겨져 나갔다. 그리고 그 충격에 뼈대를 잃은 배가 천천히 수면 아래로 가라앉기 시작했다. 고검은 두 걸음 정도 뒤로 물러나고 있었고, 괴고수는 어느새 난파선에서 솟아올라 배 뒤쪽의 땅 위에 내려서고 있었다.

"과연 대단하구나. 나를 뒷걸음치게 하다니. 하지만 이 노류지에선 설사 천검이 온다 해도 살아 돌아갈 수 없을 것이다.

크하하!”

땅 위로 내려선 괴고수가 한마디 경고성을 토해내고는 순식 간에 그의 뒤쪽에 펼쳐진 어두운 숲으로 모습을 감췄다.

“사형!”

괴인이 사라지자 추산이 얼른 고검의 곁으로 다가왔다. 고 검과 괴인의 충돌이 워낙 강력했으므로 혹여라도 고검이 내상 이라도 입지 않았을까 하는 걱정 때문이었다.

“괜찮다. 이번 일합의 격돌은 요란하기는 했지만 서로 상대 의 무공을 시험해 본 것에 지나지 않았다. 내 걱정은 말아라.”

고검이 담담한 목소리로 추산을 보며 말했다.

“휴, 그렇다면 다행이에요. 전 격돌음이 워낙 커서 두 사람 모두 전력을 다한 줄 알았어요. 그나저나 정말 대단한 자지요? 전 지금껏 저렇게 무시무시한 기운을 풍기는 자를 본 적이 없 어요.”

“아마도 절정의 공력과 도법을 지닌 자인 듯싶구나.”

“역시 그렇지요? 그런데 저자가 벽산철가의 선단을 공격한 자들의 일행일까요?”

“아마도 그럴 것이다. 그렇지 않다면 노륙지에 들어오는 강 호고수들을 막을 이유가 없지 않겠느냐?”

“흐흠. 저런 자가 과연 얼마나 있을까요?”

그러자 뒤에 서 있던 남궁유기가 입을 열었다.

“알려진 바에 의하면 벽산철가의 선단을 공격했던 자는 단 여섯 명에 지나지 않는다고 하더구려.”

“아, 그 이야기는 나도 금오표국에서 들었어요. 그때는 여섯이라는 숫자가 적다고 생각했는데 이제 보니 많지도 적지도 않은 숫자군요.”

추산이 중얼거렸다. 여섯이란 숫자는 세력 면에서 볼 때는 미미한 숫자에 불과했지만 그 여섯이 모두 방금 전 보았던 괴고수와 같은 무공을 지니고 있다면 그리 단순한 숫자가 아니었다.

“쩝, 기회가 되면 한 번 정식으로 붙어보고 싶은 자군요.”

그때 한동안 천괴라는 괴고수가 사라진 방향을 응시하고 있던 대웅산이 중얼거렸다. 그의 눈에 은은한 호승심이 일렁이고 있었다.

“웅산 자네라면 좋은 승부가 될 걸세. 하지만 만약 그를 만나게 된다면 조심해야 하네. 그는 단순히 공력만 높은 자가 아니야. 자네도 그의 신법을 보았겠지?”

고검이 대웅산을 보며 묻자 그가 고개를 끄덕였다.

“물론, 난 그의 일거수일투족을 모두 보았수. 하지만 발이라면 나도 누구 못지않게 빠르지 않습니까?”

“그런 면에서 보자면 두 사람은 무척 닮은 듯하군.”

“후후. 기분 나쁘게 나보다 한 척은 더 크지만 말입니다.”

대웅산이 의미심장한 웃음을 흘려냈다. 그건 그가 아주 오랜만에 적수다운 적수를 만났다는 의미이기도 했다.

“그나저나 이제부터는 걸어서 가야 하는 건가요?”

미심이 주변을 돌아보며 물었다. 미심의 말대로 배가 갈 수 있는 수로는 여기까지였다. 물론 곳곳에 작은 물길과 늪지가 형성되어 있기는 했지만 배를 몰아갈 정도의 수심과 폭이 되지 못했다.

"그래야 할 듯합니다. 자, 간단하게 짐을 챙겨 하선하도록 하시지요."

고검의 말에 무불장의 고수들이 각자의 짐들을 챙겨 들고는 배 아래로 뛰어내렸다.

"뭐 하쇼?"

땅 위로 내려선 대웅산이 배 위를 보며 소리쳤다. 배 위에서는 남궁유기가 곤혹스런 표정을 짓고 서 있었다.

"내게 이 배를 줄 수는 없겠소?"

남궁유기가 애절한 표정으로 말했다. 그는 다시 배를 떠나 노류지의 땅을 밟고 싶지 않다는 기색이 역력했다.

"젠장, 그 배를 당신에게 주면 우린 어떻게 돌아간단 말이오? 쓸데없는 생각 하지 말고 어서 배에서 내려오시오."

대웅산의 재촉에 남궁유기가 한숨을 내쉬며 결국 배에서 날아내렸다. 그리곤 재차 무불장의 고수들을 보며 말했다.

"거듭 말하지만 당신들은 지금 큰 실수를 하고 있는 거요."

"글쎄. 그건 두고 보면 알 일이지. 자, 어서 갑시다, 장주!"

대웅산이 남궁유기를 힐끗 보며 냉소를 흘려내고는 고검에게 말했다. 그러자 고검이 고개를 끄덕이고는 자신이 앞장서서 노류지의 음침한 수림 속으로 걸어 들어가기 시작했다.

그런데 무불장의 고수들이 늪지의 숲으로 사라지자 갑자기 그들이 타고 온 배 옆의 수면이 천천히 둥글게 말려 올라가기 시작했다. 그리고 잠시 후 그 물 덩어리가 사람의 형상으로 변하더니 어느새 온몸을 검은 가죽 옷으로 뒤덮은 사내가 물 위에 서 있었다.

"끌끌, 천괴가 제법 곤욕을 치른 모양이군. 몸을 빼다니 말이야. 나중에 제대로 놀려먹어야겠어."

그의 입가에 한가닥 미소가 드리워졌다. 그런데 물 위에 서 있는 그의 양손에는 기이한 형태의 병기가 들려 있었다. 십자 형태의 칼날을 달고 가운데가 뚫린 기병, 바로 무불장의 고수들이 처음 노륙지에 들어섰을 때 안개 속에서 그들을 향해 날아왔던 바로 그 십자륜이었다.

"하지만 무불장의 황금충들은 확실히 남다른 데가 있어. 나의 십자륜을 막아낸 자도 그렇고 천괴를 상대한 두 사람도 그렇고 보통 무공이 아니야. 어쩌면 지금 노륙지에 들어온 강호의 고수들 중 가장 까다로운 자들일지도 모르겠어."

그러더니 갑자기 사내가 들고 있던 기병을 가볍게 휘둘렀다. 그러자 퍽 소리와 함께 무불장의 고수들이 타고 온 배 옆구리에 거대한 구멍이 생겨났다. 그리고 그 구멍을 통해 물이 밀려들어 배가 수면 아래로 가라앉는 데에는 그리 오랜 시간이 걸리지 않았다.

"하지만 너희들은 그 남련의 고수라는 녀석의 말을 들어야 했어. 이제 돌아갈 배조차 없으니 너희들도 다른 자들과 마찬가지로 이 노륙지에서 제법 곤욕을 치러야 할 것이다."

사내가 음산한 웃음을 흘려냈다. 그리곤 무불장 고수들이 타고 온 배가 완전히 수면 아래로 가라앉자 그의 신형도 배와 함께 수면 아래로 내려가기 시작했다. 그렇게 배와 사람이 모두 수면 아래로 사라진 늪지에는 어느새 침묵이 찾아들고 있었다.

*　　　　*　　　　*

노류지의 숲은 예상보다 위험했다. 무불장의 청부사들은 하나같이 절정무공을 익힌 고수들이었지만 숲 곳곳에 늘어선 늪은 그들의 움직임을 느리게 만들고 있었다. 사람의 흔적 또한 쉽게 발견할 수 없었다. 이 늪지대에 과연 사라진 금오표국의 배와 그를 추격하는 강호의 고수들이 있기는 한 건지조차 의심스러울 정도로 인적을 발견할 수 없는 노류지였다.

"이해할 수가 없어요."

지루한 행보가 견디기 힘들었는지 추산이 입을 열었다.

"뭐가 이해할 수 없다는 거지?"

대웅산 역시 지루하던 참이었는지 얼른 추산의 말을 받았다."

"이 노류지에 우리가 들어왔던 그 수로 말고 다른 길이 있을까요?"

"글쎄. 아무래도 있지 않겠어? 이 노류지는 사방 수백 리에 달하는 습지니까. 우리가 모르는 수로가 당연히 있을 거야. 그런데 그건 왜?"

"그 탈취당했다는 금오표국의 배 말이에요. 벽산철가의 선단에 포함되어 있었다던…….

"그 배가 왜?"

"그 배의 크기를 생각할 때 과연 이 노륙지의 습지에서 그 배가 이동할 수 있었을까요?"

그러자 추산과 대화를 나누고 있던 대웅산뿐 아니라 다른 무불장의 고수들의 표정에도 의혹의 빛이 떠올랐다. 추산이 꺼내든 의혹은 확실히 일리가 있었다. 그들이 보기에도 이 노륙지에서 철을 운반할 정도로 큰 배가 움직일 만한 수로는 없어 보였다. 철 운반선은 적어도 그들이 타고 들어온 소선의 대여섯 배는 될 만한 크기였을 것이다.

"과연 듣고 보니 추 아우 말에 일리가 있군. 그자들은 도대체 어떻게 이 노륙지에서 그 철 운반선을 이동시켰을까?"

대웅산이 고개를 갸웃거렸다. 하지만 대웅산의 질문에 답을 하는 사람은 아무도 없었다. 그리고 다시 입을 연 것은 추산이었다.

"제 생각에는 그 배는 더 이상 이 노륙지에 존재하지 않을 것 같아요."

"그럼 흉수들이 그 배를 빼돌렸다고 생각하는 것이냐?"

고검이 추산을 보며 물었다.

"둘 중 하나겠죠. 그들이 사람들의 눈을 속이고 이 노륙지가 아닌 다른 곳으로 배를 빼돌렸든지 아니면 이 노륙지에 들어

와서 배를 수장시켰든지 말이에요. 그렇지 않다면 이 좁고 험한 늪지에서 그 큰 배를 움직일 수도 없을뿐더러 그 크기로 보았을 때 이미 노륙지에 들어선 강호고수들에 의해 발견되었어야 하지 않을까요?"

그러자 고검이 고개를 끄덕였다.

"듣고 보니 네 말이 맞는 것 같구나. 이미 그 배는 이곳에 존재하지 않을 가능성이 크구나. 더군다나 일이 벌어진 것은 이미 꽤 오래전의 일이니까."

"그럼 우린 뭘 찾아야 합니까? 지금껏 그 배를 찾기 위해 움직인 것인데?"

대웅산이 걸음을 멈추며 물었다.

"배는 없지만 흉수들은 아직 남아 있지 않은가?"

고검이 말했다.

"아! 그렇군요. 그 커다란 도를 쓰는 놈도 그렇고, 노륙지 입구에서 십자륜을 날린 놈도 그렇고… 그런데 그러고 보면 또 이상하군. 그자들은 왜 이곳을 떠나지 않고 남아 있는 걸까?"

그러자 추산이 눈빛을 반짝이며 말했다.

"그 문제에 대한 답을 알아내려면 먼저 다른 한 가지 문제를 생각해 봐야 해요."

"어떤 문제 말이지?"

대웅산이 호기심 어린 표정으로 물었다.

"그건 바로 흉수들이 왜 벽산철가의 철 운반 선단을 공격했느냐 하는 점이지요. 처음 생각할 수 있는 것은 그들이 벽산철가와 원한을 가진 자들이라는 것이죠. 두 번째는 벽산철가의 철 운반선에 싣고 있던 철이 필요한 자들일 수도 있고요. 세 번째는 벽산철가와 경쟁 관계에 있는 다른 상가에서 벽산철가에 타격을 주기 위해 사주한 일일 가능성도 있어요."

"사제의 생각으로는 그중 어떤 이유에서 흉수들이 벽산철가의 선단을 공격한 것 같으냐?"

고검이 흥미로운 표정으로 물었다. 그러자 추산이 잠시 생각에 잠겼다가 대답했다.

"제 생각에는 첫 번째 이유가 가장 그럴듯한 것 같아요."

"벽산철가에 원한을 가진 자들이 벌인 일이라는 것이냐?"

"그래요, 사형."

"이유는?"

"만약 철이 필요한 자들이라면 오직 한 척의 배만 가지고 사라졌을 리가 없지요. 그리고 벽산철가에 타격을 주려는 다른 경쟁 상가의 짓이라면 그 효과가 별로 크지 않다는 거죠. 알다시피 벽산철가가 이번에 입은 손해는 비록 큰 것이기는 해도 벽산철가에 치명적인 타격을 줄 정도는 아니거든요. 오히려 죽어나는 것은 금오표국 같은 곳이죠. 하지만 사실 이번 일이 벽산철가에 원한을 가진 자들이 벌인 일일 거라고 생각하는 이유는 달리 있어요."

"말해보거라."

"제가 보기에 흉수들이 탈취한 한 척의 철 운반선은 아무래도 하나의 미끼 같아요."

“미끼?”

“네, 이 늪지대로 벽산철가의 고수들을 끌어들이려는 미끼 말이에요. 그들은 단순히 벽산철가의 선단을 공격하려는 것이 목적이 아니라 이후 벽산철가에서 투입하는 고수들을 모조리 이 늪지에서 도륙 내려는 것이 목적 같아요. 특히나 이 방법은 소수의 고수가 다수의 무리를 상대할 때는 무척 유용한 것이죠. 더군다나 그들이 이곳 노륙지에 무척 익숙한 자들이라면 말이에요.”

그러자 대웅산이 추산의 말을 거들었다.

“노륙지의 입구에서 우리를 공격했던 십자륜의 주인이나 그 천괴라는 무지막지한 괴인도 이곳의 지리에 무척 익숙해 보였지.”

“하지만 이곳에 들어온 인물 중 벽산철가에 속하지 않은 사람들도 많지 않느냐? 아니, 오히려 벽산철가의 고수들보다도 훨씬 많다고 할 수 있지. 단지 벽산철가의 인물들을 끌어들여 그들을 주살하기 위해 벌인 일이라고 보기에는 지나치게 관련된 자들이 많고 일이 커진 것 같구나.”

고검의 지적에 추산도 고개를 끄덕였다. 벽산철가에 원한을 가지고 있는 자들이 벽산철가의 고수들을 제거하기 위해 벌인 일치고는 일이 너무 커져 있는 것이 사실이었다.

“사형 말이 맞을 수도 있겠군요. 하지만 전 그 이유 말고는 딱히 떠오르는 이유가 없네요.”

“어쩌면 우리가 전혀 짐작하지 못한 일들이 이번 일에 관련

되어 있을지도 모른다. 이번 일은… 단순한 원한 관계나 상권 다툼으로 일어난 일 같지는 않구나. 두고 보면 알겠지만 예감이 썩 좋지 않아."

고검이 얼굴에 그늘을 만들며 말할 때 그들 앞에 작은 호수라 불러도 좋을 크기의 연못이 나타났다. 연못은 사방으로 물길이 연결되어 있었는데 그중 무불장 고수들이 들어온 방향과 반대쪽 방향으로 이어진 물길은 제법 넓어 작은 배가 왕래할 만했다. 그리고 그 물길을 따라 한 척의 배가 모습을 드러냈다.

"누굴까요?"

대웅산이 경계의 눈빛을 보이며 말했다. 그러자 지금껏 의기소침한 채 불안에 떨던 남궁유기의 눈빛이 반짝였다.

"저건… 본 련의 배요."

남궁유기의 얼굴에 생기가 번뜩였다.

"풍운당의 다른 두 개 조는 노륙지 입구에 머물러 있다고 하지 않았소?"

대웅산이 묻자 남궁유기가 고개를 끄덕였다.

"아마도 우리 십오조가 나오지 않자 다른 조가 움직인 모양이오."

남궁유기의 발걸음은 자신도 모르는 사이에 배가 나타난 쪽으로 움직이고 있었다.

"역시 이 노륙지의 수로는 이상하군요. 우린 더 이상 배를 몰 수 없어서 하선했는데 저 배는 이곳까지 들어왔으니 말이에요."

"노륙지는 북쪽 산림 지대를 제외하고는 동서남 세 방향이 모두 태호에 연해 있어요. 그러니 어느 쪽으로 들어오느냐에 따라서 그 물길이 완전히 달라진다고 할 수 있죠. 더군다나 노륙지 안에서의 수로는 거미줄처럼 엉켜 있어 운이 좋은 사람은 한쪽 끝에서 다른 쪽 끝까지 배에서 내리지 않고 이동할 수 있다고 알려져 있지요."

미심이 추산의 의문에 대답을 하는 사이 남궁유기의 신형은 무불장 고수들을 떠나 어느새 연못 반대편에 나타난 남련의 배 이십여 장까지 접근해 가고 있었다.

그런데 그의 시선이 막 배 위에 서 있는 자들에게 닿으려는 순간 갑자기 배의 십여 장 뒤쪽의 물속에서 하나의 검은 인영이 솟구쳐 올랐다. 그리곤 그 검은 인영으로부터 은빛으로 번쩍이는 두 개의 물체가 무서운 속도로 토해졌다.

"저건!"

무불장의 고수들이 검은 인영이 토해낸 물체를 확인하고는 긴장한 눈빛으로 나직이 소리쳤다. 뿌연 습기를 뚫고 무서운 속도로 날아드는 두 개의 은빛 물체, 그것은 무불장의 고수들이 노륙지에 들어섰을 때 시험하듯 그들을 공격했던 바로 그 십자륜이었다.

물론 다른 점이 없는 것은 아니었다. 그때는 하나의 십자륜이 무불장 고수들을 공격했지만 지금 남련의 배를 향해 날아가는 십자륜은 두 개였다. 그리고 무엇보다도 큰 차이는 부서운 속도로 회전하는 십자륜에 담긴 위력이었다.

쾌아아!

습지에서 솟아난 안개가 십자륜에 의해 파도 갈리듯 갈라졌다.

"적이다!"

남련의 배에서도 검은 인영의 공격을 눈치 챘는지 날카로운 경고음이 터져 나왔다.

그러나 남련의 고수들이 십자륜의 공격을 알아챈 것은 늦은 감이 있었다. 몇몇 남련 고수들이 날아오는 십자륜을 향해 병기를 뻗어내려 할 때 두 개의 십자륜은 무서운 속도로 남련의 고수들이 타고 있는 배를 파괴하고 있었다.

우지직!

십자륜이 배의 돛대를 관통하자 여섯 척 길이의 돛대가 비명 소리를 질러대며 옆으로 쓰러졌다. 덕분에 남련의 배가 한쪽으로 중심이 쏠리며 기우뚱거렸다.

그사이 또 하나의 십자륜이 수면을 타고 날아들며 배의 옆구리에 박혀들었다.

쾌쾅!

배의 측면에 충돌한 십자륜은 여지없이 배의 옆구리에 커다란 구멍을 만들어냈다. 그 구멍을 통해 물이 배 안으로 쏟아져 들어갔다. 그때 한 명의 신형이 배 위로 솟구쳐 올랐다. 그리고 그의 입에서 냉정한 명령이 흘러나왔다.

"세 사람은 배로 들어오는 물을 막아라. 나머지는 놈을 상대한다. 적은 강하니 세 사람씩 짝을 이뤄 놈의 공격을 막아라.
십조장은 나와 함께 움직인다."

명을 내리는 사람은 검은 무복을 걸친 초로의 노인이었다.
마른 체구에 날카로워 보이는 인상, 그리고 불의의 기습을 받
아 배가 심하게 상했음에도 당황하지 않는 심기, 배 위 이 장여
의 높이까지 솟아오르는 무공, 가히 강호 절정고수의 신위를
보여주고 있는 고수였다.

"그군요."

미심이 배 위로 솟구쳐 냉정하게 남련의 고수들을 지휘하는
노인을 보며 말했다.

"그라뇨?"

추산이 묻자 미심이 재빨리 대답했다.

"남련 풍운당의 당주 이곤이에요. 그는 남련십육문 해월가
출신이지요. 무공으로는 해월가의 가주 유고부를 능가한다고
알려진 인물이에요. 해월가 역사상 최고의 무공을 지녔다고
알려져 있어요. 해월가의 전대 가주가 천애 고아인 그를 제자
로 들였다고 하더군요. 단지 그가 해월가의 핏줄을 잇지 않은
외부인이기에 해월가의 주인이 되지 못하는 것이 그로서는 안
타까운 일이지요. 하지만 해월가의 주인은 되지 못했어도 남
련 풍운당의 당주가 되었으니 역시 성공한 무림인이라고 할
수 있지요."

"아! 그가 바로 풍운당주였군요. 어쩐지 기습을 받고도 침착
하다 했어요."

추산이 고개를 끄덕였다.

"재미있는 싸움이 될 것 같군."

조오현이 중얼거렸다.

"하지만 풍운당 십오조는 그 천괴라는 자에게 전멸을 당했잖아요. 그러니 저들도 위험하지 않을까요?"

추산의 말에 고검이 고개를 저었다.

"그렇지가 않다. 풍운당의 십오조가 천괴라는 자에게 몰살당한 것은 천괴라는 자가 십오조의 조장을 제일 먼저 제거했기 때문이라고 할 수 있다. 그들은 지휘자를 잃고 잔혹한 상대의 손속에 놀라 그만 자신들의 조직력을 발휘하지 못했던 것이다. 하지만 지금은 이곤이 남련의 고수들을 지휘하고 있다. 그 한 명의 무공으로도 흉수에 뒤지지 않을 텐데 그에게는 수족처럼 부릴 고수들이 있으니 어찌 흉수가 유리하다고 할 수 있겠느냐?"

그리고 싸움은 고검의 예상대로 진행됐다. 허공으로 솟구친 이곤이 수면 위에 웅크리고 서 있는 가죽 옷을 입은 검은 인영을 향해 일검을 내리긋자 그와 괴인 사이의 물이 분수처럼 솟아올랐다. 남련십육문 해월가의 제일고수라는 이곤의 무위가 단번에 드러나는 공세였다.

이곤의 검에서 뻗어나간 한줄기 검기가 그대로 괴인의 신형을 뚫고 지나갔다. 하지만 이곤의 검기가 베고 지난 것은 괴인의 그림자였다. 괴인은 어느새 수면 위를 땅처럼 이동해 이곤의 공세에서 벗어난 후 자신에게로 돌아오는 두 개의 십자륜을 회수하고 있었던 것이다.

"크크크, 과연 남련 풍운당의 당주답구나. 해월가의 정통 핏줄이었다면 가문의 주인이 되었을 인물이라더니……. 하지만 오늘 이 노륙지에 들었으니 네 명성도 오늘로 끝이 나리라."

상대를 도발하는 진득한 음소를 흘려낸 괴인이 다시 자신의 기병인 십자륜을 떨쳐 냈다.

위위잉!

그러자 십자륜에서 벌 떼가 나는 듯한 소리가 흘러나오더니 두 개의 륜이 여러 번 앞뒤를 바꿔가며 이곤을 향해 날아들었다.

"놈!"

이곤의 입에서 나직한 노성이 흘러나왔다. 하지만 나직한 그 목소리가 품고 있는 노기의 서슬이 퍼렇게 살아 있어 그의 뒤쪽으로 몰려들던 남련 고수들의 몸이 자신들도 모르게 움찔거렸다. 그들은 자신들의 우두머리인 이 노고수가 정말 노했을 때는 정작 목소리가 낮게 가라앉는다는 것을 익히 알고 있었다. 그리고 일단 노기를 발한 이곤의 행동이 얼마나 단호하고 냉혹한지도…….

파팟!

이곤의 검이 열십자로 그어졌다. 그러자 순식간에 십자형의 검기가 만들어지더니 서서히 회전하면서 이곤을 향해 날아오는 두 개의 십자륜을 향해 날아가기 시작했다. 그리곤 뒤이어 이곤의 신형이 자신이 만들어낸 검기를 따라 날아가기 시작했다.

까가강!

이곤의 검기와 괴인의 십자륜이 격돌하며 기이한 마찰음이 일어났다. 그러자 괴인의 십자륜이 이곤의 검기에 튕겨져 나가며 방향을 잃고 허공으로 치솟았다. 순간 이곤의 신형이 두 개의 병기가 충돌한 그 공간을 뚫고 지나며 순식간에 물 위에 서 있는 괴인과의 거리를 좁혔다.

"주둥이만큼 재주가 있나 보자!"

상대와의 거리를 이 장 안쪽으로 좁힌 이곤이 전광석화처럼 일검을 뻗어냈다. 그러자 그의 검에서 두 줄기 검기가 기이한 유선을 그리며 물 위의 괴인을 향해 날아갔다.

파아아!

그 검기의 힘에 못 이겨 두 사람 사이의 물이 거칠게 요동쳤다. 상황은 괴인에게 무척 불리해 보였다. 괴인의 병기인 두 개의 십자륜은 아직 괴인의 손에 들어오지 않았기에 그는 맨손으로 이곤의 강력한 검공을 막아내야 할 상황이었다.

"풋! 좋아. 늙은 생강이 제법 맵군. 다시 보자!"

괴인의 입에서 한마디 냉소가 흘러나오더니 순식간에 그의 신형이 수면 아래로 가라앉았다.

파파팍!

그리고 그가 사라진 수면으로 이곤의 검기가 매섭게 찍혀 들어갔다. 하지만 이미 괴인은 이곤의 공세에서 벗어난 이후였다. 이곤이 가볍게 물을 차고 다시 허공으로 날아오르며 재빨리 주위를 살폈다. 하지만 어디에서도 괴인의 모습을 찾을 수 없었다.

"수귀였던가?"

이곤이 의혹 어린 음성을 한 번 흘려내고는 다시금 떨어지는 신형을 두 발로 수면을 가볍게 차 띄워 올린 후 자신들이 타고 온 배로 돌아왔다.

"정말 대단한 고수군요."

추산이 혀를 내두르며 중얼거렸다. 단번에 괴인을 물리친 이곤의 무공에 대한 감탄이었다.

"남련 풍운당의 당주쯤 되면 저 정도 실력은 있어야지."

대웅산이 별것 아니라는 듯 말했다. 그리고 그때쯤 배로 되돌아온 이곤이 남궁유기와 얼굴을 대면하고 있었다.

"만나보실 거예요?"

추산이 고검을 보며 물었다.

"그건 그의 마음에 달려 있겠지."

고검이 턱으로 배 위의 이곤을 가리켰다. 남궁유기와 이야기를 나누고 있던 이곤이 무불장의 고수들 쪽으로 고개를 돌리고 있었다. 그리곤 잠시 생각에 잠긴 듯하더니 남궁유기에게 뭔가를 이야기했다. 그러자 남궁유기가 금세 배 위에서 날아내려 다시금 무불장 고수들 곁으로 돌아왔다.

"당주께서 장주를 만나길 바라시오."

든든한 동료를 만났기 때문일까 남궁유기는 노륙지의 괴고수에 놀라 겁에 질려 있던 그가 아니었다. 그는 어느새 남련 풍운당 소속 고수로서의 기세를 되살리고 있었다.

"그렇게 합시다."

고검이 순순히 대답하자 남궁유기가 손을 들어 배 위의 이곤에게 신호를 보냈다. 그러자 이곤이 고개를 끄덕이고는 다섯 명의 수하를 거느리고 뭍으로 날아내려 무불장 고수들이 서 있는 곳으로 다가왔다.

'생각보다 늙지 않았군.'

가까이 다가온 이곤을 보며 추산이 생각했다. 남련 풍운당을 이끌 정도면 백발이 성성한 노고수일 거라 생각했는데 이곤은 기껏해야 오십대 후반이거나 육십대 초반으로밖에는 보이지 않았다.

"반갑소이다. 난 남련 풍운당의 이곤이라 하오."

이미 고검이 무불장의 장주임을 알고 있는 듯 이곤이 고검에게 먼저 말을 건넸다. 거침없으면서도 품위를 잃지 않는 말투, 고검의 눈빛이 반짝였다. 그리곤 그의 입에서도 담담한 목소리가 흘러나왔다.

"저야말로 강호의 노선배를 만나뵙게 되어 영광이군요. 무불장을 맡고 있는 고검이라 합니다."

사실 강호에서 제법 이름 있는 고수들은 이런저런 이유로 서로의 얼굴을 한 번쯤은 보게 마련이지만 이 두 사람은 오늘이 서로의 얼굴을 보는 첫 번째 날이었다.

"무불장주의 명성은 오래전부터 듣고 있었소이다. 그런데 직접 보니 오히려 소문이 실제에 미치지 못하는 듯하구려."

그러자 고검이 가볍게 미소를 지었다.

"과찬이십니다. 저야말로 남련 풍운당의 당주께서 절세적인 무공을 지니고 있다는 소문을 들었는데 오늘 보니 명불허전이더군요. 많은 깨우침을 얻었습니다."

그러자 이곤의 입가에 한줄기 미소가 만들어졌다.

"장주야말로 이 늙은이의 얼굴에 금칠을 하는구려. 사실 오늘 이 이곤은 큰 망신을 당할 뻔했구려. 놈의 무공은 무척 괴이해서 조심하지 않을 수 없었소이다."

이곤이 정색을 하며 말했다.

'흠, 정말 그자의 무공이 대단하긴 했나 보군. 풍운당의 당주라는 이 노고수가 이렇게 정색을 할 정도면 말이야.'

추산이 내심 십자륜을 사용하는 괴인에 대해 생각하고 있을 때 고검이 입을 열었다.

"이번 일은 정말 기이하군요. 천하제일재력가라는 벽산철가의 선단이 공격을 받은 것도 충격적인 일이지만 이 노류지 안에서 만나는 괴고수들의 무공 수위는 예상치 못한 것이었습니다."

그러자 이곤의 낯빛이 어두워졌다.

"정말 그렇소이다. 난 지금도 본 당의 십오조가 전멸을 당했다는 것이 믿기지가 않소이다. 본 당의 고수들은 하나같이 남련십육문에서 심혈을 기울여 키운 기재들인데……."

이곤은 아마도 풍운당 십오조의 전멸을 배 위에서 남궁유기에게 전해 들은 모양이었다. 그 사실을 전해 듣고도 이 정도의 평정심을 유시하고 있다는 것은 그의 심기가 상당한 깊이를 지니고 있음을 보여주는 것이리라.

"아마도 남련의 고수들이 미처 상대의 실체를 파악하지 못해 벌어진 불상사일 겁니다. 제가 본 그 천괴라는 괴고수의 무공은 비록 기이하고 뛰어나긴 했어도 단신으로 풍운당의 한 개 조를 상대할 정도는 아니었습니다."

그러자 이곤이 고개를 끄덕였다.

"나도 무림천하에 풍운당의 한 개 조를 홀로 상대할 수 있는 고수가 많다고는 생각지 않소이다. 아마도 십오조장이 먼저 당한 것이 일을 그 지경으로 만든 이유일 게요. 더군다나 흉수들은 이 노륙지의 지형에 익숙하니 혼란에 빠진 십오조의 조원들을 상대하기에 더욱 수월했을 것이오. 그나저나 이제 무불장은 어떻게 움직이실 생각이오?"

이곤의 말에는 자신들과 동행하면 어떻겠냐는 의미가 내포되어 있었다. 이런 험지에선 서로 힘을 합칠수록 안전한 법이니까.

"저희는 일단 북쪽으로 움직일 생각입니다. 동서남 세 방향의 수로는 이미 강호의 고수들에 의해 여러 차례 탐색되었을 듯하니 말입니다."

그러자 이곤이 고개를 끄덕였다.

"맞는 말이오. 지난 수십 일간 노륙지의 수로들은 대부분 사람들의 발길이 닿았다고 볼 수 있소. 아직 조사가 이루어지지 않은 곳은 수로가 연결되지 않은 북쪽의 원시림뿐이오. 탈취된 것이 배라 숲 쪽은 일단 뒤로 밀렸던 것이오. 하지만 우리도 이제부터는 육로로 북쪽 숲을 조사해 볼 생각인데… 우리와 함께 움직이겠소?"

드디어 이곤이 마음속에 있던 말을 끄집어냈다. 그러자 고검이 망설이지 않고 고개를 끄덕였다.

"이런 험지에서는 서로 힘을 합치는 것이 좀 더 안전하지요."

그러자 이곤의 입가에 만족한 미소가 지어졌다.

"좋소이다. 그럼 우리 힘을 합쳐 흉수들을 추적해 봅시다."

그렇게 장내의 분위기가 제법 화기애애하게 진행되려는 찰나 갑자기 벽력같은 굉음이 남련의 배 쪽에서 터져 나왔다.

쿠쿠쿵!

"적이다!"

"정신 차렷! 놈은 하나다!"

동시에 남련의 배에서 고수들이 소리치는 목소리가 들려왔다. 무불장의 고수들과 뭍에 나와 있던 남련의 고수들이 재빨리 배 쪽으로 시선을 돌렸다. 그리고 그들은 볼 수 있었다. 도저히 사람이라고 볼 수 없을 만큼 거대한 체구를 가진 괴인이 거대한 대도를 휘둘러 대며 배와 배 안에 타고 있는 남련의 고수들을 공격하고 있는 모습을!

순간 남궁유기의 입에서 겁에 질린, 그러면서도 악에 받친 외침이 터져 나왔다.

"저, 저잡니다, 당주님! 저자가 바로 십오조를 도륙 낸 바로 그잡니다!"

第五章

혈림(血林)

　그것은 충격적인 광경이었다. 스스로를 천괴라 칭한 괴고수를 상대해 본 적이 있는 고검과 추산마저도 그의 괴력에 경악을 금치 못할 정도였다. 비록 이미 십자륜을 쓰는 자에 의해 배가 상해 있었다고는 해도 그가 모습을 드러낸 이후 남련 풍운당의 당주 이곤이 노륙지의 수로를 따라 타고 들어온 선박이 풍비박산이 날 때까지 걸린 시각은 그야말로 눈 깜짝할 사이였다.

　그의 대도가 그의 손을 떠나 무섭게 회전하며 배와 배에 남아 있던 남련의 고수들을 함께 공격해 들어갈 때마다 남련의 고수들은 어떻게든 그의 도를 막아내 보려 움직였지만 괴고수 천괴의 도는 그런 남련의 고수들의 시도를 비웃기라도 하듯 기이한 곡선을 그리며 배에 치명적인 타격을 입히는 것이었다.

그래서 남련 풍운당주 이곤과 그를 따라 나왔던 다섯 명의 남련 고수들이 천괴에게 공격받고 있는 자신들의 배에 도착했을 때는 이미 그들이 타고 온 배는 더 이상 물 위에 떠 있을 수 없는 지경에 이르렀던 것이다.

쿠우우웅!

배가 마지막 비명을 질러대며 수면 아래로 가라앉기 시작했다. 배 안에 타고 있던 남련의 고수들은 더 이상 배를 지킬 수 없다는 것을 깨닫고는 뿔뿔이 허공으로 떠올라 배를 버리고 뭍으로 내려서고 있었다.

"놈!"

그리고 그 즈음 장내에 도착한 이곤이 괴고수 천괴를 향해 일갈을 내뱉으며 돌진했다.

"크크크… 천하사패가 천하를 지배한다지만 이 노륙지에서만큼은 우리가 모든 것을 지배한다. 계속해서 노륙지에 머물고자 하는 자가 있다면 결코 살아 돌아갈 수 없으리라."

이곤의 공격을 받은 괴고수가 음침하면서도 소름 끼치는 경고를 던져 내고는 어두운 숲 속으로 몸을 숨겼다.

"쫓아라. 삼인일조로 움직인다."

괴인이 자신의 공격을 피해 달아나는 이곤이 천괴를 추격하며 재빨리 명을 내렸다. 그러자 천괴의 공격으로 혼란스럽던 풍운당의 고수들이 순식간에 대열을 정리하더니 이곤의 뒤를 따르기 시작했다.

“대단하군요.”

추산이 감탄사를 흘려냈다.

“무엇이 대단하다는 거냐? 남련 풍운당의 배를 박살 낸 저 천괴라는 괴고수가 대단하다는 거냐? 풍운당주의 명에 순식간에 평정을 되찾고 괴고수를 쫓는 남련의 고수들이 대단하다는 거냐?”

“그야 당연히 천괴라는 자죠. 그의 무공은 생각보다 엄청난 것 같아요.”

“정말 공력이 대단하긴 하군. 그 거대한 도를 마치 장난감처럼 사용하는 것도 그렇고 순식간에 단단한 배를 조각내는 것도 그렇고… 그런 신력을 가진 자를 난 지금껏 본 적이 없는데……..”

대웅산이 추산의 말에 맞장구를 쳤다.

“그의 공력도 공력이지만 그의 움직임은 더욱 놀라워요. 그는 마치 두 개의 공간에 함께 존재하는 자 같아요. 나무 위에 있는가 싶었는데 어느새 땅 위에 내려서 있고, 땅 위에 내려서 있는가 싶다가는 어느새 풍운당의 배 위에 올라 있었으니까요. 그를 따라잡기란 결코 쉽지 않을 거예요.”

추산이 여전히 놀라움이 가시지 않은 표정으로 말했다.

“하지만 그도 이번만은 그리 쉽게 벗어나기 어려울 것이다. 풍운당주 이곤은 현 무림을 대표하는 고수라고 할 수 있다. 아마 천괴란 자가 풍운당주와 우리와 이야기를 나누는 틈을 이용해 배를 공격한 것도 그의 무공이나 능력을 잘 알고 있기 때문이었을 것이다. 또한 그가 있을 때와 그가 없을 때 풍운당 고수들의 능력은 하늘과 땅 차이라고 할 수 있겠지. 그가 본격적으로 풍운당 고수들을 움직여 추격에 나섰으니 천괴라는 자도 쉽사리 남련의 추격을 벗어나지는 못할 것이다."

고검이 괴고수와 남련의 고수들이 사라진 방향을 보며 말했다. 그러자 추산이 의미심장한 눈빛을 빛내며 고검의 말을 받았다.

"하지만 사형, 그건 그가 홀로 남련의 고수들을 상대해야 할 때의 상황이지요. 그에게 동료가 있다면 이야기는 달라지지 않겠어요?"

그러자 고검이 아차 하는 표정으로 입을 열었다.

"아! 그렇구나! 내가 잠시 그 십자륜을 쓰는 자를 잊고 있었어. 음… 그렇다면 오히려 남련의 고수들이 위험할 수도 있겠구나. 이건… 어쩌면……!"

고검이 추산을 돌아보자 추산이 고개를 끄덕였다.

"제 생각도 사형의 생각과 같아요. 이건 아마도 남련의 고수들을 자신들이 유리한 노륙지의 깊은 숲으로 끌어들이려는 유인책일 거예요. 그리고 그 함정에서 얼마나 많은 고수들이 남련의 고수들을 기다리고 있을지는 아무도 모르는 거죠."

추산의 말에 고검이 무겁게 고개를 끄덕였다.

"정말 위험한 자들이다."

“이제 우린 어떡하죠?”

추산이 물었다. 그러자 고검이 단호한 목소리로 대답했다.

“그들이 무섭다고 해서 청부를 게을리 할 수는 없지. 그들의 뒤를 따른다.”

“헤헤, 역시 사형이세요. 저도 그럴 줄 알았어요.”

“하지만 모두들 극히 조심해야 합니다. 흉수들의 무공을 보니 절대 방심할 수 없는 상대들입니다.”

고검이 무불장의 고수들에게 정색을 하며 당부했다.

“알았수, 장주! 앞은 내가 맡지요. 그 덩치 큰 자와 한 번 겨뤄보고 싶은데……”

대웅산이 고개를 좌우로 한두 번 꺾더니 이내 괴고수 천괴와 남련의 고수들이 사라진 방향으로 몸을 날렸다. 그 뒤를 고검과 추산, 그리고 무불장의 고수들이 뒤따랐다.

노류지의 북쪽은 나머지 세 방향과는 다르게 늪지가 적고 대부분이 숲으로 이루어져 있었다. 하지만 그 숲에 이르기 위해서는 동서남의 습지를 지나야 했기에 오히려 늪지가 늘어서 있는 나머지 세 곳보다도 사람들의 발길이 닿지 않는 곳이었다.

그래서인지 인적이 닿지 않은 노류지 북쪽 숲의 나무들은 하나같이 어른 두세 사람이 손을 잡고 팔을 둘러야 닿을 수 있을 만큼 두꺼운 몸통을 자랑했다. 그 거대한 원시림 사이로 일단의 고수들이 바람처럼 몸을 날리고 있었다.

괴고수 천괴를 추격하는 남련 풍운당의 고수들이었다. 그리고 당연하게도 그들의 앞에는 풍운당주 이곤이 있었다.

몸을 움직이는 것은 늪지보다는 수월했다. 거대한 원시림이 형성된 곳에는 오히려 잡목들은 사라지기 마련이어서, 큰 나무와 나무 사이를 지나는 풍운당 고수들의 앞을 막는 방해물은 그리 많지 않았다. 그래서인지 광대한 숲을 지나치는 풍운당 고수들의 모습은 보통 사람이라면 발견할 수 없을 만큼 빨랐다.

"서둘러라! 반드시 놈을 잡아야 한다!"

풍운당의 고수들은 최선을 다해 숲을 질주하고 있었지만 이곤의 입에서는 재차 수하들을 독려하는 목소리가 흘러나왔다. 그들의 앞쪽에 우거진 것은 끝없는 원시림이었지만 다른 풍운당의 고수들과는 다르게 이곤은 아직 괴고수 천괴의 꼬리를 놓치지 않고 있는 모양이었다.

그런 이곤의 뒤를 따르는 풍운당 고수들의 입에서 단내가 흘러나왔다. 아무래도 풍운당주 이곤과 다른 풍운당의 고수들 사이에는 좁힐 수 없는 공력의 차이가 존재했다. 그래서인지 이곤의 독려에도 불구하고 이곤과 풍운당 고수들 사이의 간격이 차차 벌어지기 시작했다. 그리고 그 간격이 십오 장 정도 벌어졌을 때 다시 그들의 공격이 시작됐다.

파아아아!

소름 돋는 파공음에 이곤의 신형이 아름드리나무를 발로 차며 무서운 속도로 정지했다. 그리곤 그의 신형이 재빨리 자신의 뒤를 따르는 풍운당 고수들을 향해 돌아섰다.

"조심하라! 기습이다!"

이곤의 입에서 묵직하면서도 날카로운 경고음이 터져 나왔다. 그리고 그 순간 셋씩 짝을 이룬 풍운당의 열다섯 명 고수 중 가장 오른쪽에서 달리던 세 고수의 고개가 허공을 향해 젖혀졌다.

쩌저적!

동시에 그들의 머리 위로 가지를 내려뜨리고 있던 고목의 기둥이 순간에 반으로 갈라지며 무성한 나무 가지가 그들을 덮쳐 왔다. 그러나 풍운당 고수들 역시 이곤에게는 미치지 못하지만 강력한 무공과 오랜 강호 경험을 가진 사람들, 자신들의 머리 위로 쓰러져 내리는 나무에 깔릴 인물들은 아니었다.

그들은 쓰러지는 나무를 피해 재빨리 옆으로 신형을 움직였다. 그 덕에 한 조를 이루고 있던 삼 인은 잠시 서로에게서 멀어졌다. 그런데 그중 한 명이 쓰러지는 나무를 피해 서며 왼쪽의 다른 나무에 등을 맞대는 그 순간, 갑자기 그의 입에서 격렬한 신음성이 흘러나왔다.

"크헉!"

비명과 함께 그의 입에서 검붉은 선혈이 폭포수처럼 터져 나왔다. 순간 그의 비명을 들은 그의 두 동료가 황급히 그를 향해 시선을 돌렸다.

"이제(二弟)!"

그리고 그들 중 한 명이 경악스런 표정으로 입에서 피분수를 내뿜고 있는 사내를 부르며 그의 곁으로 달려갔다. 하지만 그의 동료는 더 이상 그를 볼 수 없었다. 그의 동공은 이미 사색으로 물들어 있었기 때문이다.

"이… 이게 무슨!'

죽은 사내의 동료가 믿을 수 없다는 표정으로 죽은 사내에게 손을 내밀려는 순간 그의 몸이 흠칫하며 뒤로 물러났다. 그의 시야에 죽은 사내의 복부를 뚫고 나와 요기롭게 빛나고 있는 한 자루의 창날이 눈에 들어왔기 때문이었다.

풍운당의 고수가 재빨리 죽은 자의 뒤쪽으로 시선을 돌렸다. 그러나 죽은 자의 뒤쪽에는 거대한 굵기의 아름드리나무만이 서 있었다. 순간 풍운당 고수가 자신도 모르게 다시금 서너 걸음 뒤로 물러났다.

죽은 자의 형상으로 보아 흉수의 창은 아름드리나무를 관통한 후 자신의 동료를 찌른 것이 분명했다. 그리고 단번에 아름드리나무를 관통해 자신의 동료를 살해한 자라면 그건 자신의 무공으로는 감당할 수 없는 고수가 분명했다.

"후후, 눈치가 빠르군. 하지만 그저 얼마간의 차이가 있을 뿐이야. 너희들도 곧 네 동료를 따라 저승에 가야 하는 것은 변함이 없다. 감히 이 노류지에 발을 들여놓은 이상은!'

스슥!

죽은 풍운당 고수의 몸에 박혔던 창날이 뒤쪽으로 빠져나가며 음산한 목소리가 나무 뒤쪽에서 흘러나왔다. 그 목소리에 담긴 음산함에 죽은 자의 두 동료는 차마 동료를 죽인 흉수를 향해 도전할 엄두를 내지 못했다.

"놈!"

그런데 바로 그 순간, 그들의 머리를 타고 넘으며 한 명의 신형이 나타나더니 번개처럼 검을 휘둘렀다.

쩌적!

순간 죽은 자의 등과 맞닿아 있던 아름드리나무의 기둥이 단번에 푸릇한 검기에 베어져 나갔다.

차창!

그리고 들려오는 강렬한 병기의 충돌, 이곤의 검과 흉수의 창이 나무 뒤쪽에서 부딪치는 소리였다.

"역시 우두머리라 조금 다르군."

이곤의 검에 거대한 나무가 쓰러지자 나무 뒤에서 풍운당의 고수 한 사람을 살해한 자의 신형이 흐릿하게 드러났다. 한 자루 창을 들어 이곤의 검을 막아내고 있는 사내, 헌칠한 키에 마른 몸매, 생김새가 자신이 들고 있는 창과 완벽하게 어울리는 사내가 이곤의 검을 막아내고 있었던 것이다.

"놈, 살려두지 않으리라!"

적을 눈앞에 둔 이곤의 무공은 놀라웠다. 그의 검이 만들어내는 검기는 순식간에 장내를 장악하며 창을 든 괴인을 압박했다. 나무 뒤에 숨어 쉽사리 풍운당 고수 한 명을 제거한 괴고수의 무공 역시 대단했으나 천하사패의 한곳, 남련 풍운당의 당수인 이곤의 무공은 사람들의 상상을 뛰어넘는 것이었다.

덕분에 창의 주인은 서서히 이곤의 공세에 뒤로 밀리기 시작했다. 그리고 상황이 더 안 좋은 것은 정신을 차린 풍운당의 당원들이 뒤로 밀리는 괴인을 서서히 포위하고 있다는 점이었다.

이곤의 공세에 뒤로 밀리던 괴인의 입에서 한마디 외침이 흘러나온 것은 바로 그때였다.

"이보게들, 날 이 늙은이에게 죽게 내버려 둘 셈인가?"

그러자 어두운 숲에서 한줄기 음울한 음성이 들려왔다.

"흐흐, 천하의 사신(死神)이 곤란해지는 광경을 더 구경하고 싶지만 죽을 지경이라니 어쩔 수 없지. 길을 만들어주겠네!"

대답이 끝나는 순간 갑자기 어둠 속에서 한줄기 빛이 번개처럼 장내로 쏘아져 들어왔다.

위윙!

빛 덩어리에서 굉음이 일어났다. 이곤이 재빨리 창을 사용하는 자에게서 검을 돌려 빛 덩어리를 막아갔다.

"또다시 네놈이구나."

이곤의 입에서 대호가 으르렁거리는 소리가 흘러나왔다. 그를 향해 짓쳐드는 빛 덩어리는 그에게 이미 익숙한 병기였다.

십자 모양의 검날을 가진 륜, 수로를 따라 들어왔을 때 이곤이 이끄는 풍운당의 배를 공격했던 바로 그 기병 십자륜이 다시 모습을 나타냈던 것이다.

기이잉!

이곤의 면전에 다다른 십자륜에서 기이한 소성이 울려 나왔다. 이곤은 망설이지 않고 십자륜을 향해 검을 그어댔다.

차창!

순간 한줄기 불꽃이 번쩍이면서 이곤을 향해 날아들던 십자
륜이 무서운 속도로 튕겨져 나갔다.

"놈을 살려 보내지 마라!"

십자륜을 튕겨낸 이곤이 노성을 터뜨렸다. 십자륜이 자신을
방해하는 사이 창을 쓰던 흉수가 장내에서 몸을 빼내려 하고
있었기 때문이다.

"멈춰라!"

"목을 두고 가라!"

이곤의 명에 풍운당의 고수들이 도주하려는 창의 주인을 막
아서며 노성을 터뜨렸다. 그러자 창의 주인, 그의 동료가 사신
이라 부른 장신의 사내와 풍운당 고수들 사이에 치열한 접전
이 벌어지기 시작했다.

차차창!

금세 장내가 장창의 주인과 풍운당 고수들이 일으키는 병장
기의 소음으로 시끄러워졌다. 장창의 주인은 비록 풍운당의
고수들에 비해 월등한 무공을 지니고 있는 듯 보였지만 일단
서너 명의 풍운당 고수들이 작정을 하고 합공을 펼치자 쉽게
장내를 벗어나지 못하고 있었다.

십자륜의 공격을 막아낸 이곤이 입가에 한줄기 차가운 미소
를 지으며 장창을 든 적을 향해 움직이기 시작했다. 수하들에
의해 퇴로가 막힌 적의 숨통을 단번에 끊어낼 듯한 기세가 이

곤의 몸에서 뿜어져 나오고 있었다. 그런데 이곤이 막 풍운당 고수들과 치열한 접전을 벌이고 있는 장창의 주인에게로 접근해 강력한 일검을 뻗어내려는 순간 갑자기 광포한 소음이 그의 뒤쪽에서 터져 나왔다.

콰콰쾅!

"커헉!"

동시에 한마디 신음성도 함께 터져 나왔다. 이곤의 신형이 재빨리 회전했다. 그리고 그의 눈에 허리가 잘린 채 피를 쏟아내며 죽어가는 풍운당의 고수가 눈에 들어왔다.

"이놈들……!"

이곤의 입에서 상처 입은 사자에게서나 흘러나올 법한 노성이 흘러나왔다. 그런 그의 전면에 어느새 나타났는지 두 명의 괴인이 모습을 드러내고 있었다. 그중 한 명은 이곤의 눈에 익은 십자륜을 양손에 들고 있는 보통 키의 가죽 옷을 입은 인물이었고, 다른 한 사람은 거대한 대도를 어깨에 걸쳐 메고 있는 거한이었는데 이곤의 수하를 베어낸 자는 대도를 메고 있는 자인 듯 그의 대도에서는 붉은 피가 뚝뚝 떨어져 내리고 있었다. 거한은 스스로를 천괴라 불렀던 인물이었다.

"남련 풍운당의 당주 이곤의 무공은 역시 무섭군. 하지만 오늘은 길을 잘못 들었어. 우린 지금껏 우리가 죽이고자 한 자를 살려둔 적이 없거든!"

대도를 둘러멘 거한이 음습한 어조로 이곤을 보며 말했다. 이곤과 같은 절정고수를 앞에 두고도 두 괴인은 전혀 긴장하는 모습을 보이지 않았다.

"감히 천하사패에 도전하다니. 반드시 네놈들의 종자를 이 노륙지에서 완전히 쓸어버리리라!"

"큭, 물론 남련의 고수 절반쯤을 몰고 온다면 그럴 수도 있겠지. 하지만 지금은 당신과 당신 수하들의 목숨을 걱정해야 할 때인 것 같군. 자, 이제 그만 놀아볼까."

대도를 메고 있던 괴고수가 천천히 자신의 도를 앞으로 내밀었다. 그러자 그의 거대한 신형과 대도가 장내를 압도할 듯한 기세를 만들어내기 시작했다.

하지만 그런 괴한을 바라보는 이곤의 시선은 차가웠다. 대남련의 풍운당을 이끄는 자가 상대의 덩치에 위협받을 리는 없었다.

"내 검에 살아난다면 네 말을 인정하지."

이곤이 차갑게 말을 내뱉으며 거한을 향해 검을 겨누었다.

"후훗, 좋아. 수마(水魔), 이 싸움은 나에게 맡겨두고 사신이나 거들어주시게."

거한이 이곤과의 싸움이 무척 기대된다는 듯한 표정으로 말하자 십자륜의 주인, 거한으로부터 수마라 불린 자가 고개를 끄덕였다.

"조심하게. 그는 다른 자들과는 달라."

수마의 입에서 한마디 당부의 말이 흘러나왔다.

"크그, 물론 조심해야겠지. 그는 대남련 풍운당의 당주가 아닌가 말이야."

짙은 마기가 묻어나는 웃음을 흘려낸 거한이 어느 순간 갑자기 얼굴에서 웃음기를 지워 버렸다. 그리고 그 순간 지체없이 허공으로 몸을 띄워 올렸다. 그의 도가 어느새 그의 머리 위로 치켜 올라가 있었다. 이곤은 신형을 재빨리 거한의 왼쪽으로 이동했다. 적의 예봉을 피하고자 하는 움직임, 동시에 이곤이 적의 옆구리를 향해 검을 뻗어냈다.

번쩍!

한줄기 검기가 이곤의 검에서 폭사했다. 검기는 순식간에 거한의 옆구리에 꽂혀들었다. 그때까지도 거한은 허공에 몸을 띄운 채 자신의 머리 위로 대도를 치켜들고 있었다. 그리고 그 상태로는 도저히 이곤을 일검을 피해낼 수 있을 것 같지 않았다.

그런데 이곤의 공격을 당한 거한의 입가에서 진득한 살소 배어 나왔다. 그리고 그의 대도가 거침없이 아래로 그어졌다. 마치 이곤의 공격을 그대로 옆구리에 허용해도 좋다는 듯이…….

콰콰쾅!

거한의 대도가 거대한 소음을 일으켰다. 그리고 다음 순간 놀랍게도 그의 신형이 허공에서 사라졌다. 이곤의 날카롭던 공세는 한순간 허공을 베어내고 있었다.

"크악!"

그리고 그 순간 한마디 비명성이 일어났다. 거한이 사라지기 전 휘둘렀던 일도에 풍운당의 고수 한 명이 그대로 절명하며 만들어낸 신음성이었다.

"놈!"

이곤은 고수였다. 적어도 장내에 있는 사람들 중 이곤은 최고수라 불릴 수 있는 사람이었다. 그러므로 다른 모든 사람들의 시야에서 모습을 감춰 버린 거한 천괴의 꼬리를 이곤만은 따라잡을 수 있었다.

이곤이 검을 휘두르며 어두운 숲으로 뛰어들었다. 이곤과 거한 천괴의 일 대 일 대결이 시작된 것이다. 그리고 두 사람의 신형은 이내 다른 사람의 시선이 미치지 못하는 곳으로 사라졌다.

"큭, 이렇게 되면 이제 사냥을 즐기기만 하면 되는 것인가?"

거한 천괴와 이곤이 사라지자 천괴와 함께 나타났던 수마라 불린 자가 입가에 비릿한 미소를 지으며 중얼거렸다. 그의 두 손에 들려 있는 은빛 십자륜이 한순간 차갑게 번뜩였다. 그리고 그 순간 두 개의 륜이 그의 손을 떠났다.

쐐애액!

수마의 손을 떠난 십자륜이 소름 끼치는 소음을 만들어내며 허공으로 비산했다.

"놈, 죽어랏!"

수마가 두 개의 십자륜을 날리는 순간 그를 둘러싸고 있던 다섯 명의 풍운당 고수들이 일제히 수마를 향해 도검을 뻗어냈다. 순간 수마의 신형이 거뭇해지는가 싶더니 이내 한줄기 그림자로 화한 그가 풍운당 고수 오 인의 합공에서 벗어나 아름드리나무 뒤로 모습을 감췄다. 그런 그를 따라 풍운당 고수들이 수마가 움직인 방향으로 몸을 날렸다. 그런데 바로 그 순간,

파아아!

한줄기 파공음이 그가 사라진 방향에서 일어나더니 두 줄기 요기로운 은빛 물체가 거대한 나무들 사이에서 나타나 수마의 뒤를 쫓던 풍운당의 다섯 고수 중 둘을 향해 닥쳐들었다. 바로 수마가 움직이기 전 던져 냈던 두 개의 십자륜이었다.

파팟!!

그리고 수마의 십자륜은 전광석화처럼 두 명의 풍운당 고수를 스치고 지나갔다.

"큭!"

"컥!"

십자륜이 지나친 공간에서 두 줄기 선혈이 솟구치며 두 마디의 비명이 흘러나왔다. 수마를 뒤쫓던 다섯 명의 풍운당 고수 중 두 명이 속절없이 맨 땅 위에 나뒹굴었다. 순식간에 두 명의 동료를 잃은 풍운당 고수들은 차마 수마를 추격하지 못하고 재빨리 자신들의 동료가 있는 곳으로 돌아왔다.

차차창!

사신을 상대하는 풍운당 고수는 여전히 다섯이었다. 그러나 그들은 전혀 수적인 우위를 살려내고 있지 못했다. 사신의 창술은 워낙 기묘하고 강력해서 바람개비처럼 돌아가는 그의 창을 뚫고 그에게 치명적인 일격을 가할 만한 고수가 풍운당의

고수들 중에는 없었던 것이다.

사신을 상대하는 고수들을 제외한 나머지 풍운당 고수들은 사신과의 싸움에 끼어들지 못하고 도검을 빼 들고 사방을 경계하고 있었다. 언제 어디서 수마의 십자륜이 모습을 드러낼지 몰랐기 때문이었다. 수없이 많은 강호의 난관을 극복해 온 풍운당 고수들의 표정에는 십자륜의 주인에 대한 은은한 공포가 묻어나고 있었다. 그리고 수마는 결코 그들을 오래 기다리게 하지 않았다.

위이이잉!

갑자기 숲의 저편에서 다시금 수마의 십자륜이 회전하는 소리가 들려오기 시작했다. 그러자 사신을 상대하던 자들을 제외한 다섯 명의 풍운당 고수들이 한껏 긴장한 표정으로 사방을 살피기 시작했다. 하지만 수마가 일으키는 십자륜의 소음은 이곳에서 저곳으로 수시로 방향을 바꿀 뿐 장내의 고수들을 향해 날아들지는 않았다. 그리고 그것이 오히려 적의 공격을 기다리는 풍운당 고수들의 신경을 더욱 예민하게 만들었다.

그런데 풍운당 고수들의 신경이 온통 십자륜의 회전 소리가 들려오는 방향으로 몰리고 있는 사이 갑자기 그들의 머리 위쪽, 우거진 수림 사이에서 소리없이 하나의 은빛 륜이 모습을 드러냈다. 그리곤 잠시 허공에 멈춘 듯하던 십자륜이 소리가 들려오는 방향을 응시하고 있던 풍운당의 고수 한 명의 머리 위로 번개처럼 떨어져 내렸다.

"컥!"

미처 자신에게 어떤 일이 벌어졌는지 깨달을 사이도 없이 풍운당 고수 한 명이 땅 위에 고꾸라졌다. 완벽한 성동격서의 공격법, 하나의 륜으로는 소리를 만들어내 상대의 관심을 유도하고, 다른 하나의 륜으로는 은밀하고 빠르게 상대의 목숨을 거둬들이는 수마의 영악한 심기가 발휘되는 순간이었다.

"이놈……!"

풍운당 고수들의 입에서 이 가는 소리가 흘러나왔다.

"흐흐흐. 남련 풍운당의 종자들이 제법 대단하다고들 하더니 이제 보니 허명만 날리는 순한 양들에 지나지 않는군. 후후, 그렇다면 굳이 이 수마께서 머리를 쓸 필요도 없지 않겠는가? 자, 너희들이 원하는 대로 정면으로 상대해 줄 테니 어디 스스로 목숨들을 구해보도록 하거라."

수마의 진득한 비웃음이 담긴 목소리가 흘러나오는가 싶더니 이내 아름드리나무들 사이에서 불쑥 수마의 신형이 솟아올랐다. 동시에 그의 두 손에 들고 있던 십자륜이 동시에 풍운당 고수들을 향해 날아들었다.

기이이잉!

수마의 십자륜에서 예의 그 소름 끼치는 소음이 일어났다.

카캉!

풍운당의 고수들도 남련에서는 내로라하는 무공을 지닌 자들, 일단 눈에 드러난 십자륜의 공격을 풍운당의 고수 두 명이 앞으로 뛰어나가며 자신들의 병기를 들어 막아냈다. 그러자 두 개의 륜이 도검에 막혀 허공으로 비산했다. 그리고 그 틈을 타고 다시 두 명의 풍운당 고수가 나무들 사이에 서 있는 수마를 공격해 들어갔다.

"풋, 제법이군."

수마의 입에서 한마디 실소가 흘러나오더니 풍운당의 두 고수가 자신의 면전에 다가드는 순간 그의 신형이 마치 어둠에 흡수되듯 그 자리에서 사라졌다.

"음……!"

순식간에 상대를 시야에서 놓친 풍운당의 두 고수가 작은 신음성을 내뱉었다. 그런데 바로 그때 뒤에 남아 있던 그들의 두 동료가 다급한 목소리로 소리쳤다.

"조심해! 위다!"

순간 두 고수의 고개가 재빨리 허공을 향해 젖혀졌다. 그리고 그들의 눈에 자신들의 머리 위에서 요기롭게 빛나고 있는 두 개의 륜이 들어왔다.

"엇!"

두 고수의 입에서 누가 먼저랄 것도 없이 헛바람이 새어 나왔다. 동시에 그들의 신형이 움직였다. 그리고 그와 거의 같은 순간 두 개의 륜이 두 고수를 향해 떨어져 내렸다.

팟!

"큭!"

동료들의 경고 덕에 겨우 목숨을 건졌지만 풍운당의 두 고수는 어느새 각기 어깨와 등 쪽에 심각한 부상을 입고 있었다.

그사이 두 개의 류은 다시 자취를 감추는가 싶더니 어느새 나무 사이에 모습을 드러낸 수마의 손에 들어가 있는 것이었다.

"쿠쿠쿠, 이건 정말 재밌군. 제법 도검을 쓸 줄 아는 자들을 상대하는 것이 아무것도 하지 못하는 자들을 사냥하는 것보다 더욱 재미가 있단 말이야."

수마의 입에서 진득한 살소가 흘러나왔으나 풍운당의 고수들은 더 이상 그를 향해 다가갈 수 없었다. 그들은 이 기묘한 움직임을 보이는 괴고수에게 완전히 자신감을 상실하고 있었던 것이다.

풍운당의 고수들은 그저 한곳에 원을 그리듯 모여 서서 공격을 포기하고 다가올 수마의 공격을 방비하는 것만으로도 자신들의 기력을 모조리 끌어내고 있었다.

"후후후, 이렇게 되면 재미가 없어지는군."

더 이상 자신을 향해 도발하지 않는 풍운당 고수들을 바라보며 수마가 음산한 미소를 지어냈다. 그리곤 그의 시선이 그가 상대했던 풍운당 고수들을 지나 그 뒤에서 일대격돌을 벌이고 있는 장창의 괴인 사신에게로 향했다.

"이보게. 사신 역시 밝은 곳에서 싸움을 하는 것은 자네에게 어울리지 않는가 보군. 지금껏 한 명도 제거하지 못한 것을 보면 말이야."

수마의 입에서 조롱기 섞인 음성이 흘러나왔다. 그러자 다섯 명의 풍운당 고수들을 상대하고 있던 창의 주인, 사신에게서 담담한 목소리가 흘러나왔다.

"크크, 물론 이런 식의 마구잡이 싸움을 난 좋아하지 않아. 하지만 내가 힘이 부족해서 지금껏 이들을 살려둔 것은 아닐세. 난 그저 오랜만에 몸을 풀어보고 싶었을 뿐이란 말일세."

"흐흐, 그런가? 하지만 언제까지 몸만 풀고 있을 수는 없지 않은가?"

"좋아. 그럼 슬슬 이 싸움을 정리하도록 하지."

창의 주인이 수마의 말에 응대를 하는 순간 그의 움직임이 변했다. 아니, 정확히 말하면 그의 움직임이 변한 것이 아니라 그의 창의 움직임이 변했다.

지금껏 직선을 이루며 움직이던 그의 창이 순식간에 기묘한 곡선을 그려내며 풍운당의 고수들을 찔러가기 시작한 것이다.

위위위윙!

동시에 그의 창이 만들어내는 파공음도 좀 더 강력하게 변했다.

"웃!"

그를 상대하던 풍운당 고수들의 입에서 자신들도 모르는 사이에 다급성이 흘러나왔다. 직선의 움직임에 익숙해져 있던 그들에게 갑작스런 곡선의 움직임을 보이는 창법은 대처하기 어려운 공세였던 것이다.

팟!

그리고 한순간 사신의 창이 다섯 명의 풍운당 고수 중 한 명의 어깨를 무서운 속도로 찌르고 사라졌다.

"음……!"

어깨에 일격을 당한 풍운당 고수가 신음성을 흘려내며 대여섯 걸음 뒤로 물러났다. 그의 어깨에서 피분수가 솟아났다. 다시 검을 들고 사신을 상대할 수 없을 정도의 치명적인 부상, 그렇게 한 명의 이탈자가 생기자 풍운당 고수들의 합공은 힘을 잃기 시작했다. 그리고 한 번 패색을 보인 싸움은 완전히 장창의 주인 사신이 장악하기 시작했다.

파르릉!

무쇠로 만들어진 것이 분명해 보이는 사신의 창은 좌에서 우로 혹은 아래에서 위로 마치 회초리처럼 휘어졌다 다시 제 모습을 회복하곤 했다. 그리고 그때마다 풍운당의 고수들은 바람에 날리는 낙엽처럼 이리저리 휩쓸렸다. 철창으로 그런 곡선의 움직임을 보일 수 있는 사신의 공력도 공력이지만 창의 재질 또한 흔히 볼 수 없는 기이한 종류로 제련된 것이 분명했다.

그렇게 풍운당의 고수들을 몰아치길 얼마간, 한마디 기합성을 토해내며 허공을 치솟은 사신의 창이 네 줄기로 분리되는 듯한 착시를 일으키며 전광석화같이 풍운당 네 고수들을 향해 뻗어나갔다.

차창!

"욱!"

네 명의 풍운당 고수 중 세 명은 가까스로 사신의 창을 막아냈지만 그중 하나는 가슴에 사신의 창을 허용하고는 피를 뿜어내며 뒤쪽으로 날아갔다. 앞서 어깨에 부상을 입고 뒤로 물러나 있던 풍운당의 고수가 재빨리 날아오는 동료를 받아들었지만 이미 가슴을 허용한 풍운당의 고수는 숨이 끊긴 후였다.

"이놈!"

동료를 받아 든 풍운당 고수의 입에서 노성이 토해졌다. 그는 오른쪽 어깨를 상해 검을 들 수 없음에도 불구하고 왼손으로 검을 잡고 사신을 향해 달려들었다. 그런 그를 사신이 냉혹한 시선으로 바라봤다.

"어차피 죽을 목숨, 일찍 죽는 것도 좋겠지."

사신의 눈가에 한가닥 살기가 스치고 지나갔다. 그리곤 그의 창이 눈에 보이지 않을 정도로 빠르게 회전하더니 마치 봉을 쓰는 것처럼 위에서 아래로 자신을 향해 달려드는 풍운당 고수의 머리를 박살 낼 듯 떨어져 내렸다.

"위험해!"

사신의 공격에 뒤로 물러났던 세 명의 풍운당 고수가 다급성을 발했지만 이미 그들의 동료는 사신이 일으키는 죽음의 그늘 아래 들어서 있었다. 그렇게 속절없이 또 한 명의 풍운당 고수가 죽음의 강을 건너려는 바로 그 순간, 갑자기 어둠 속에서 한줄기 검은 빛이 번뜩이는가 싶더니 이내 사신의 창을 다른 하나의 창이 아래에서 위쪽으로 막아 올리고 있었다.

까강!

지축을 울리는 충돌음, 동시에 두 개의 창이 마주친 지점에서 심한 공기의 굴곡이 생겨났다. 그 위세에 사신을 향해 달려들던 부상당한 풍운당의 고수가 제풀에 십여 걸음 뒤로 물러났다. 그리고 그 덕에 그는 사신의 창끝에서 목숨을 구할 수 있었다.

"웬 놈이냐?"

자신의 창을 막아낸 자를 노려보며 사신이 낮게 으르렁거렸다. 그의 눈에서 분노와 살기가 뒤섞인 안광이 토해졌다. 보통 사람이라면 오금이 저려 그 앞에 제대로 서 있지도 못할 가공한 살기… 하지만 그의 창을 막아선 자의 입에선 상대의 기세에 아랑곳 않고 심드렁한 대답이 흘러나왔다.

"큰 칼을 쓰는 자와 한 번 겨루고 싶었는데 먼저 나와 같은 창을 쓰는 자를 만나게 됐군."

대웅산이 자신의 창을 거둬들이며 중얼거렸다. 그리고 그 뒤쪽으로 무불장의 고수들이 하나둘 모습을 드러냈다.

"웬 놈이냐?"

다시금 사신의 입에서 살기 어린 질문이 흘러나왔다.

"설마 우릴 모른단 말이야? 저기 서 있는 당신의 동료는 이미 우리와 한 수를 겨뤄본 인물인데?"

대웅산이 고개를 갸웃거리며 되물었다. 그러자 사신이 재빨리 두 십자륜의 주인 수마에게로 고개를 돌렸다.

"그들은 무불장의 인물들이네."

수마의 입에서 음습한 기운이 느껴지는 대답이 흘러나왔다. 그러자 장창을 꼬나 쥐고 서 있던 사신의 얼굴에 묘한 빛이 떠올랐다.

"무불장이라… 천괴와 수마 자네가 만만치 않을 거라 말한 자들이군."

　중얼거리듯 말을 하며 사신의 시선이 자신의 창을 막아낸 대웅산에게로 향했다. 그리고 대웅산은 그의 눈빛에서 투기(鬪氣)를 읽어냈다.

　"한 번 해보겠나?"

　대웅산이 자신의 창을 들어 올리며 물었다. 대웅산 역시 어둠 속에서 상대의 창술을 살폈으므로 상대가 창술에 관한 한 절정의 경지에 이른 자임을 알고 있었다. 같은 병기를 쓰는 두 사람의 호승심이 그렇게 어두운 노륙지의 숲 속에서 부딪치고 있었다.

　"강호에서 창을 쓰는 자는 드물지. 혹자는 창이 병기 중 가장 익히기 쉽다고 말하지만 창으로 일가를 이루는 것은 도검으로 절정의 경지에 이르는 것보다 몇 배는 힘이 드는 일이지. 그래서 강호에서 제대로 된 창의 달인을 만나기는 쉽지 않아. 그러니 내가 어찌 오늘 그대와의 겨룸을 마다할 수 있겠는가?"

　사신의 얼굴에 홍분의 빛이 서렸다.

　'이자는 정말 무인이군.'

　대웅산이 고개를 끄덕였다. 어둠 속에서 볼 때는 그저 노륙지의 험준함에 숨어 사람들을 살상하는 마인인 줄만 알았던 상대에게서 무인으로서의 기세를 느낀 것은 뜻밖의 일이었다.

　"단순한 흉수들이 아닌 것만은 분명하군."

　대웅산이 중얼거리며 고검을 돌아봤다. 다른 때 같으면 두말할 것도 없이 상대와 한판의 승부를 겨룰 것이지만 그는 지금 청부를 수행하고 있는 중이었다. 일단 청부에 나서면 자신의 싸움조차도 고검의 허락이 필요했다.

고검이 가볍게 고개를 끄덕였다. 그러자 대웅산의 입가에 빙그레 미소가 그려졌다.

"역시 장주께서는 이 대웅산의 마음을 잘 알아주신다니까."

대웅산의 신형이 팽그르르 돌아 사신을 정면으로 응시했다. 그리고 그의 입에서 흥분이 깃든 나직한 목소리가 흘러나왔다.

"장주의 허락이 떨어졌다. 한판 붙어보자구."

그러자 사신의 입가에도 한줄기 미소가 지어졌다.

"후훗, 좋아. 하지만 목숨을 걸어야 할 거다."

"큭, 강호의 싸움치고 목숨 걱정하지 않는 싸움이 어디 있겠나. 옜다! 내가 어린 듯하니 선공을 하지."

말을 하는 도중에 대웅산의 창이 갑자기 움직였다. 그는 전혀 예비동작을 취하지 않은 상태에서 사신을 향해 자신의 창을 쭉 내밀었던 것이다.

파아앙!

그러나 급작스런 공격에도 불구하고 대웅산의 창에는 강력한 공력이 깃들어 있어 창날이 공기를 가르는 소리가 매섭게 일어났다. 그리고 눈 깜짝할 사이에 그의 창날이 사신의 이마에 와 닿아 있었다.

"훗!"

사신이 대웅산의 기습에 가벼운 입소리를 만들어내며 재빨리 신형을 틀었다. 그러자 대웅산의 창날이 그의 얼굴 바로 옆을 스치고 지나갔다.

"좋은 공격이야. 정말 제대로 된 싸움꾼을 만난 것 같군."

사신은 보통의 무인이라면 예의에 어긋난 대웅산의 기습에 화를 낼 만한 상황임에도 전혀 화를 내지 않고 오히려 대웅산의 기습을 칭찬했다. 그러면서 그 또한 전광석화처럼 창을 휘둘러 자신을 스쳐 지나가는 대웅산의 두 다리를 창대로 쓸어갔다.

우우웅!

묵직한 진기를 머금은 사신의 창대가 공기를 가르며 파공음을 일으켰다.

"이크!"

순간 대웅산의 입에서 한마디 다급성이 흘러나오더니 그의 신형이 허공으로 솟구쳤다. 그리고 아슬아슬하게 사신의 창이 그의 발끝 아래를 지나쳤다. 적의 공격을 피해낸 대웅산이 허공에서 재빨리 신형을 비틀었다. 그러면서도 어느새 사신을 향해 재차 창을 뻗어내고 있었다.

파파팡!

대웅산의 창날이 여러 개로 갈라지는 듯하더니 사신을 향해 꽂혀들자 사신 역시 이번에는 대웅산의 공격을 피하지 않고 마주 자신의 창을 뻗어냈다. 그리고 두 사람의 창날에서 뻗어나온 기파들이 허공에서 맹렬하게 충돌했다.

차르르릉!

워낙 많은 기파의 충돌 때문인지 작은 울림이 끊임없이 터져 나왔고 급기야는 두 개의 창이 한 치의 공간도 없이 밀착했다. 두 사람의 시선이 한 자 정도의 거리를 사이에 두고 마주쳤다. 대웅산이 사신을 향해 빙긋 웃음을 지어 보였다. 그러자 사신 역시 입가에 차가운 냉소가 한차례 흐르고 지나갔다.

"좋군."

미소 뒤에 사신이 짧게 입을 열었다.

"당신도!"

대웅산도 지지 않고 사신의 말에 응대했다. 그리곤 다음 순간 두 사람의 눈에서 한가닥 기광이 번쩍였다.

차차차창!

동시에 두 사람이 맞대고 있던 창을 거둬들이며 순식간에 십여 초의 공수를 교환했다. 그 전광석화 같은 빠름과 한 치의 양보도 없는 공수에 장내에 있던 고수들의 얼굴에 감탄의 기색이 어렸다.

"정말 대단하군요."

추산 역시 대웅산과 사신의 격투에 감탄했는지 자신도 모르게 탄성을 자아냈다.

"웅산의 무공이야 익히 알고 있었지만 아우를 상대하는 자의 무공은 정말 놀랍구나. 난 강호에 웅산 말고 저렇게 창을 잘 쓰는 사람이 있을 거라고는 미처 생각지 못했다."

고검 역시 사신의 창술에 놀란 듯 추산의 말을 거들었다.

"그런데 누가 승기를 잡고 있는 건가요? 전 도저히 형세를 판단하기 어렵네요.”

추산이 자신의 능력으로는 두 사람의 싸움에서 일어나는 미세한 승패를 가늠하기 어렵자 고검에게 도움을 청했다.

“글쎄다. 지금으로선 승패를 논하기 어렵구나. 공력으로 보자면 웅산 아우가 조금 앞서는 것 같은데 저 사신이란 자는 신법으로 그 공력의 부족을 메우고 있구나. 창에 관해서는 둘 모두 극의에 다다랐다고 보아야겠고…….”

그러자 추산이 얼굴이 밝아졌다.

“그럼 걱정할 필요가 없네요. 비록 지금이야 서로 대등하게 싸우고 있지만 싸움이 길어지면 자연히 공력의 대결로 이어질 것이고, 그렇다면 한 푼이라도 공력이 깊은 대 형님이 유리할 테니까요.”

그러자 고검이 고개를 끄덕였다.

“아마도 그렇겠지. 다만 이 싸움에 다른 변수가 생기지 않는다는 가정하에서 말이다.”

두 사람의 예상대로 싸움은 길어졌고, 싸움이 길어질수록 대웅산의 창이 좀 더 날카롭게 번뜩이기 시작했다.

第六章

이물(異物)

孤劍秋山

　대웅산의 창이 활처럼 휘기 시작했다. 자신의 전 공력을 끌어내기 시작한 것이다. 대웅산은 싸움의 끝이 가까워졌음을 느끼고 있었다. 종잡을 수 없는 신묘한 신법으로 자신의 공세를 피하고 또 기겁할 만큼 날카로운 반격을 가해오던 상대의 움직임이 서서히 무뎌지고 있다는 것을 깨달았기 때문이다.

　대웅산의 눈가에 흐릿한 만족의 기운이 떠올랐다. 자신의 전부를 쏟아 부을 수 있는 싸움을 했고, 또 그 싸움에서 승리까지 얻을 수 있다면 그건 실로 쉽게 경험할 수 없는 무인의 쾌락이라 할 수 있었다. 그런데…….

　"역시 사신 자네는 어둠 속에서 움직이는 것이 어울려……."

　한마디 나지막한 목소리가 들려오는가 싶더니 오직 대웅산과 사신 두 사람만의 것이었던 싸움에 훼방꾼이 끼어들었다.

기이잉!

소름 끼치는 예의 그 파공음, 수마의 십자륜이 어느새 땅을 긁듯 은밀히 움직여 대웅산의 측면에서 기분 나쁜 파공음을 일으키며 떠오르고 있었다.

"흥, 역시 요 정도밖에 되지 않는 인간들이었군."

대웅산의 입에서 멸시의 기운이 묻어나는 말이 흘러나왔다. 동시에 그의 창 뒤쪽 끝이 재빨리 자신의 옆구리 쪽으로 휘둘러졌다.

차창!

수마가 날린 십자륜이 대웅산의 창대에 맞아 뒤쪽으로 튕겨져 나가는가 싶더니 어느새 수마의 손으로 되돌아갔다. 그리고 그사이 사신의 신형이 대웅산으로부터 십여 장 밖으로 물러나 있었다.

"흐흐, 꼬리를 내리겠다는 것인가?"

대웅산이 창을 땅 위에 세운 채 조롱기 어린 목소리로 물었다.

"크크, 좋아. 이번엔 내가 손해를 좀 보았다고 해두지. 하지만 앞으로 자넨 조심해야 할 거야. 이 사신이 한 번 점찍은 자는 반드시 목숨을 잃게 되니 말이야. 자네가 앞으로 이 노륙지에 머무는 이상 언제 어느 곳에서나 이 사신의 창이 자네를 기다리고 있을 것일세. 수마, 이곳에서 우리가 할 일은 여기까진 것 같군."

사신이 자신을 대웅산의 손에서 벗어나게 해준 수마를 돌아보며 말했다. 그러자 수마가 고개를 끄덕였다.

"그렇군. 사냥감이 늘었으니, 사냥꾼도 늘어야겠지. 가세."

사신의 말에 대답을 한 수마가 무불장의 고수들과 남련 풍운당의 생존자들을 한차례 돌아보고는 이내 어둠 속으로 모습을 감췄다.

"크크, 다시 보세."

그러자 사신 역시 대웅산을 향해 한차례 음소를 흘려내고는 이내 수마의 뒤를 따라 숲으로 숨어드는 것이었다.

"저 작자를……!"

대웅산이 장내를 벗어나는 사신을 보며 몸을 움찔했다. 하지만 그런 대웅산을 고검이 재빨리 만류했다.

"쫓지 말게. 어차피 그들이 다시 찾아올 거야. 그리고 이 노류지는 누가 뭐라 해도 그들의 땅이야. 흩어지는 건 죽음으로 이어지는 지름길일세."

고검의 만류에 대웅산이 창을 거둬들였다.

"알았수, 장주. 사실 나도 혼자서 저들을 추격할 엄두는 나지 않는군요."

그러자 곁에 있던 추산이 대웅산에게 물었다.

"그나저나 그와 상대해 본 소감이 어떠세요?"

"추 이 우 자네도 보았듯이 그는 대단한 무공을 지니고 있어. 오늘 내가 그에게 반 푼의 승리를 거둔 것은 오로지 내가 그보다 약간 공력이 높았기 때문이야. 하지만 다음번에 만나서도 그에게 승리할 수 있다고는 장담할 수 없어. 그의 신법은 나보다 나았거든. 그가 만약 이런 공터가 아닌 어둠에 싸인 숲에서 싸움을 걸어온다면 아마도 난 큰 곤란을 겪어야 할 거야. 그러니 오늘 그를 제압하지 못하고 살려 보낸 것이 나로선 큰 손해라고 할 수 있지.”

대웅산이 정색을 하고 말했다.

“그렇다면 정말 큰일이네요. 저들은 이제 절대 우리와 정면으로 맞서지는 않을 것 같은데요.”

추산이 얼굴빛을 흐리며 대답했다.

“가장 중요한 것은 그들이 이 노륙지를 완전히 파악하고 있다는 것이다. 그것이 우리에겐 가장 큰 적이 될 거다. 조심해야 해. 이곳은 정말 위험한 땅이다.”

언제라도 위험 앞에 당당한 고검조차도 조심스런 의견을 내놓았다. 그러자 무불장의 고수들 얼굴에 작은 긴장감이 서리는 것이었다.

“그나저나 풍운당의 당주께서는 어디 계시오?”

가라앉은 분위기를 떨쳐 버리려는 듯 대웅산이 죽은 동료들의 시신을 수습하고 있는 풍운당의 고수들에게 물었다. 그러자 그중 한 명이 어두운 얼굴로 대답했다.

“그 대도를 쓰는 자를 쫓아 숲으로 들어가셨소이다.”

“얼마나 되었소?”

“싸움이 시작될 때 들어가셨으니 벌써 이각은 지난 듯하구려.”

대답하는 풍운당 고수의 얼굴에 근심이 가득했다. 이각이라면 승패를 떠나 돌아와야 할 시간이었다.

"풍운당주께서는 무림에서도 손꼽히는 고수시니 걱정하지 않으셔도 될 겁니다."

고검이 담담한 어조로 말했다. 그리고 그의 예상은 틀리지 않아 그의 말이 채 끝나기도 전에 어두운 숲에서 검은 그림자가 움직이더니 이내 불쑥 한 사람이 장내로 날아들었다.

"당주님!"

장내에 모습을 드러낸 사람은 풍운당주 이곤이었다. 그가 등장하자 풍운당의 고수들 얼굴에 희색이 돌며 재빨리 이곤의 주위로 몰려들었다.

"사정이 어떠냐?"

이곤이 수하들의 반가움을 뒤로하고 냉담한 음성으로 물었다.

"네 명이 그만……."

풍운당의 고수가 말꼬리를 흐렸다.

"으음… 또 넷이나 잃다니……."

이곤의 입에서도 나직한 신음성이 흘러나왔다. 지금껏 수없이 많은 난관을 헤쳐 온 이곤이지만 이렇게 속절없이 수하를 잃는 것은 처음 경험하는 일이었다. 아니, 이런 일이 아주 발생하지 않는 것은 아니었다. 겉으로는 평화를 구가하는 천하사패의 시대였지만, 어둠 속에는 천하사패 간에 세상에 드러나지 않은 치열한 경쟁이 이루어지고 있었다. 남련의 정보 조직인 풍운당은 그 최전선을 맡고 있는 조직이기에 간혹 천하사패 간의 암중 싸움으로 수하들을 잃은 적이 없는 것은 아니었다. 하지만 천하사패와의 싸움을 제외하곤 이렇게 단번에 여럿의 수하를 잃은 적이 없는 이곤이었다.

그러나 이곤은 노련한 고수였다. 그는 금세 안색을 회복하고는 재차 입을 열었다.

"그들은 어찌 되었느냐?"

"다행히 어려운 순간에 무불장 고수 분들이 도착해서 그들은 물러났습니다."

그러자 이곤이 한쪽에 서 있는 고검 등 무불장의 고수들에게 시선을 돌렸다. 그리고 고검과 시선이 마주치자 보일 듯 말 듯하게 고개를 까딱였다.

"도움을 주어 고맙소."

그러자 고검 역시 작게 고개를 끄덕였다.

"함께 길을 가는 자의 당연한 도리지요. 그런데 당주께서 쫓던 자는 어찌 되었는지요?"

그러자 이곤이 살짝 인상을 그렸다.

"덩치에 걸맞지 않게 절묘한 신법을 지녔더이다. 이각 동안 정신없이 추격을 했지만 그와 검을 맞댄 것은 겨우 다섯 번에 지나지 않았소이다. 결국 어느 순간 그의 종적을 놓쳐 버리고 말았소. 휴, 오늘 이 이곤이 큰 망신을 당하는구려. 강호의 웃음거리가 되고 말았소이다."

이곤이 작은 한숨을 내쉬었다.

"저들의 무공은 강호에서 쉽게 볼 수 없을 만큼 고강하고 또한 이 노륙지의 지형을 완전히 파악하고 있으니 쉽게 그들을 제압할 수는 없을 겁니다."

고검이 위로하듯 말을 건네자 이곤이 고개를 끄덕였다.

"맞는 말이오. 저들은 이곳을 마치 자신들의 안방처럼 훤히 꿰고 있는 듯하더이다. 아마도 오랫동안 이곳에서 생활해 온 듯……. 그리고 보니 노륙지 주변에 소문이 무성했던 괴물에 관한 이야기는 바로 그들을 두고 나온 소문 같구려. 아니면 그들이 스스로 노륙지를 금단의 땅으로 만들기 위해 만들어낸 소문이던지……."

이곤이 아름드리나무로 이뤄진 어둠 속의 숲을 응시하며 말했다.

"그들이 노륙지를 자신의 안방으로 삼을 만큼 이곳에 오랫동안 머물렀다면 당연히 그들의 근거지도 있지 않겠습니까?"

고검이 의미심장한 표정으로 말했다. 그러자 이곤의 눈도 반짝였다.

"근거지가 있다면 늪지가 널려 있는 곳보다는 이렇게 숲이 우거진 마른 대지 위에 있을 것이고……."

이곤이 냉정한 이지가 흐르는 눈으로 사방을 둘러봤다.

"그들이 정착한 어딘가가 있다면 언젠가는 사람들의 눈에 발견되겠지요. 그들이 아무리 자신들의 영역에 사람들의 발길이 닿는 것을 막으려 해도 말입니다. 시금 이 노륙지에 몰려온 고수들을 단 몇 사람의 고수가 감당할 수는 없을 테니까요."

“그때까지 기습적으로 이어지는 그들의 공격을 어떻게 막아내는가가 문제가 되겠고 말이오.”

“천천히 방비를 하며 한 걸음씩 전진하다 보면 언젠가 목표에 도달하는 게 세상사지요.”

고검의 눈이 별처럼 반짝였다.

“후후, 강호인들이 말하길 무불장주의 나이는 젊지만 그 심기와 지혜는 노강호에 못지않다고 하더니 과연 그 말이 틀리지 않는구려. 그런 삶의 지혜까지 알고 있으니 말이오.”

그러자 고검이 가볍게 미소를 지었다.

“그저 오랜 황금충 생활에서 얻은 작은 깨달음일 뿐이지요.”

“같은 경험을 한다고 해서 모두가 그런 깨달음을 얻는 것은 아니라오. 자, 그럼 길은 정해졌으니 한 걸음씩 이 기분 나쁜 숲을 헤쳐 나가봅시다. 그런 괴고수들이 지키고자 하는 곳이 무엇인지……. 죽은 자들은 모두 묻어주었느냐?”

이곤의 입에서 고검과 대화를 나눌 때와는 다른 서릿발 같은 물음이 흘러나왔다.

“옛, 당주!”

“좋아. 계속 앞으로 전진한다. 그리고 련에 전서구를 날려라. 사람이 더 필요하다.”

“어떤 첩지를……?”

“흑색의 첩지를 쓰라!”

순간 질문을 했던 풍운당 고수의 눈에 놀람의 빛이 떠올랐다. 또한 그의 말을 듣고 있던 고검과 미심의 얼굴에도 언뜻 놀라는 기색이 스치고 지나갔다.

남련은 보통 다섯 단계의 첩지를 사용한다. 다섯 종류의 첩지는 각기 일의 성격에 따라 다르게 사용되는데 평상시에는 백색의 첩지를 사용하고 이후 일이 위중해질수록 청색, 적색, 흑색, 금색의 첩지를 사용하게 된다. 지금껏 최대의 위급을 나타내는 금색의 첩지가 사용된 경우는 오직 천하사패시대 최대의 전쟁, 오대혈전이 일어났을 때뿐이었다.

그리고 작금에 이르러서는 이 다섯 색깔의 첩지 중 적색 이상의 첩지가 쓰인 경우가 없는 것으로 알려져 있었다. 아니, 적색의 첩지조차 몇 년에 한 번 쓰일까 말까 하는 상황이었다. 그런데 이곤은 수하에게 흑색의 첩지를 쓰라고 말하고 있었다.

'흑색의 첩지라면 적어도 이곤과 같은 수준의 고수 열이 남련을 나설 것이다.'

고검이 깊은 눈으로 이곤을 보며 생각했다. 이곤과 같은 수준의 고수라면 적어도 남련 서열 오십위 안의 고수를 일컫는다. 남련 서열 오십위 안의 고수 열을 동원할 정도로 이 노륙지의 일을 심각하게 보고 있는 이곤의 생각을 고검은 쉽게 이해할 수 없었다.

'내가 보지 못한 무엇을 보았거나… 아니면 내가 알지 못하는 뭔가를 알고 있단 말이군.'

고검이 고개를 돌려 미심을 바라봤다. 그러자 미심이 보일 듯 말 듯 고개를 끄덕였다. 아마도 오늘이 지나기 전에 그녀의 손에서도 은밀히 전서구가 떠오를 터였다. 그리고 수일 내에 고검은 남련의 이곤은 알고 있고 자신은 모르는 뭔가가 있는지를 확인할 수 있을 것이다. 그때까지는 그저 남련 풍운당과 함께 한 걸음씩 노륙지를 지배하는 자들, 벽산철가의 선단을 공격한 흉수들을 향해 나아갈 터였다.

잠시 후 풍운당의 고수들이 움직였다. 그리고 그 뒤를 무불장의 고수가 따랐다. 그렇게 두 무리가 하나가 되어 혈전의 장을 벗어나고 있었다.

그런데 그렇게 무불장의 고수들과 남련 풍운당의 고수들이 장내에서 사라지자 불현듯 한 명의 신형이 한판의 혈전이 벌어졌던 장소에 모습을 드러냈다.

나이는 대략 칠십여 세, 얼굴은 주름으로 가득했고 손에는 몸을 지탱하기 위한 지팡이마저 들고 있었다. 입고 있는 옷조차 허름하기 이를 데 없어 마치 넝마를 걸친 것 같았다. 한마디로 도검이 난무하고 깊은 늪지가 늘어서 있는 노륙지에 전혀 어울리지 않는 볼품없는 늙은이였다. 하지만 그의 눈빛만은 노륙지에 들어 있는 그 어떤 고수보다도 맑고 깊었다.

"천하의 남련 풍운당과 천하제일 청부업체인 무불장이 힘을 모았군. 흐흠… 그렇게 되면 이 노륙지의 괴인들도 쉽게 움직이긴 어렵겠는걸? 그나저나 풍운당의 이곤은 이 일을 무척 심각하게 받아들이는 모양이군. 흑색의 첩지라… 하지만 노륙지는 태호의 일부이고 태호는 우리 동궁의 권역이기도 하지.

한마디로 무척 민감한 곳이란 말씀이야. 그래서 과거 태호대전이 벌어진 이후 본 궁과 남련 모두 이 태호에 고수를 투입하는 일은 극히 조심해 왔는데 이런 곳으로 남련의 최고수들을 끌어들이려 하다니, 그들도 역시 이번 일의 심각함을 어느 정도 느끼고 있는 것인가?"

노인이 고개를 갸웃거렸다. 그리곤 들고 있던 지팡이로 땅을 톡톡 두드리며 곰곰이 생각에 잠겼다. 그리곤 어느 순간 다시금 입을 열었다.

"뭐, 남련에서 고수를 투입하는 것이 나쁜 일은 아니지. 어차피 사패가 모두 신경 써야 할 일일지도 모르니. 그런데 도대체 어떤 자들이 이 노류지에 숨어서 이번 일을 꾸민 것일까. 무공을 보아하니 보통 인물들은 아닌 듯한데……. 후훗, 본 궁이나 사패로서야 제법 고마운 일이긴 해도 말이야. 황금선이 사라졌으니 벽산철가와 어둠에 숨어 그들과 손을 잡고 있는 무리도 매우 곤란한 지경에 빠지고 말 게야."

노인이 혼잣말을 중얼거리며 고검과 추산 등이 사라진 방향으로 걸음을 옮기기 시작했다.

"그나저나 무불장, 무불장 하더니 정말 대단하군. 지금껏 이 노류지에서 흉수들을 물러나게 한 자들은 거의 없었는데, 대웅산이라고 했던가? 훌륭한 창법에 좋은 공력이었어. 일개 청부사가 그 정도인데 무불장주의 무공은 또 얼마나 대단할 것인가? 더군다나 그 뒤에는 친검이 있고, 천검에게는 수십 차례의 청부를 통해 맺어진 무시 못할 강호의 인맥이 있지. 흐흠…

정작 무서운 자는 그렇게 사람들의 이목에서 벗어나 있으면서도 힘을 가진 인물이지.”

느릿하게 걷는 듯하던 노인의 모습은 그의 말이 끝나는 순간 장내에서 사라지고 없었다.

고검과 추산을 포함한 무불장의 고수 다섯 명과 이곤이 이끄는 남련 풍운당의 고수 십여 명은 그들이 처음 노륙지에 발을 디뎠을 때와는 전혀 다른 속도로 움직이고 있었다. 그들의 걸음은 아주 느렸고, 그들 앞에 무엇인가 이상한 지형이나 물체가 나타나면 반드시 그 정체를 확인한 후에 움직였다. 또한 이동을 하면서도 고절한 보행진(步行陣)을 형성한 채 이동했기에 누구라도 그들을 기습하기는 어려웠다.

그래서인지 그들이 노륙지에 발을 디딘 이후 끊임없이 이어지던 괴고수들의 공격은 하루가 지나도록 다시 나타나지 않았다. 그렇게 하루의 전진 끝에 그들은 폭 십여 장의 적지 않은 넓이의 계곡을 앞에 두고 걸음을 멈췄다.

“물이 맑은데요?”

추산이 계곡물에 손을 담그며 말했다. 보통의 경우 계곡에 맑은 물이 흐르는 것이야 당연한 일이지만 이 노륙지에서 그것은 특별한 일에 속했다.

노륙지의 수로를 흐르는 물은 대부분 고인 연못물처럼 희뿌연 흙탕물이었다. 그래서 수면 아래로는 채 한 자의 깊이도 살필 수 없었고, 식수로도 사용할 수 없었다. 노륙지가 사람이 살

수 없는 곳이 된 것은 이렇게 탁한 물길 때문이기도 했다. 그런데 지금 일행 앞을 흐르는 계곡물은 무척 맑아 몸을 씻거나 식수로도 충분히 이용할 수 있었다.

"맑은 물이 흐른다는 것은 사람이 살 수 있다는 의미지……."

풍운당주 이곤이 계곡 너머 숲으로 시선을 돌리며 말했다. 그러고 보니 계곡을 경계로 건너편과 이편의 풍경에는 조금 차이가 있었다. 고검과 추산을 비롯한 무불장의 고수들과 남련 풍운당의 고수들이 서 있는 쪽의 숲은 습기가 많아 여기저기서 안개가 피어오르고 있었지만 개울 건너의 숲에서는 안개가 피어오르지 않았다. 더군다나 나무 밑에 깔린 낙엽들도 수분을 머금지 않은, 마른 낙엽들이 분명했다. 그리고 그것은 사람이 거주할 수 있는 환경이란 걸 의미했다.

"저쪽 숲 어딘가에 그들의 본거지가 있을 확률이 높다는 거군요."

"또한 만약 그들이 그곳을 지키고자 한다면 이 계곡을 건너는 순간 그들이 반드시 움직일 것이란 말도 되지……."

고검이 추산의 등 뒤에 와 서며 말했다. 그리곤 허리를 굽히곤 맑은 계곡물을 손에 담아 입을 축였다.

"잠시 휴식을 취하고 가시겠습니까?"

고검이 입을 축인 후 이곤을 보며 물었다. 그러자 이곤이 자신의 수하들을 돌아봤다. 남린 풍운당의 고수들은 남련에서도 손꼽히는 일류고수들이었지만 그들의 얼굴에는 지난 며칠간의 이동으로 피곤한 기색이 역력했다.

"얼마간 휴식이 필요하긴 할 것 같소."

"그럼 이곳에서 잠시 쉬지요."

고검이 고개를 끄덕이고는 무불장의 고수들을 돌아보며 고개를 끄덕였다. 그러자 무불장의 고수들이 주변을 살핀 후 적당한 자리를 찾아 휴식을 취하기 시작했다.

"쉬면서도 경계를 늦추지 마라. 적이 언제 어디서 나타날지 모른다."

이곤은 풍운당 고수들에게 휴식을 명하면서도 당부의 말을 잊지 않았다.

그렇게 맑은 물이 흐르는 계곡 앞에서 오랜 습지의 이동으로 지친 몸을 쉬게 된 일행의 휴식은 그러나 그리 오래가지 않았다.

"이게 무슨 소리죠?"

맑은 계곡 물 앞에 앉아 시원한 청량감을 즐기고 있던 추산이 눈빛을 반짝이며 입을 열었다. 그러자 그의 곁에 앉아 있던 고검이 추산을 돌아봤다.

"소리라니?"

"사형, 이 소리가 안 들리세요?"

추산은 오히려 자신에게 묻고 있는 고검이 이상하다는 듯 고검에게 되물었다. 그러자 고검이 추산의 손가락이 가리킨 방향, 그러니까 그들이 앉아 있던 계곡의 건너편을 바라봤다.

그리고 잠시 후 고검의 표정이 변했다.

“이건……!”

“사형도 들리시죠?”

추산의 물음에 고검이 무겁게 고개를 끄덕였다. 그리곤 천천히 자리에서 몸을 일으켰다. 추산 역시 그런 고검을 따라 몸을 일으켜 물가에서 두세 걸음 뒤로 물러났다. 그러자 두 사람의 움직임을 눈치 챈 장내의 고수들의 시선이 일제히 두 사람에게로 향했다.

“무슨 일입니까, 장주!”

두 사람과 다섯 장 정도 떨어져 있던 대웅산이 큰 소리로 물었다. 그러자 고검이 재빨리 입에 손가락을 가져다 댔다. 그리곤 재빨리 손짓을 해 무불장의 고수들을 불렀다. 무불장의 고수들은 고검의 행동에서 심상치 않은 기운을 느꼈는지 바람처럼 움직여 고검과 추산 곁으로 다가왔다. 그사이 남련 풍운당의 고수들 역시 이곤을 중심으로 모여들고 있었다.

“무슨 일이우?”

대웅산이 고검의 곁에 이르자 이번에는 목소리를 낮춰 물었다. 고검이 대답 대신 손을 들어 계곡 건너편을 가리켰다. 그러자 대웅산을 비롯한 무불장의 고수들의 시선이 고검의 손이 가리킨 곳으로 향했다. 그리고 잠시 후,

“이건… 뭔가 있군요?”

대웅산이 고검을 바라봤다. 고검이 고개를 끄덕였다. 사람들의 표정이 차갑게 굳어졌다. 공력을 끌어올린 그들의 귀에

계곡의 저편에서 기이한 소음들이 들려오고 있었다.

쉬이익… 쉬이익…….

그것은 마치 싸리 빗자루로 마당을 쓸어대는 듯한 소리였다. 하지만 그 소리에서 느껴지는 기운은 마당을 쓸 때처럼 평온한 것이 아니었다. 그 소리에는 소름 끼치는 거부감이 내포되어 있었다. 그리고 그 순간 사람의 신형이 숲의 저쪽에서 나타났다.

습한 이쪽의 숲보다 쾌적한 반대편의 숲에는 수년을 이어온 낙엽들이 쌓여 있었으므로 일단 사람의 모습이 나타나자 거칠게 낙엽이 밟히는 소리가 기이한 소음에 섞여 들려오기 시작했다.

"두 사람인데요?"

추산이 긴장한 눈빛으로 입을 열었다.

비록 낮이지만 하늘을 가린 수림 때문에 어둑한 숲, 그곳에 모습을 드러낸 인물은 두 사람이었다. 그리고 그들은 무엇엔가 쫓기고 있었다.

사아아악!

두 사람의 신형이 고검과 추산이 있는 곳과 가까워질수록 숲에서 들려오는 기이한 소음 역시 커졌다. 소리가 커지자 사람들은 그 소음 속에 묻어 있는 사이(邪異)한 기운을 느낄 수 있었다. 덕분에 사람들의 긴장은 머리끝까지 올라갔다. 그리고 그렇게 숲에서 도주 중인 두 사람의 모습이 계곡 이쪽 편에 있는 고수들의 눈에 완전하게 들어왔을 때 조오현의 입에서 신음성이 흘러나왔다.

"대형……!"

그 소리는 너무도 작아 곁에 있던 무불장의 고수들, 추산이나 미심 그리고 대웅산은 조오현의 말을 그저 지나가는 말처럼 흘려들었다. 하지만 고검은 달랐다. 조오현의 나직한 뇌까림을 듣는 순간, 고검의 시선이 재빨리 조오현을 향했다.

그러나 조오현은 그런 고검을 보지 않았다. 그의 두 눈은 숲의 저편에서 무서운 속도로 달려오고 있는 두 사람의 신형에 꽂혀 있었다. 그리고 다음 순간 그가 움직였다.

"어어… 뭐 하는 거예요?"

추산의 입에서 당혹한 물음이 흘러나왔다. 추산의 말이 끝날 때쯤 조오현은 이미 계곡의 중간에 불쑥 튀어나온 바위에 발을 디디는가 싶더니 이내 다시 허공으로 도약해 계곡을 날아 넘고 있었다.

"가자!"

그리고 고검도 한 발짝 앞으로 발을 내디뎠다.

"사형, 도대체 무슨 일이에요?"

추산이 이해할 수 없는 조오현과 고검의 행동에 답답하다는 듯 언성을 높여 물었다. 추산의 질문은 미심이나 대웅산 또한 고검에게 하고 싶었던 질문이었다.

"저들이 바로 금오표국의 국주와 표두인 모양이구나. 가봐야겠다."

고검이 짧게 대답하고는 훌쩍 몸을 날려 조오현의 뒤를 따라 계곡을 날아 넘기 시작했다.

"금오표국의 국주라면……?"

추산이 혼잣말을 중얼거리자 대웅산이 창을 굳게 잡으며 대답했다.

"한마디로 청부자들을 만난 셈이지. 가보자구, 추 아우. 장주가 갔으니 걱정할 일이야 없겠지만 뒤를 봐줘야지 않겠어?"

추산을 돌아본 대웅산이 고검의 뒤를 따라 몸을 날렸다. 그러자 미심 역시 미려한 신법으로 다른 사람들의 뒤를 따랐다.

"이제 보니 금오표국의 국주였군. 그런데 조 노사는 그를 대형이라고 불렀던가? 역시 과거 적지 않은 인연이 있었나 보군. 청부자가 나타났는데 나라고 놀고 있을 수만은 없지."

추산이 훌쩍 몸을 날려 계곡의 수면 위로 날아올랐다.

그렇게 무불장의 고수들이 일제히 작은 계곡을 날아 넘어 숲에 나타난 두 사람을 향해 달려나가자 남련 풍운당의 고수 중 한 명이 이곤에게 물었다.

"저희는 어찌할까요?"

"그대로… 이곳에 있는다."

"하지만……."

"듣지 않았느냐? 그들의 청부자들이라고. 그들의 싸움이다. 괜한 손해를 볼 필요는 없다. 단, 주변을 경계하라. 기습이 있을지도 모르니……."

이곤의 대답이 얼음장처럼 차가웠다. 그러자 말을 꺼냈던 풍운당의 고수가 이곤의 기세에 질려 급히 허리를 굽혔다.

"존명!"

명령일하 풍운당의 고수들이 이곤을 중심으로 조금 넓게 대형을 넓히고는 손에 도검을 빼 들고 사방을 감시하기 시작했다. 하지만 그들의 눈과 달리 그들의 신경은 온통 계곡의 건너편, 도주하는 두 사람과 그들을 마중 나간 무불장 고수들에게 쏠려 있었다.

고검은 이미 조오현의 뒤 삼 장 이내를 바짝 따르고 있었다. 조오현의 시선은 저 멀리 숲에서 달려오는 두 사람에게 고정되어 있었지만 고검은 그 두 사람과의 관계에서 조오현보다는 자유로웠기에 그들보다 그들의 주변을 면밀하게 살피고 있었다.

쉬이익, 쉬이익!

두 사람이 가까워질수록 그들의 주변에서 일어나는 소음도 강해졌다. 소리가 강해질수록 그 소리에 섞여 나오는 살기와 사기도 강해졌다. 조오현은 이미 장도를 뽑아 들고 있었고 고검 역시 언제라도 검을 빼 들 준비를 하고 있었다.

그런데 그렇게 전력을 다해 숲을 달린 양측의 거리가 이십여 장으로 가까워졌을 때 갑자기 숲에서 들려오는 소리가 변했다.

캬오!

마치 고양이가 쥐를 사냥할 때 내는 소리와 같이 날카로운 살기가 담긴 소음이 터져 나왔다. 그리곤 도주하던 두 사람의 좌측 숲에서 거뭇한 그림자가 어른거리는가 싶더니 이내 한 마리 거대한 뱀이 불쑥 머리를 내밀었다.

"저건!"

일행의 가장 후미에서 달리던 추산의 입에서 경악성이 터져 나왔다. 그의 눈에 금오표국의 두 고수를 한입에 덮쳐 버릴 듯 달려드는 한 마리 거대한 흑사가 들어왔던 것이다.

카아아!

흑사가 음산하면서도 격렬한 소리를 내뱉으며 완전히 숲에서 모습을 드러냈다. 길이는 대략 십여 장, 몸통의 둘레는 다 자란 성인의 몸통만큼 거대했다.

"도대체 저런 괴물이 세상에 존재하는 게 말이 되는 거야?"

추산의 입에서 탄식과도 같은 경악성이 흘러나왔다. 그러자 추산과 어깨를 나란히 하고 있던 미심이 입을 열었다.

"중원의 남쪽, 사시사철 여름인 곳에서는 저런 뱀들이 서식한다는 이야기를 들은 적이 있지요. 하지만 중원에서 저렇게 큰 뱀을 보았다는 이야기는 들어본 적이 없군요. 기후가 맞지 않아 애초에 저런 종류의 뱀은 자랄 수가 없을 텐데… 아마도 이 노륙지의 기후가 매우 습한 편이어서 저런 뱀이 살고 있는 모양이군요."

"그럼 저런 뱀이 본래 있기는 있는 모양이군요?"

추산이 놀란 듯 되물었다.

"그래요. 남만이나 그 아래 이국에서는 종종 저런 뱀이 잡히기도 하지요."

미심의 말에 추산이 신기한 듯 두 금오표국의 고수들을 뒤쫓는 뱀을 응시했다. 그러자 미심이 다시 말을 이었다.

"그런데 저 뱀은 좀 이상하군요."

"이상하다뇨?"

"본시 뱀은 숲에서 무척 빠르게 이동하고 또 간혹 사람을 공격하기도 하지만 저 뱀의 움직임은 마치 사람에 의해 훈련된 것 같아요. 그리고 만약 저 뱀이 자연적으로 자란 것이라면 금오표국의 고수쯤 되는 사람들이 저렇게 쫓길 리는 없지요."

그러자 추산의 눈빛이 반짝였다.

"그럼 누군가 저 뱀을 조종하고 있다는 건가요?"

그러자 미심이 고개를 끄덕였다.

"맞아요. 저 뱀은 사람에 의해 길러진 뱀이에요. 보세요."

미심이 손을 들어 앞을 가리켰다. 추산이 재빨리 시선을 돌려 미심이 가리킨 곳을 보자 거대한 뱀의 뒤쪽으로 수백 마리, 아니, 보이기에는 수천 마리에 달하는 뱀들이 대지를 뒤덮을 듯 밀려오고 있었다.

"제길, 미 부인의 말씀이 맞군요. 강호에 뱀들을 조종하는 술법을 익힌 자들이 있다고 하더니… 아마도 이 노륙지의 흉수들 중 뱀을 움직일 수 있는 자가 있는 모양이군요. 아무튼 이놈의 강호는 별 희한한 족속들로 가득 차 있다니까!"

추산이 숲을 메울 듯 달려오는 뱀 떼를 보며 질린 듯 고개를 저었다. 그리고 그때쯤 거대한 흰 마리 흑사와 수천 마리의 뱀 떼에 밀려 도주하던 금오표국의 두 고수도 무불장 고수들을 발견했다. 그리고 무불장 고수들 중 가장 앞에서 달려오는 조오현의 모습도……. 양측의 거리는 십여 장 안쪽으로 좁혀졌다. 서로 상대방의 얼굴을 확인할 만큼 가까워진 거리, 그러자 다급히 쫓기던 금오표국의 두 고수가 흠칫 몸을 세웠다.

"이제(二弟)!"

그리고 두 고수 중 한 명의 입에서 나직한 신음성 같은 것이 흘러나왔다. 하지만 조오현을 발견하고 잠시 멈칫한 두 사람의 행동은 그들을 뒤쫓던 거대한 흑사에게 좋은 기회를 주는 위험한 행동이었다.

"위험해!"

평소 과묵한 성정의 조오현의 입에서 날카로운 경고음이 흘러나왔다.

캬오!

동시에 흑사가 거친 괴성을 토해내며 거대한 입을 벌리고는 두 명의 금오표국 고수 중 한 사람의 신형을 머리 위부터 덮쳐 갔다.

"헛!"

흑사의 공격을 받은 금오표국의 고수가 헛바람을 흘려내며 재빨리 흑사의 공격을 피해 몸을 틀었다. 하지만 흑사는 무림 고수의 움직임이 무색할 만큼 빠르고 강력하게 공세를 이어갔다.

쉬이익!

입으로 목표물을 물려던 의도가 빗나가자 흑사의 꼬리가 좌에서 우로 지면을 쓸어왔다. 그 속도가 얼마나 빠른지 흑사의 입을 피해 신형을 틀던 금오표국의 고수가 순식간에 흑사의 거대한 꼬리에 말려드는 것이었다. 한 번 목표를 꼬리에 말기 시작하자 흑사는 순식간에 금오표국 고수의 전신을 휘감았다.

"이익!"

흑사에게 전신을 제압당한 금오표국의 고수가 한마디 괴성을 내지르며 들고 있던 검으로 흑사의 몸통을 내려쳤다.

투퉁!

그러나 흑사의 피부는 마치 쇠처럼 단단해 강호고수의 일검을 둔탁한 소음과 함께 튕겨냈다. 그리곤 더더욱 강한 힘으로 상대의 신형을 압박해 들어가는 것이었다.

"우욱!"

흑사의 거대한 몸에 전신을 휘감긴 금오표국 고수의 입에서 신음성이 흘러나왔다. 아마도 촌각의 시간만 더 지나면 그의 뼈와 내장은 흑사에 의해 완전히 바스라져 버릴 터였다. 그리고 그런 그의 머리 위쪽으로 한입에 상대를 삼키려는 듯 흑사가 커다란 입을 벌리기 시작했다.

"놈!"

순간 조오현의 입에서 한가닥 노성이 터져 나오며 순식간에 거대한 흑사에게로 돌진했다.

우웅!

동시에 그의 장도가 굉음을 일으키며 무서운 속도로 흑사를 향해 뻗어나갔다.

투퉁!

조오현의 장도가 흑사의 머리 쪽을 가격했다. 그러자 예의 그 둔탁한 충돌음이 일어났다. 이번에도 역시 흑사의 피부는 조오현의 도를 견뎌낸 것이다. 하지만 조오현의 도에 깃든 공력은 좀 전 흑사가 휘감았던 금오표국의 고수가 휘두른 검에 담긴 공력과는 차원이 달랐으므로 비록 살이 베이지는 않았지만 흑사의 머리에 강력한 충격을 준 것은 명확했다. 그리고 그 결과는 금세 흑사의 행동으로 나타났다.

캬오!

흑사의 입에서 예의 그 기이한 소성이 흘러나오며 한입에 금오표국의 고수를 삼키려던 흑사가 재빨리 머리를 틀어 자신을 공격한 조오현을 노려봤다. 그리고 그사이 강력한 힘으로 금오표국의 고수를 휘감고 있던 흑사의 힘이 약간 약해졌다.

"핫!"

흑사의 조이는 힘이 약해진 틈을 타서 흑사에게 감겨 있던 금오표국의 고수가 순식간에 신형을 뽑아 올렸다. 그러자 한순간에 다 잡았던 상대를 놓친 흑사가 재빨리 꼬리를 휘둘러 자신의 품에서 도망가는 금오표국의 고수를 후려쳤다.

퍽!

"윽!"

흑사의 품에서 도주하는 것에 전력을 기울였던 금오표국의 고수가 미처 흑사의 공격을 피하지 못하고 흑사의 꼬리에 맞아 신음성을 내지르며 땅 위를 나뒹굴었다.

"삼제!"

순식간에 벌어지는 흑사와 조오현의 격돌을 보고 있던 또 다른 금오표국의 고수가 재빨리 땅에 떨어진 자신의 동료를 안아 올렸다.

"제길! 제대로 당한 모양이오, 국주!"

흑사에게 일격을 허용한 금오표국의 고수가 얼굴을 찡그리며 말했다.

"이제가 왔으니 삼제는 걱정 말고 몸을 추스르게."

금오표국주가 부상당한 금오표국의 고수를 안심시키듯 말했다. 그러자 금오표국주가 삼제라 부른 사내가 흑사와 격돌하고 있는 조오현에게로 시선을 돌리며 안타까운 목소리로 말했다.

"국주, 우린 또 결국 이형을 불러들이고 말았군요."

그러자 금오표국주의 얼굴도 금세 어두워졌다.

"그러게 말일세. 우린 언제나 이제에게 신세를 지는군. 이번만큼은 표국이 문을 닫고 우리 모두가 죽임을 당한다 하더라도 이제를 부르지 않으려 했건만……."

"형수님은 아니겠고, 천 조카가 이형을 찾아갔겠군요. 어느 날 갑자기 사라졌다 했더니……."

"아마도 우리가 하는 이야기를 들은 모양일세. 휴, 그 아이 말고는 그를 데려올 사람이 없었겠지."

두 사람은 조오현의 등장으로 한결 여유를 찾은 듯한 표정으로 대화를 나누는 것이었다.

'흠, 저들에게 조 노사가 어떤 존재인지 알겠군. 저들은 조 노사의 등장만으로도 이 어려움을 모두 극복한 것 같은 모습이지 않은가?'

뒤늦게 장내에 도착한 추산이 금오표국의 두 고수를 보며 생각했다. 하지만 상황은 금오표국의 두 고수가 생각하는 것만큼 그리 간단치가 않았다.

거대한 뱀, 흑사를 상대로 싸움을 벌이는 조오현도 그랬지만 순식간에 무불장 고수들과 두 명의 금오표국 고수를 포위한 채 혀를 낼름거리고 있는 숲을 가득 메운 수천 마리의 뱀들 역시 쉽게 상대할 물건들이 아니었다.

쿠쿠쿵!

그때 다시 조오현과 흑사가 충돌하는 소리가 들려왔다. 조오현은 묵직한 도기를 머금은 도로 연달아 흑사를 공격했지만 흑사의 피부는 마치 쇠로 만들어진 양 좀체 조오현의 공세에 상처를 입지 않았다. 하지만 흑사 역시 쉽사리 조오현을 공격하지는 못했다. 흑사의 움직임은 강호의 일류고수 못지않게 빨랐고, 그 입에서는 끊임없이 기이한 독무가 흘러나왔으며 꼬리는 마치 철퇴를 휘두르는 것 같은 위력을 지니고 있었지만 절정의 무공을 지닌 조오현을 위기로 몰아넣을 수는 없었다. 그렇게 강호의 절정고수와 자연이 만든 이물의 싸움은 쉽사리 결판이 날 것 같지 않았다.

"시간이 길어지면 좋을 것이 없는데……."

추산이 말꼬리를 흐렸다. 웬일인지 그들을 포위한 뱀 떼가 금세 공격에 나서지 않고 있지만 이 수천 마리에 달할 것 같은 뱀들이 일제히 독기를 내뿜으며 공격을 해온다면 아무리 무불장 고수들의 무공이 대단하다고 하더라도 쉽게 뱀들의 포위를 뚫을 수는 없을 터였다.

더군다나 이 뱀들을 조종하는 자들이 그들이 보았던 노륙지의 괴고수들, 천괴나 수마 그리고 사신의 동료라면 무불장의 고수들이 뱀들을 상대하는 사이 또 다른 괴고수들이 그들을 공격하지 않으리란 보장이 없었던 것이다.

"혹사는 조 노사에게 맡겨두고 우린 이 뱀들을 상대하도록 하자꾸나."

그런데 추산의 걱정과는 달리 고검은 무척 침착하고 여유있는 표정을 짓고 있었다.

"사형, 이 징그러운 것들을 상대할 방도가 있으세요? 전 도저히 이것들을 뚫고 나갈 길을 만들 수 없을 것 같은데요."

그러자 가벼운 미소를 지으며 대답했다.

"나에겐 두 가지 방법이 있다."

그러자 추산이 놀란 표정으로 고검을 바라봤다.

"두 가지 방법이나요?"

"그렇다. 그 첫째는 우리 전부가 이 뱀들을 상대하는 사이 우리 중 누군가가 이 뱀을 조종하는 자를 제거하는 것이다. 그럼 자연히 우린 이곳을 벗어날 수 있을 것이다."

그러자 추산이 실망한 얼굴로 입을 열었다.

"그 방법은 별로 좋은 것 같지 않은데요? 누가 이 뱀들을 뚫고 나가 이것들을 조종하는 자를 제거할 수 있겠어요."

"넌 이 사형을 믿지 못하는 것이냐?"

"아니요. 뭐, 물론 사형의 무공이라면 시도해 볼 만한 일이지요."

말을 그렇게 했지만 추산은 고검이 말한 첫 번째 방법을 크게 신뢰하지 않는 표정이었다. 그도 그럴 것이 고검이 아무리 고강한 무공을 지니고 있다 하더라도 수십 장 넓이로 퍼져 있는 뱀들의 포위망을 뚫고 길을 만들어 나간 후, 뱀을 조종하고 있는 자를 제거하는 것은 그리 쉬워 보이지 않는 일이었다.

"그 방법이 마땅치 않다면 또 다른 방법을 말해주마."

고검이 추산의 내심을 읽었는지 미소를 지으며 말했다.

"두 번째 방법은 뭐예요?"

추산은 고검이 말한 첫 번째 방법에 실망을 해서인지 그리 기대하지 않는 표정으로 물었다.

"두 번째 방법은 네 품속에 있단다."

그러자 추산이 고검의 말을 이해하지 못하겠는지 고개를 갸웃거리며 자신의 가슴에 손을 올렸다.

"제 품속에 있다고요?"

"오냐. 넌 이미 이 난관을 헤쳐 나갈 방도를 가지고 있는 셈이지."

그러자 추산의 눈에 더욱 큰 의혹이 생겨났다.

"제가 이미 이 징그러운 것들을 물리칠 방도를 가지고 있다고요?"

추산이 전혀 자신의 말을 이해하지 못하는 듯하자 고검이 한차례 웃음을 터뜨리며 다시 입을 열었다.

"하하하, 난 사제가 제법 똑똑한 줄 알았는데 오늘 보니 그렇지도 않은가 보군. 사제, 사제의 품속에는 지난날 내가 마혼령에서 돌아온 후 사제에게 주었던 그 동피리[銅笛]가 있지?"

그러자 순간 추산의 눈빛이 묘해지며 고개를 끄덕였다.

"당연히 가지고 있지요. 전 그 동으로 된 피리를 사형께 받은 후 항상 지니고 다녔으니까요. 아! 그러니까 사형은 지금 그 피리를 이용해 이것들을 물러나게 할 수 있다는 말이시군요."

"후후, 이제야 사제의 머리가 돌아가기 시작한 모양이구나. 맞다. 우리 두 사람이 그 동피리를 이용한다면 우린 생각보다 쉽게 이 뱀들을 물러나게 할 수 있을 것이다."

"강호에서 동물들을 부리는 사람들이 피리를 이용한다는 말은 들은 적이 있어요. 사형은 피리 소리로 동물들을 움직일 수 있는 방법을 알고 계시는군요."

"아니, 난 그런 방법은 알지 못한다."

"하면……?"

"다만, 우리가 가지고 있는 이 동피리는 너도 알다시피 무서운 살음을 만들어낼 수 있다. 음으로 누군가를 공격하는 것은 사람에게나 동물에게나 같은 효과를 낼 수 있지. 우리가 일일이 이 뱀들을 상대하려면 끝이 없을 것이지만, 사제와 내가 동피리 소리로 이들을 공격하면 이들은 우리에게 길을 열어주지 않을 수 없을 것이다.”

“정말… 정말 그게 가능할까요?”

“후후… 아직 믿음이 가지 않는 모양이구나. 그렇다면 방법은 하나군. 내가 한 말이 거짓이 아님을 보여주는 수밖에…….”

고검이 빙그레 미소를 지으며 품속에서 하나의 동피리를 꺼내 들었다.

第七章

과거의 인연

삐이이이…….

사람이 피리를 만든 목적은 아름다운 소리를 얻기 위해서
다. 그런 면에서 보자면 지금 고검과 추산 두 사람이 불고 있
는 동피리를 통해 흘러나가는 소리는 피리에 대한 사람들의
일반적인 기대를 완벽하게 깨뜨리는 소리였다.

중저음이 존재하지 않는 음의 세계, 오직 사람들의 신경을
기분 나쁘게 긁어대는 고음만을 흘려내는 두 사람의 피리 소
리는 그래서 사람뿐 아니라 미물들에게도 견디기 힘든 음률이
었다.

쉬이익 쉬이익!

무불장의 고수들을 둘러싸고 언제라도 주인의 명이 있으면

그들을 향해 돌진할 준비를 하고 있던 수천 마리의 뱀들이 동요하기 시작했다. 잘 훈련된 병사들과 같던 뱀 떼는 고검과 추산이 불어대는 피리 소리를 듣는 순간부터 차츰차츰 그 대열을 흐트러뜨리기 시작하더니 어느 순간부터 개중 몇 마리는 괴이한 피리 소리를 견디지 못하고 꼬리를 말기도 했다.

"칫, 정말 아까운 물건이란 말이야."

대웅산이 나란히 서서 동피리를 불어대는 고검과 추산 두 사형제를 보며 부러운 듯 말했다.

"호호, 대 대협께서 몇 년을 욕심낸 물건이었죠?"

미심이 두 사람의 피리 소리에 뱀 떼들이 더 이상 접근하지 못하자 여유를 찾은 듯 웃음을 지으며 물었다.

"그러게 말입니다. 제가 그렇게 졸라도 주지 않던 것을 추 아우가 달라고 하니 바로 주더군요."

"가끔 보면 장주께서 추 소협을 생각하는 것은 보통 무가들의 사형제간 이상의 감정으로 느껴질 때가 있지요."

"아마 그건 장주가 추 아우를 같은 사제라기보다는 피를 나눈 혈육으로 느끼기 때문일 겁니다. 미 부인께서도 장주의 어린 시절 이야기는 들으셨지요?"

"네, 잘 알고 있지요. 장주가 천검 어른을 만나게 된 이유와 함께 말이에요."

"그래서 장주가 추 아우를 생각하는 마음이 각별한 것 아니겠습니까?"

"맞아요. 장주는 추 소협에게서 어린 시절 멸문한 자신의 가족들에 대한 감정을 느끼고 있는 것이겠지요.”

“후후, 저 냉정하고 고독한 사내에게 그런 정이 숨어 있었다니 정말 놀라운 일이지요.”

“장주의 본심이야 누구보다도 따뜻한 사람이지요. 그래서 우리 무불장의 청부사들은 장주에게 몸을 의탁해 과거의 상처들을 치유해 가는 것 아닌가요?”

“과거의 상처라… 그렇지요. 무불장의 청부사들 중 사연 없는 사람이 없을 테니 말입니다. 그리고 오늘 그중 한 명의 과거 때문에 우리가 이곳에 있는 것이고 말입니다.”

대웅산의 시선이 자연스럽게 고검과 추산 두 사형제를 떠나 아직도 흑사와 드잡이질을 하고 있는 조오현에게로 향했다.

“대단한 괴물이에요. 조 노사의 공격을 지금껏 버티는 것을 보면…….”

미심이 감탄하듯 조오현과 뒤엉킨 흑사를 보며 말했다.

“그러게 말입니다. 아마도 저 흑사를 기른 자는 보통 인물이 아닐 겁니다. 선천적으로 미물들에 대한 감각을 타고난 자겠지요. 그냥 홀로 자란 흑사라면 아무리 몸집이 거대하다고 해도 조 노사의 공격을 저렇게 견뎌낼 수는 없을 테니까요.”

“하지만 역시 미물은 미물일 뿐이겠죠.”

미심의 말처럼 조오현과 흑사의 대결은 서서히 그 승부가 가려지고 있었다. 조오현의 강력한 도기가 흑사의 몸을 가격할 때마다 흑사가 주춤주춤 뒤로 물러나고 있었던 것이다. 그나마 흑사가 멀쩡한 외양을 유지하고 있는 것은 오로지 자신의 단단한 가죽 때문이었다.

그러나 절정고수의 공력이 깃든 무공은 사람이든 동물이든 피부 안쪽의 내장을 상하게 하는 법, 수십 차례의 공격을 받은 흑사의 속이 멀쩡할 리 없었다.

캬오오!

흑사의 입에서 비명인지 아니면 상대에 대한 분노인지 모를 소리가 흘러나왔다. 그리고 마치 최후의 저항이라도 하듯 거대한 입을 벌리고 조오현을 향해 닥쳐들었다. 쩍 벌린 흑사의 입에서 일반인이라면 노출되는 즉시 절명하고 말 극독의 연무가 흘러나왔다. 하지만 조오현은 전혀 당황하는 빛을 보이지 않고 날카로운 시선으로 자신을 향해 달려드는 흑사의 거대한 입을 바라보고 있었다. 그리고 흑사의 혓바닥이 그의 얼굴을 핥을 만큼 가까워졌을 때 조오현의 장도가 무서운 속도로 뻗어져 나갔다.

콰아아아!

조오현의 장도가 공기를 가르고, 흑사에게서 흘러나오는 독무를 가르고, 흑사의 거대한 입 안쪽으로 보이는 시뻘건 목구멍을 향해 무서운 속도로 뻗어나갔다. 벌려진 흑사의 입은 성인 한 사람의 신형쯤은 어렵지 않게 삼킬 만큼 거대했으므로 조오현의 신형은 금세 흑사의 입 안쪽으로 빨려 들어갈 것처럼 위태로웠다.

"끝났군."

하지만 그 절체절명의 순간을 지켜보던 대웅산의 입에서는 싱거운 목소리가 흘러나왔다.

"조 노사의 날카로운 도를 막아내던 단단한 껍질을 포기하고 연약한 입 안의 급소를 노출시켰으니 무림의 절정고수, 그것도 살법에 있어서는 무불장 최고의 고수에게 견뎌낼 재간이 없겠죠. 역시 미물일 뿐이군요."

미심도 대웅산의 의견에 동조했다. 그리고 두 사람의 예상은 그대로 적중했다.

캬아아악!

조오현을 향해 무섭게 달려들던 흑사가 마치 못 먹을 먹이를 삼킨 것 같은 비명을 내지르며 조오현으로부터 무서운 속도로 물러났다. 그런 흑사의 벌려진 입에서 검붉은 피가 분수처럼 터져 나오고 있었다. 그간 흑사의 단단한 피부에 튕겨져 나오던 조오현의 도기가 벌려진 흑사의 입 안쪽 연약한 목살에 깊숙이 꽂혀들면서 벌어진 일이었다.

캬오오오!

흑사의 입에서 연신 처절한 비명 소리가 흘러나왔다. 그런 흑사를 향해 조오현의 신형이 무서운 속도로 날아올랐다.

우우웅!

조오현의 도가 진기를 머금으며 웅원한 파공음을 만들어냈다. 동시에 전력을 다한 조오현의 일격이 흑사를 향해 떨어져 내렸다.

삐이익!

그때 장내의 모든 사람들에게 들릴 정도의 날카로운 괴음이 우거진 숲의 저쪽에서 들려왔다. 순간 막 조오현의 도에 격중될 찰나에 있던 흑사가 기이한 소음을 만들어내며 번개처럼 장내에서 벗어나기 시작했다.

쉬이익 쉬이익!

그리고 흑사가 물러나는 공간으로 고검과 추산의 동피리 소리에 지리멸렬하던 뱀 떼 중 일부가 파고들었다.

쿠쿠쿵!

조오현의 맹렬한 도기가 흑사가 아닌 흑사가 있던 자리를 메운 뱀 떼를 향해 떨어져 내렸다. 순간 땅이 뒤집힐 듯한 굉음이 터져 나오며 흑사의 뒤를 막던 수십 마리의 뱀들이 조오현의 도기에 잘라져 허공으로 비산했다.

삐이익!

그 와중에도 숲 속에서 들려오는 기이한 소리는 계속해서 이어졌다. 그리고 잠시 후 대지를 뒤덮고 있던 거대한 뱀 떼가 서서히 방향을 돌려 그들이 왔던 숲으로 되돌아가기 시작했다. 조오현이 상대하던 거대한 흑사는 이미 그 모습을 감춘 지 오래였다.

스스스스……

고검과 추산, 그리고 무불장의 고수들은 기분 나쁜 소음을 만들어내며 숲으로 사라지는 거대한 뱀 떼의 모습을 마지막 한 마리가 사라질 때까지 지켜보고 있었다. 그리고 마지막 뱀이 그 자취를 감추자 숲은 언제 뱀 떼의 세상이었는지 의심될 만큼 평온을 되찾았다.

그렇게 한동안 숲을 지배했던 뱀 떼가 사라지자 조오현의 신형이 천천히 움직였다. 느린 움직임이었지만 조오현은 본래 키가 크고 다리가 긴 사람이라 금세 그가 가고자 하는 곳에 다다라 있었다.

"대형……!"

그리고 그의 입에서 수많은 감정이 뒤섞인 음성이 흘러나왔다.

"이제(二弟)… 결국 또 너의 힘을 빌게 되는구나."

금오표국의 두 고수 중 부상을 입은 자를 안고 있던 육십대 중반의 사내가 조오현을 보며 회한 어린 표정으로 말했다. 그가 이번 일을 청부한 진천의 아비이자 금오표국의 국주를 맡고 있는 진감이었다. 조오현은 그런 진감을 한동안 바라보다가 불쑥 입을 열었다.

"어찌 된 일입니까?"

보지 못한 지 십여 년이 지난 사람에게 처음 하는 말치고는 무척 멋대가리없는 말이었지만 그렇다고 달리 할 말이 딱히 생각나지도 않는 조오현이었다.

진감 역시 그런 조오현의 심사를 헤아렸는지 뱀들이 사라진 숲 쪽을 보며 입을 열었다.

"삼십여 리 안쪽에 위태로운 바위와 거대한 나무들로 이루어진 계곡이 하나 있다. 그 안쪽에 험준한 지형을 의지해 세워진 장원이 한 채 있었다. 나와 두 동생은 그 장원에 잠입할 생각이었다. 왜냐하면 이 노류지에서 우리가 발견한 유일한 건

물이었으니까. 그 안에 들어가면 적어도 누가 벽산철가의 선
단을 공격했는지 알 수 있을 것이라고 생각했다. 그런데 막 그
장원 입구에 발을 디디자마자 우린 뱀 떼의 습격을 받았다. 그
와중에 마삼이 죽임을 당했고… 그리고 결국 이 지경으로 다
시 이제(二弟)를 만나게 되었구나."

"이미 여섯 명의 아우들을 잃은 상태라고 들었습니다."

"그렇지."

진감이 어두운 안색으로 말했다.

"그렇다면… 무모한 행동이셨습니다. 최소한 벽산철가의
고수들이라도 불러온 후에 진입했어야 했었습니다."

조오현이 질책하듯 말했다. 그러자 진감이 고개를 끄덕였
다.

"맞아. 우리 힘으로는 사실 어려운 일이었지. 이미 저들의
무공이 우리와는 다른 수준에 있다는 것을 알고 있었으니까.
하지만 다른 사람의 도움을 바랄 수는 없었다. 벽산철가는 우
리가 이 노륙지에 오는 것 자체를 반대했다. 그리고 우리가 이
노륙지에 들어간다면 이번에 잃은 두 배에 실려 있던 철을 잃
음으로써 발생한 손실을 변상해야 할지도 모른다고 은근한 협
박까지 했지. 그런 그들에게 도움을 청할 수는 없었다. 그리고
지금 노륙지에는 수많은 강호고수들이 들어왔다지만 그들 중
지금껏 내가 본 것은 암중의 흉수들에게 죽은 자들의 시체밖
에 없었다. 아마도 노륙지에 들어온 사람들 중 흉수들에게 가
장 가깝게 접근한 것은 바로 우리들일 것이다."

금오표국주 진감의 말을 듣고 있던 추산이 고개를 갸웃했
다.

'이상한 일이군. 그들의 무공은 그리 강한 것 같지 않은데
어떻게 해서 다른 강호고수들, 남련의 풍운당조차 견뎌내지
못한 괴고수들의 눈을 피해 그 계곡까지 들어갈 수 있었을까?'

그것은 확실히 기이한 일이었다. 금오표국의 국주 진감과
표두들의 무공은 절대 풍운당 고수들의 위가 아니었다. 그런
데 그들은 풍운당의 발길을 막은 괴고수들을 뚫고 계곡의 건
물까지 접근했던 것이다.

그런데 진감의 말을 듣고 있는 조오현과 고검 등은 전혀 이
문제에 대해 관심을 보이지 않았다.

'아무튼 이상한 일이야.'

추산이 고개를 갸웃거리는 사이 다시 조오현이 입을 열었
다.

"벽산철가에서 대형과 의제들의 접근을 반대했다고요?"

"그렇다네. 무척 단호하게 반대했다네. 아마 여섯 의형제가
죽지만 않았다면 우린 벽산철가의 말에 따랐을 것이네."

그러자 조오현이 고개를 갸웃거렸다. 그리곤 미심을 바라봤
다.

"조금 더 기다려야 돼요."

미심이 대답했다. 그러자 조오현이 이번에는 고검을 바라봤
다. 그러자 고검이 신중하게 입을 열었다.

"벽산철가나 남련 풍운당의 태도로 볼 때 우리가 모르는 뭔

가가 있는 것은 분명합니다. 소식을 듣고 움직이는 것이 좋을 듯합니다."

그러자 조오현이 순순히 고개를 끄덕였다.

"장주의 말씀대로 하지요. 대형, 뒤로 물러나 잠시 쉬도록 해야겠습니다. 움직이는 것은 조금 기다려야 할 듯합니다."

그러자 진감 역시 순순히 동의했다.

"우리가 함께 있을 때 우린 언제나 이제의 말을 따랐네. 지금이라고 해서 다를 바가 없지. 이제가 하자는 대로 하겠네."

진감의 태도에서는 조오현에 대한 확고한 믿음이 느껴졌다.

'도대체 저들은 과거 어떤 인연으로 묶여 있는 것일까?

추산은 조오현과 진감을 바라보며 다시금 그들의 과거에 대한 호기심을 떠올렸다.

"대형, 이분이 제가 머물고 있는 무불장의 장주십니다. 그리고 다른 분들은 모두 무불장의 청부사들이지요. 이번에 저 때문에 모두들 어려운 길을 나선 분들입니다."

추산이 금오표국의 국주와 조오현의 관계를 궁금해하고 있을 때 조오현이 무불장의 고수들을 진감에게 소개했다. 그러자 진감이 부축하고 있던 사내를 잠시 홀로 놓아두고 몸을 일으킨 후 고검과 무불장의 고수들을 향해 포권을 해 보였다.

"부족하나마 금오표국을 맡고 있는 진감이라고 합니다. 여기 이 사람은 제 의제이자 금오표국의 표두인 기륭이라 하지요. 무불장의 명성은 오래전부터 듣고 있었습니다. 또한 이제가 몸을 의탁하고 있는 곳이니 아무래도……."

진감이 잠시 말을 끊었다. 그리곤 조오현을 한 번 바라보고는 다시 입을 열었다.

"우리 두 사람은 서로 만나지 못한 지가 이미 십 년이 지났지요. 그때 이제(二弟)는 우리와 다른 삶을 선택했지요. 또한 지금에 와서는 우리와는 다른 사람이 되었지요. 우린 언제나 이제(二弟)에게 짐이 되었지요. 그래서 그를 강호로 떠나보낸 것인데. 아! 인연이란 이렇게 질긴가 봅니다. 또다시 이제(二弟)의 도움을 받게 되고 또한 그로 인해 이렇게 무불장의 고수분들께 수고를 끼치게 되었으니 말입니다."

진감의 말에는 자신들의 무능에 대한 회의 같은 것이 느껴졌다. 그는 아마도 조오현을 이곳으로 불러들인 것이 못내 미안한 모양이었다. 그러자 고검이 담담한 표정으로 입을 열었다.

"물론 이번 일에 조 노사의 과거 인연이 아주 영향을 미치지 않은 것은 아닙니다. 하지만 그것만으로 본 장이 움직이지는 않습니다. 무불장은 엄연한 강호의 청부업체이고, 아시다시피 강호의 청부사들은 황금충이지요. 누군가의 청부가 없으면 절대 움직이지 않는 황금충 말입니다. 이번 일은 표국주님의 아드님이신 진천 공자의 청부를 이 고검이 받아들였기에 이루어진 일입니다. 그러니 스스로를 너무 자책하지 마십시오. 다시 한 번 말씀드리지만 이 일은 조 노사와 국주님의 과거의 인연이 아닌 무불장과 진천 공자 사이에 이루어진 계약에 의한 일입니다."

"역시 천이가 자네를 찾아갔구만……."

진감이 조오현을 보며 말했다. 고검의 말에도 진감은 여전히 어두운 얼굴이었다. 아무리 고검이 아니라고 해도 무불장이 움직인 것이 조오현 때문이란 것은 부인할 수 없는 사실이기 때문이었다.

"잘 자랐더군요."

"그 아이를 마지막으로 본 게……?"

"아마 그 아이가 다섯 살 때였을 겁니다."

"알아보겠던가?"

"물론 단번에 알아봤지요. 비록 먼발치에 숨어서 보았었지만 당시 천이의 얼굴을 제가 어찌 잊겠습니까. 우리 의형제들의 첫 번째 후예였는데요. 그리고 그 아이 때문에 우리 열 사람의 인생이 바뀌었지 않습니까? 더군다나… 그 아이는 대형을 그대로 빼어 닮았더군요."

조오현의 무뚝뚝한 얼굴에 한줄기 미소가 스치고 지나갔다.

"내가 생각해도 잘 자라주었네. 우리가 그때 새로운 삶을 살기로 결정한 보람이 있을 만큼 말일세. 하지만 언제나 아쉬움은 남아 있었네. 그 아이는… 이 진감의 아들로는 과분한 아이였어. 그래서 이제(二弟)가 항상 그리웠다네. 이제(二弟)라면 그 아이에게 좋은 스승을 되어줄 수 있을 것 같았으니까. 이 의형의 재주로는 그 아이의 재능을 충분히 살려줄 수가 없었다네."

"그건 대형의 말이 맞습니다. 이형(二兄), 우리 여덟 사람은 그 아이의 재능을 키워주려고 무척 노력했습니다만, 부족한 능력은 어쩔 수 없었지요. 그럴 때마다 이형이 그리웠습니다."

땅에 앉아 있던 금오표국의 고수, 진감이 기륭이라고 소개한 사내가 힘겹게 몸을 일으키며 말했다. 그러자 조오현의 시선이 기륭에게로 향했다.

"몸은 어떠냐?"

"썩 좋지는 않지만……."

"고생이 많았겠구나."

"고생은요. 그저 대형을 잘 보필하지 못해 이형까지 나서시게 해 죄송할 뿐입니다."

기륭이 힘든 몸을 겨우 가누며 가볍게 고개를 숙여 보였다.

"신경 쓸 것 없다. 어차피 이렇게 될 일이었으니 이리되었겠지. 장주, 이곳에서 쉬기는 좀 불편해 보이오만……."

조오현이 기륭의 말에 대답을 하고는 고검을 보며 말했다. 그러자 고검이 고개를 끄덕였다.

"휴식을 취하기에는 역시 물가가 좋지요. 있던 곳으로 되돌아가는 게 좋겠습니다."

고검이 시선을 돌려 그들이 휴식을 취하던 계곡 쪽을 바라보며 말했다. 고검의 결정이 내려지자 무불장의 고수들과 두 명의 금오표국의 고수는 서둘러 맑은 물이 흐르는 계곡 쪽으로 이동하기 시작했다.

이곤은 수천 마리의 뱀 떼를 상대하고 돌아오는 무불장의 고수들을 계곡 저쪽 편에서 서서 바라보고 있었다. 그의 뒤쪽으로 십여 명의 풍운당 고수들이 늘어서 있었는데 그들의 눈에는 하나같이 무불장 고수들에 대한 감탄이 서려 있었다. 수천 마리의 뱀 떼는 풍운당 고수들로서도 감당키 어려운 이물들인데 무불장의 청부사들은 너무도 손쉽게 그것들을 물리치고 전원이 무사히 돌아왔기 때문이었다.

하지만 풍운당의 고수들 앞에 서 있는 이곤의 표정은 그의 수하들과는 조금 달랐다. 그 또한 이 기이한 뱀 떼의 공격을 쉽게 물리치고 돌아오는 무불장 고수들에 대해 감탄하지 않는 것은 아니었으나, 그 감탄을 넘어 강호제일의 청부사라는 무불장 고수들에 대한 의미를 알 수 없는 경계의 빛을 은연중에 내보이고 있었던 것이다.

"과연 대단하오. 이 이곤은 다시 한 번 무불장의 고수 분들께 감탄하지 않을 수가 없구려. 강호제일의 청부사라더니 과연 명불허전이었소. 그런데 참으로 특이한 방법을 쓰시더이다."

이곤이 짐짓 감탄 어린 표정으로 고검을 맞이했지만 고검은 그의 표정 속에 담긴 경계심을 순식간에 읽어냈다.

"운이 좋았을 뿐이지요. 다행히 우리에게 하나의 기병이 있어 그 미물들을 물리칠 수 있었습니다."

"하하하, 강호에서의 운이란 것도 실력이 있어야 찾아오는 것이지요. 그나저나 이 두 분께서는……?"

이곤이 눈빛을 빛내며 금오표국주 진감과 표두 기륭의 정체를 물었다.

"이분들은 이번에 공격당한 벽산철가의 선단 중 두 척의 배를 맡고 있던 금오표국의 국주님과 표두님이십니다. 또한 우리 무불장에 청부를 넣으신 분들이기도 하지요."

그러자 이곤의 눈에 놀람의 빛이 떠올랐다.

"오! 이분들이 바로 그 금오표국의 고수 분들이셨구려. 듣기로 이번 흉수들의 습격으로 가장 피해가 심한 곳이 금오표국이라고 들었소이다. 정말 유감입니다."

대남련 풍운당의 고수가 남경 변두리의 일개 표국의 국주에게 위로의 말을 전한다는 것은 무슨 의미일까? 만약 평상시라면 이곤은 금오표국주 진감에게 눈빛 한 번 주지 않았을 터였다. 진감 역시 지금 자신에게 말을 걸어오는 남련의 풍운당주가 무림에서 어떤 위치에 있는 인물인지 잘 알고 있었다. 그로서는 그의 위로가 무척 당황스러울 법도 한 상황, 하지만 진감은 예상외로 침착하게 이곤의 말을 받았다.

"이곳에서 남련 풍운당주님을 뵈올 줄은 몰랐군요. 존안을 뵈는 것만도 영광인데 위로의 말씀까지 해주시니 감사할 따름입니다."

진감의 대꾸에 이곤의 눈꼬리가 한 번 꿈틀거렸다. 보통의 경우 일개 중소표국의 국주라면 자신이 나선 것만으로도 위축되게 마련인데, 이 금오표국의 국주는 빈궁한 상황에서도 자신을 맞아 흐트러짐이 없는 모습을 보이고 있었다.

이곤이 자신의 말을 담담히 받아내는 진감을 날카로운 눈빛으로 살폈다. 그리고 잠시 후 얼굴에 감탄의 빛이 떠올랐다.

'아까운 일이다. 참으로 좋은 상을 가지고 있는데 시기와 인연을 만나지 못해 한낱 표국의 국주로 살아가는 인물이로구나. 하긴 이 정도의 인물이 되니 천하제일 청부업체라는 무불장의 고수들을 끌어들일 수 있었겠지.'

이곤이 내심 진감의 인물됨에 감탄하고 있을 때 추산이 입을 열었다.

"일단 좀 쉬죠?"

그러자 고검이 고개를 끄덕였다.

"그러자꾸나. 모두들 잠시 휴식을 취한 후 향후의 일을 논의하도록 하는 게 좋겠습니다."

고검의 말에 무불장 고수들과 금오표국의 두 고수가 고개를 끄덕이고는 주위의 편안한 곳에 자리를 잡고 휴식을 취하기 시작했다.

조오현은 장도를 감싸고 우두커니 서서 물끄러미 금오표국주 진감과 표두 기룡을 내려다보고 있었다. 평소 자신의 감정을 잘 드러내지 않는 그의 얼굴에도 어렴풋이 걱정의 빛이 흐르고 있었다.

"삼제(三弟), 호흡이 불편한가?"

진감이 걱정스런 표정으로 기룡을 부축하며 물었다.

"대형, 아무래도 난 그른 모양입니다. 망할 놈의 독사 같으니라구. 쿨룩!"

기륭이 기침을 토해내며 대답했다. 그의 기색으로 보아 쉽게 회복될 수 없는 부상을 입은 것이 분명했다. 이곳이 노륙지가 아닌 저잣거리였다면 의원을 찾아 어찌 손을 써볼 수도 있었을 테지만 지금으로선 달리 특별한 방법이 없는 상태였다.

"힘을 내시게, 삼제. 이미 일곱 아우를 잃었는데 자네까지 잃을 수는 없네."

진감이 굳은 눈빛을 하며 기륭을 움켜잡았지만 그렇게 말하는 진감으로서도 딱히 방법이 없는 상황이었다. 그 모습을 보고 있던 조오현이 참담한 표정으로 기륭과 진감에게서 시선을 돌려 계곡 건너 어두운 숲을 응시했다. 그의 눈에서 파란 살기가 조용히 그러나 무서울 정도로 차갑게 흘러나왔다.

'정말 무섭군. 물론 조 노사가 살법에 능한 줄 알고 있었으나, 저 모습은 마치 강호의 일류살수와 같은 모습이 아닌가?'

천통지로 인해 발달된 추산의 기감은 여지없이 조오현이 내뿜고 있는 싸늘한 살기를 잡아냈다. 추산이 등골이 오싹할 정도의 살기를 내뿜고 있는 조오현을 불안한 눈으로 바라보고 있을 때 고검이 천천히 금오표국주 진감의 곁으로 다가갔다.

"기 대협의 상세가 좋지 않습니까?"

고검이 묻자 진감이 고검에게 시선을 돌리며 대답했다.

"좋은 의원을 만난다면 어찌 손을 써볼 수 있을 것도 같지만……."

진감이 말꼬리를 흐렸다. 이대로 둔다면 결국 기륭의 목숨은 다른 일곱 표두들 곁으로 가고 말 것이 분명했다.

"제가 한 번 기 대협을 살펴봐도 되겠습니까?"

고검의 말에 진감이 선뜻 고개를 끄덕였다.

"무불장주께서 의술까지 지니신 줄은 몰랐군요."

사막에서 물을 만난 듯한 진감의 표정이었다. 조오현도 어느새 고검을 바라보고 있었다.

"일개 황금충이 어찌 의술을 지니고 있겠습니까? 다만, 여기저기 강호를 떠돌며 어깨너머로 익힌 간단한 구명술들이 있으니 도움이 될까 해서 그럽니다."

고검의 말에 진감이 고개를 끄덕였다.

"어찌 무불장주께 부담을 지우겠습니다. 한 번 보아주시는 것만으로도 큰 은혜지요."

진감이 몸을 일으켜 기륭의 옆 자리를 고검에게 양보했다. 그러자 고검이 조심스런 몸짓으로 기륭의 곁에 앉더니 그의 상처와 맥을 살피기 시작했다. 기륭의 상세는 무척 좋지 않았다. 아마도 흑사에게 온몸을 휘감겨 있을 때 전신의 여러 곳에 부상을 입은 듯했고, 마지막에 흑사의 거대한 꼬리에 일격을 당하면서 큰 내상을 입은 것이 분명했다.

'이대로 두면 하루를 버티기 어렵겠군.'

고검의 안색이 어두워졌다. 기륭의 부상은 그가 생각한 것보다도 엄중해 급히 적절한 조치를 취하지 못한다면 그의 죽음은 불을 보듯 명확해 보였다.

"역시 어렵겠지요?"

고검이 자신의 몸을 살피는 동안 눈을 감고 있던 기륭이 고검의 손길이 멀어지자 눈을 떠 고검을 보며 물었다. 고검의 뒤에 서 있던 진감과 조오현의 얼굴에도 어두운 그늘이 내려앉아 있었다. 그들도 기륭을 살피던 고검의 모습에서 기륭의 상세가 심상치 않음을 눈치 챘던 것이다.

"생각보다 상처가 깊습니다. 외상들이야 시간이 지나면 회복되겠지만, 역시 내상이……."

고검의 말에 기륭이 가볍게 고개를 끄덕였다.

"이미 제 몸 상태를 깨닫고 있었습니다. 부끄럽지만 저도 무공을 익힌 무인인데 어찌 제 몸을 모르겠습니까? 이제 두 형님과 작별이나 나누도록 해야겠군요."

자신의 죽음을 예상한 기륭은 생각 외로 침착했다. 보통의 경우 아무리 무공이 높은 무림인이라 할지라도 죽음을 앞에 두고는 일말의 두려움이라도 얼굴에 비치게 마련인데 기륭에게선 죽음에 대한 어떤 두려움도 찾아볼 수 없었다.

'정말 대단한 사람이 아닌가? 강호의 누가 죽음을 앞에 두고 저렇게 침착할 수 있을까. 하, 정말 알 수 없는 사람들이구나.'

어느새 고검의 곁으로 다가와 있던 추산이 기륭의 태도를 보며 감탄사를 흘려냈다. 이 금오표국의 두 고수와 조오현까지 그들에게선 다른 사람들에게서 느낄 수 없는 어떤 묘한 기운들이 느껴졌다. 죽음에 대한 그들의 대응조차도…….

"물론 기 대협의 부상은 목숨을 위협할 만큼 위중하긴 합니다만, 작별을 논하기에는 아직 시간이 이른 듯합니다."

　순간 기륭과 진감, 그리고 조오현의 눈에 한차례 이채가 스
치고 지나갔다.

　"장주, 무슨 방도가 있겠소이까?"

　먼저 입을 연 것은 과묵한 조오현이었다. 그가 이렇게 앞으
로 나서 입을 여는 것은 극히 드문 일이었다. 그만큼 고검의
입에서 흘러나온 말이 조오현의 마음을 흔들었다는 뜻이기도
했다. 조오현은 노련한 고수였다. 그러므로 그에게도 얼마간
의 의술에 대한 조예는 있었다. 그래서 비록 그가 직접 기륭의
진맥을 보지 않았지만 기륭의 상세가 결코 가볍지 않음은 이
미 짐작하고 있었다. 아마도 명의로 이름 높은 의원이 아니면
손쓸 수 없을 정도의 상세일 터, 그런데 의외로 고검의 입에서
기륭의 부상을 치유할 방법이 있다는 듯한 말이 흘러나왔던
것이다.

　"기 대협의 상세는 매우 엄중합니다. 의술로 고치자면 적어
도 왕 선생께서 있어야 손을 써볼 수 있을 겁니다."

　고검의 말에 추산과 조오현이 고개를 끄덕였다. 왕민이라
면, 그의 의술이라면 기륭의 상세를 회복시킬지도 몰랐다. 그
러나 지금 이 자리에 왕민은 없었다. 그는 지금 멀고 먼 사천
에 있었다.

　"그럼 무슨 방법으로……?"

　추산이 의아한 눈으로 고검에게 물었다. 그러자 고검의 입
가에 한줄기 미소가 지어졌다.

　"몸에 큰 병이 든 것이 아니라 외부의 충격에 의해 내상을

입은 경우 꼭 의술이 능한 자만이 환자를 회복시킬 수 있는 것은 아니란다. 보통의 경우 추궁과혈의 방법이란 것이 있지."

그러자 추산이 고개를 저었다.

"하지만 추궁과혈은 극강의 공력을 가진 고수가 자신의 선천지기를 손상시키며 시전해야 하는 대법이지요. 더군다나 기대협의 경우 등봉조극의 경지에 이른 고수라도 쉽게 상세를 회복시키기 어려울 거예요. 그러니 과연 지금 우리 중에 누가 추궁과혈의 대법을 시전할 수 있겠어요. 설마 사형께서……?"

만약 고검이 추궁과혈의 대법을 시전하겠다면 추산은 절대 허락할 수 없다는 표정으로 고검에게 물었다.

"나에게 그런 공력이 있기나 하겠느냐?"

추산의 마음을 읽었는지 고검이 미소를 지으며 대답했다. 그러자 추산이 한숨을 내쉬며 다시 물었다.

"그럼 또 다른 방법이 있단 건가요?"

"추궁과혈 말고 또 다른 방법은 바로 영약을 써서 상처난 단전을 치유하고 죽은 공력을 되살리는 것이다."

"하지만 그 정도의 효과를 낼 수 있는 영약을 지금 구할 수가 없잖아요?"

추산이 양팔을 들어 올리며 말했다.

"녀석아, 내가 아무런 생각 없이 말을 꺼냈겠느냐? 나에겐 그런대로 쓸 만한 영약이 하나 있단다."

순간 추산뿐 아니라 조오현과 진감, 그리고 멀리서 이들의 행동을 주의 깊게 살피고 있던 남련 풍운당주 이곤의 눈에도 놀란 기색이 떠올랐다.

"사형에게 그런 영약이 있다고요?"

추산의 물음에 고검이 대답 없이 가볍게 고개를 끄덕였다. 그리곤 품속에서 엄지손톱만큼 작은 옥병을 꺼내 들었다.

"그게 뭐죠?"

추산이 호기심 가득한 표정으로 물었다.

"이건 녹정혈이라는 거다."

"녹정혈(鹿頂血)이라면……?"

"말 그대로 사슴의 피지."

"음… 본래 사슴피는 사람들이 선호하는 약재이기는 하죠. 하지만 영약이라고까지는 할 수 없는 것 아닌가요?"

추산이 의아한 표정을 지으며 물었다.

"물론 일반 시중에서 약재로 쓰는 녹정혈은 귀하긴 하지만 영약이라고까지는 할 수 없다. 하지만 이 옥병에 든 녹정혈은 다른 녹정혈과는 비교할 수 없는 것이란다."

"그게 도대체 어떤 건데 그러죠?"

"이 녹정혈은 바로 호북 양양의 명문인 양가장에서 생산한 녹정혈이란다."

"호북 양가장이라면……?"

"기억이 나느냐?"

"물론 기억나지요. 헤헤, 제가 사부님과 사형을 처음 만날 때 함께 있었던 그들이 바로 양가장의 사람들이었잖아요. 난 그들로부터 오십 냥의 금자를 길 안내 값으로 받았구요."

"기억하고 있었구나. 양가장은 호북성의 명문으로 이름이 높지만 양가장의 명성을 더욱 높여주는 물건이 있으니 그것이 바로 이 녹정혈이다."

"그게 그렇게 귀한 건가요?"

"양가장의 녹정혈은 다른 시중의 녹정혈과는 차원이 다른 약효를 지닌다. 어떻게 생산하는지는 알려지지 않았지만 어쨌든 그들의 녹정혈은 죽은 사람도 살려낸다고 알려졌다. 해서 강호의 모든 인사들이 불가나 도가의 영약을 구하듯 양가장의 녹정혈을 손에 넣길 원한단다. 물론 누구나 손에 넣을 정도로 녹정혈이 흔하지 않지만 말이다."

"그런 녹정혈을 생산할 수 있다면 양가장은 정말 대단한 부자겠군요."

"물론 양가장은 대단한 재력을 가진 가문이다. 하지만 그것이 이 녹정혈 때문은 아니다. 녹정혈은 양가장에서조차도 누구에게 금자를 받고 팔 만큼 많은 양을 생산해 내지 못하기 때문이다. 사부께서 이 녹정혈을 양가장에서 받은 것은 바로 널 처음 만날 때였다. 당시 혈사평에선 남련과 서패천의 대전이 벌어지고 있었는데 그 전장에서 양가장주의 무남독녀였던 양 소저를 구하는 대가로 녹정혈을 받기로 한 것이었지. 그 당시에 양가장에 있던 녹정혈이 겨우 이 옥병 다섯 개 정도라던가?"

"음… 정말 귀한 거군요."

추산이 살짝 혀로 입술을 축이며 말했다. 그러자 고검이 고개를 끄덕이며 기릉을 돌아봤다.

"아마도 이 녹정혈이라면 기 대협의 상세를 회복시킬 수 있을 것이다."

순간 고검의 말을 듣고 있던 조오현이 다급한 목소리로 입을 열었다.

"장주, 설마 그 녹정혈을 정말 쓰실 생각이외까?"

"당연한 일이지요. 죽어가는 사람이 눈앞에 있는데……."

"하지만, 하지만 그것은 너무 귀한 물건인데……."

그러자 고검이 조오현을 보며 차분한 목소리로 말했다.

"조 노사께 기 대협은 목숨을 바꿔도 아깝지 않은 사람입니까?"

그러자 조오현이 고검의 물음에 대답했다.

"아… 물론 십여 년 얼굴을 보지 않았지만 나에게 진 대형님과 기 아우는 목숨과도 바꿀 수 없는 사람들이지요."

그러자 고검이 고개를 끄덕이며 말했다.

"그렇겠지요. 그리고 제게 조 노사는 녹정혈보다 몇 배는 중요한 사람이지요. 조 노사뿐 아니라 무불장의 식구 누구라도 말입니다. 그러니 제가 어찌 조 노사의 목숨보다 소중한 아우 분을 살리는데 녹정혈을 아끼겠습니까? 그리고 본시 보물과 영약이란 주인이 따로 정해져 있는 법이라지 않습니까? 비록 제가 이 녹정혈을 보관해 오고 있었다지만 사실은 기 대협께서 이 녹정혈의 주인이셨나 보지요. 자, 기 대협께는 시간이 많지 않으니 바로 이 녹정혈을 쓰겠습니다. 조 노사와 진 국주께서는 호법을 서주시기 바랍니다."

“당연히 우리 두 사람이 해야 할 일이지요?”

조오현과 진감이 도검을 빼 들고 고검과 기륭의 주변을 둘러쌌다.

“기 대협께서는 이 녹정혈을 복용하는 즉시 운기에 들어가셔야 합니다. 그리고 절대 입을 열어서는 안 됩니다. 제가 왕 선생께 듣기로 이 녹정혈은 무척 가벼운 성질을 가지고 있어 복용 후 입을 열면 상당 부분의 약효가 허공으로 사라진다고 들었습니다.”

고검의 당부에 기륭도 긴장한 채 고검의 말에 고개를 끄덕였다.

“자, 그럼 이제 어렵더라도 몸을 일으켜 가부좌를 해주십시오. 추산, 넌 기 대협을 부축하거라.”

“예, 사형!”

추산이 얼른 기륭의 뒤로 돌아가 그의 양쪽 겨드랑이에 손을 집어넣어 기륭이 가부좌를 틀고 앉는 것을 도왔다. 기륭은 심각한 내상을 입고 있었기에 가부좌를 틀고 앉자 격심한 고통이 찾아들었으나 이를 악물며 그 고통을 참아내고 있었다.

기륭이 어렵게 가부좌를 틀고 앉자 고검이 조심스런 손길로 옥병을 기륭의 입가로 가져갔다. 그리곤 재빨리 옥병의 마개를 뽑아 버리는 동시에 지체없이 옥병을 기륭의 입으로 가져갔다.

꿀꺽!

기륭의 목울대가 옥병에서 흘러나온 녹정혈을 삼키느라 한차례 울렁였다. 그 짧은 순간에도 이미 옥병에 들었던 녹정혈 중 일부가 기화되어 주변으로 퍼져 나갔는데, 그 향기가 형언할 수 없이 깊고 향기로워 향기를 맡은 사람들의 마음이 차분하게 가라앉는 것이었다.

"운기를!"

고검이 짧게 말했다. 그러자 기륭이 고개를 끄덕이고는 고통을 참아내며 운기를 시작했다.

사람이 살지 않는 천험의 대지, 사시사철 안개에 휩싸여 있고, 깊은 늪지와 끝을 알 수 없는 숲이 우거진 노류지에서 지금 한 사람이 죽음의 길을 거부하고 생의 길을 향해 싸우고 있었다.

녹정혈을 복용한 기륭이 운기를 시작한 지 일각이 지나자 그의 전신에서 비 오듯 땀이 흘러내리기 시작했다. 동시에 녹정혈의 향기로운 내음에 뒤섞여 역한 땀 냄새가 흘러나왔다.

'제길, 이건 정말 견디기 힘들군.'

기륭 뒤쪽에서 그를 부축하고 있던 추산이 얼굴을 찡그렸다. 기륭의 몸에서 흘러나온 땀에서 풍겨대는 냄새는 마치 시체 썩은 냄새처럼 고약했던 것이다. 아마도 기륭의 체내에 쌓여 있던 불순물들이 녹정혈의 기운에 밀려 땀으로 배출되고 있는 모양이었다.

어린 시절 전장의 뒷마당을 찾아다니며 죽은 자들의 도검을 모아 팔았던 추산조차도 견디기 힘든 냄새, 하지만 그렇다고 기륭에게서 손을 떼고 물러날 수도 없었다. 지금 그가 손을 뗀다면 기륭의 신형이 흔들릴 것이고, 그렇다면 애써 녹정혈을 복용시켜 생명을 되살리려던 고검의 노력은 헛고생이 되고 말 터였다.

추산이 역겨운 냄새를 참아내며 기륭을 부축하고 있는 사이 기륭에게서 흘러나오던 땀이 서서히 멎더니 어느 순간부터 기륭의 전신이 희미한 붉은 기운에 휘감기기 시작했다. 순식간에 기륭의 몸을 정화시킨 녹정혈의 기운이 기륭의 모공을 통해 흘러나오고 있는 것이었다.

'아까운 일이다. 기 대협이 좀 더 정순한 내공심법을 익히고 있었다면 모공을 통해 흘러나오는 녹정혈의 기운을 모두 자신의 진기로 흡수할 수 있었을 터인데… 아마도 기 대협은 녹정혈의 기운 중 절반 정도만 흡수할 수 있겠구나. 역시 녹정혈은 다루기 어려운 영약이로군.'

운기에 힘을 쓰는 기륭을 보며 고검이 생각했다. 기륭의 모공을 통해 흘러나오는 붉은색 연무는 기실 녹정혈의 기운이었던 것이다. 워낙 가볍고 미세한 성질을 가진 녹정혈이라 입이 막혀 있다고 해도 운기를 시작하자 전신의 모공을 통해 그 기운이 흘러나오기 시작했고, 처음 얼마간은 모공을 메우고 있던 노폐물들을 땀과 함께 밀어내다 노폐물들이 모두 사라지자 급기야 모공을 통해 기화되고 있었던 것이다. 그리고 그 와중에도 삶을 향한 기륭의 운기는 계속되고 있었다.

그렇게 또 얼마의 시간이 흘렀을까. 어느 순간부터 기륭의 얼굴에서 고통의 빛이 사라지기 시작했다. 그리고 그 대신 그의 얼굴에 평온함이 찾아들었고, 얼굴을 뒤덮었던 사기(死氣) 대신, 홍조를 동반한 생기(生氣)가 감돌기 시작했다. 그리고 변화는 그것뿐만이 아니었다.

'어엇!'

추산이 흠칫 놀라며 속으로 헛바람을 일으켰다. 기륭의 몸을 양쪽 겨드랑이 밑에서 부축하고 있던 자신의 손이 자신의 의지와는 상관없이 서서히 뒤로 밀려나고 있었던 것이다.

"이건……!"

기륭의 몸에서 완전히 밀려난 자신의 두 손을 들어보며 추산이 당혹한 목소리로 중얼거렸다. 그러자 그런 추산의 귀에 고검의 담담한 목소리가 들려왔다.

"그만 물러나도 될 것 같구나. 기 대협은 이제 스스로 자신의 몸을 지탱할 수 있을 것이다."

그러자 추산이 기륭을 한 번 바라보고는 이내 고검의 곁으로 다가서며 물었다.

"그럼 기 대협이 절 밀어낸 건가요?"

그러자 고검이 고개를 저었다.

"의식적으로 그리하지는 않았을 것이다. 기 대협은 아마도 지금 무아의 상태에서 운기를 하고 있을 테니까. 다만 기 대협의 전신을 돌고 있는 녹정혈의 기운이 자연스럽게 이질적인 기운을 담고 있는 네 손을 밀어낸 것이겠지."

"그렇게 된 일이군요. 그나저나 정말 신묘한 영약이네요. 보세요, 사형. 기 대협의 얼굴에 어느새 생기가 돌고 있잖아요."

"그래, 정말 대단한 영약이다. 비록 지나치게 가벼운 성질을 가지고 있어 그 효과를 완전히 복용자의 것으로 만들기 어려운 게 흠이기는 하지만 어쨌든 죽은 자를 살린다는 소문은 사실인 것 같구나."

"이제 기 대협은 살게 된 것인가요?"

"물론, 살았을 뿐 아니라 아마도 한층 높은 공력을 얻게 되었겠지."

"이런 걸 두고 전화위복이라고 하는 거군요."

"또 보물의 주인은 따로 있다는 말도 되고……."

그러자 추산이 조금 서운한 기색을 드러내며 말했다.

"그러게 말이에요. 제가 조금이라도 일찍 사형에게 녹정혈이 있는 줄 알았다면 어떻게든 달라고 했을 텐데 말이에요."

"그러게 말이다. 아마도 사제가 조른다면 나도 오래 버티지는 못했을 것이다."

고검과 추산 두 사람이 서로를 보며 미소를 지었다.

기룡의 운기는 대략 한 시진 정도 이어졌다. 한 시진 후 그의 몸을 감싸고 있던 홍무가 사라지고, 다시 얼마간의 시간이 흘렀을 때 드디어 기룡의 두 눈이 번쩍 떠졌다. 다시 세상을 보게 된 그의 눈은 어느 때보다도 맑고 투명했다.

第八章

암흑장원 그리고 고수들

孤劍秋山

한 명의 무인이 자신들 눈앞에서 절세영약을 복용하고 죽음을 벗어나 또 다른 단계의 고수로 변신하는 과정을 장내의 무인들은 다양한 시선으로 응시하고 있었다.

호기심, 기쁨, 질시… 이 모든 감정들이 뒤엉킨 시선을 기룡은 담담히 받아내며 눈을 떴다. 그리고 그는 한 시진 전과는 전혀 다른 몸이 자신을 기다리고 있다는 것을 깨달았다. 그의 몸에서 느껴지는 용솟음치는 진기로부터…….

"무불장주께 목숨의 은혜를 입었습니다. 언젠가 목숨으로 이 은혜를 갚으오리다."

기룡이 훌쩍 몸을 일으켜 세우며 고검에게 깊이 포권을 해 보였다. 그러자 그를 지켜보고 있던 조오현과 진감이 동시에 고검을 향해 포권을 해 보였다.

"우리 두 사람 역시 언제든 망설이지 않고 장주께 목숨을 내어드리겠습니다."

진감의 말이 그저 자신의 의형제를 치유해 준 것에 대한 인사치레가 아님을 장내의 고수들은 알고 있었다.

'진 표국주 같은 사람은 허언을 입에 담을 사람이 아니지. 짧은 시간이지만 그의 사람됨을 파악하는 것은 그리 어려운 일이 아니야. 이들의 의형제간 서열이 어떻게 정해졌는지 모르지만 그가 대형의 소리를 듣는 것은 무리가 아니다. 그는 무공이 아닌 마음으로 타인에게 다가가는 인물이니까.'

추산이 진감을 보며 생각했다.

"목숨의 은혜라니 당치 않는 말입니다. 아무런 연고가 없는 사람이라도 죽어가는 것을 보면 힘을 다해 그 생명을 살리는 것이 사람의 도리, 그러니 어찌 기 대협의 죽음을 두고 볼 수 있겠습니까. 너무 마음에 두지 마십시오."

고검이 진감과 기룽을 향해 가볍게 미소를 지으며 마주 고개를 숙여 보였다.

'후후, 사형이 그리 말한다 해도 그들은 이미 사형의 일이라면 목숨을 내놓을 준비가 되어 있을 겁니다. 아, 그러고 보니 아주 옛날 진시황의 생부인 여불위란 작자가 장사 중에서 사람 장사가 가장 이문이 많이 남는다고 했다더니 오늘 사형이 한 일이 바로 그 사람 장사로군. 언제든 자신을 위해 목숨을 걸고 싸워줄 인물을 만든다는 것은 그리 쉬운 일이 아니지. 으음… 간혹 가다 무불장의 고수들이 사부님에 대해 천하사패와 견줘도 아쉬울 것이 없는 양반이라고 말하곤 했는데 그것은 아마 사부께서 온갖 청부를 수행하면서 이런 방식으로 강호에 수많은 인연을 맺어놓았기 때문일 것이다. 제길, 그러고 보면 금자를 모아 큰 상인이 되겠다는 내 꿈은 사실은 너무 편협한 것이 아닐까?

추산이 고검과 금오표국의 두 표두 사이에 이루어지는 인연을 보면서 이런저런 생각을 하고 있을 때 불쑥 불청객이 끼어들었다.

"오늘, 이렇게 강호의 의협들이 좋은 인연을 맺는 것을 보니 이 늙은이도 몹시 마음이 푸근해지는구려."

남련 풍운당주 이곤이 어느새 고검과 추산 곁으로 다가와 있었다.

'이 늙은이는 또 왜 나서는 것일까? 처음에 보았을 때는 과묵하고 냉정한 인물인 줄 알았는데 그것도 아닌 모양이야. 독사 떼거리들과 일전을 겨룰 때는 뒤에 남아 지켜만 보다가 말이야.'

추산이 속으로 투덜거리며 이곤을 바라봤다.

"이제 기 대협도 원기를 회복했으니 앞으로의 일을 상의해야 할 것 같아서 말이외다. 시간도 제법 흐른 것 같고……."

자신의 등장을 의아스런 표정으로 바라보는 무불장의 고수들을 향해 이곤이 담담한 표정으로 말했다. 그의 말대로 계곡을 앞에 두고 그들은 꽤 오랫동안 한곳에 머물고 있었다. 시간은 이미 자시를 넘어서고 있었다.

“하지만 밤에 움직일 수는 없지 않겠습니까?”

고검이 이곤을 보며 물었다. 그러자 이곤이 곤란하다는 듯 살짝 눈살을 찌푸렸다.

“고 장주의 말이 맞기는 하지만… 시간이 지나면 점점 사람들이 많아질 것 같아서 말이외다.”

이곤의 말에 고검이 고개를 갸웃거렸다.

“지금의 상황이라면 그들을 상대할 사람들이 많아지는 것도 괜찮지 않겠습니까?”

순간 이곤의 눈이 한차례 흔들렸다.

“글쎄올시다. 암중의 흉수들을 상대하는 데에는 사람이 많은 것이 좋긴 하지만… 솔직히 말해 난 이 노류지에 든 강호고수들 중 적아를 구분하지 못하겠소이다.”

이곤의 말에 고검의 표정이 살짝 변했다.

“모두들 사라진 벽산철가의 선박과 그 선박을 탈취한 자들을 쫓고 있는데 굳이 적아를 구분할 필요가 있겠습니까?”

그러자 이곤이 씁쓸한 미소를 지었다.

“고 장주도 아시다시피 강호의 일이란 그리 간단하지만은 않아서 말이오. 어쨌든 고 장주께서는 이 밤에 움직일 생각은 없단 말이구려?”

“그렇습니다. 그들은 어둠 속에 숨어 있으니, 어두운 밤보다야 밝은 날 찾아가는 것이 낫지 않겠습니까?”

그러자 이곤이 천천히 고개를 끄덕였다.

"고 장주의 생각은 잘 알았소이다."

"혹, 당주께서는 먼저 움직일 생각이신지……?"

그러자 이곤이 잠시 생각에 잠겼다가 고개를 저었다.

"지금까지의 상황을 봐서 이곳에 있는 본 당의 인원만 데리고 단독으로 들어가는 것은 확실히 무리일 듯싶소. 무불장이 움직이지 않는다면 우리도 움직이지 않겠소. 그리고 아마도 내일 아침까지는 본 련에서 어떤 소식이 올 테니 그걸 기다리는 것도 괜찮을 것 같고……."

이곤이 말꼬리를 흐렸다. 무불장의 도움 없이 단독으로 암중의 흉수들을 상대하는 모험은 하지 않겠다는 이곤의 판단은 비록 남련의 자존심에 흠이 가는 일이기는 했으나 지극히 냉정한 판단이었다.

'과연 대남련의 풍운당주답구나. 자존심을 앞세워 일을 그르치지 않는 냉정함이라니…….'

추산은 내심 한 걸음 뒤로 물러서는 이곤의 결정에 감탄했다. 이곤 정도의 고수가 자신의 고집을 꺾는 것은 쉬운 일이 아니었기 때문이었다.

그렇게 해서 무불장의 청부사들과 금오표국의 두 고수, 그리고 이곤이 이끄는 남련 풍운당의 고수들은 그날 밤을 맑은 물이 흐르는 계곡에서 보내게 되었다.

푸드드드…….

노륙지의 숲 위로 두 마리 전서구가 날아들었다. 두 마리 선서구는 각기 다른 방향에서 날아와서는 노륙지의 북쪽 숲을 향해 앞서거니 뒤서거니 하며 낮은 비행을 하다 시차를 두지 않고 숲 안으로 날아내렸다.

미심은 자신의 어깨에 내려앉는 한 마리 전서구를 부드럽게 쓰다듬으며 계곡의 아래쪽에 자리 잡고 있는 남련 풍운당 고수들의 숙영지를 바라봤다. 그쪽으로도 한 마리 전서구가 날아내렸기 때문이었다. 그런 미심 곁으로 고검이 다가왔다.

"주무시지 않고 계셨군요."

"지금쯤이면 소식이 올 거라 생각하고 있었지요."

고검이 대답했다.

"소식을 확인하기 위해 밤에 움직이자는 풍운당주의 제안을 거절한 건가요?"

미심의 물음에 고검이 고개를 끄덕였다.

"그런 면도 없지 않습니다. 이번 벽산철가의 일은 단순한 것 같으면서도 또 무척 복잡하니까요. 우리가 알지 못하는 뭔가가 있다면 그것을 확인하고 움직이는 것이 좋다는 생각이었지요."

그러자 미심이 고개를 끄덕였다.

"저도 같은 생각이에요. 상황이 이상하게 돌아가고 있는 것은 확실한 듯해요. 정작 선박을 탈취당한 벽산철가는 노륙지 입구에서 움직이지 않고 있는데 다른 세력들이 이번 일을 벌인 흉수들에 더 관심을 보이고 있으니 말이에요."

"맞습니다. 눈에 보이는 것은 남련 풍운당뿐이지만 주위에서 느껴지는 고수들의 기척이 적지 않군요."

"그들 중에는 동궁도 있겠지요?"

"아마도 그렇겠지요. 남련이 나섰는데 동궁이 가만있을 리 없지요."

"그럼 어디 무슨 소식이 들어 있는지 한번 볼까요?"

미심이 어깨 위의 전서구를 손에 올려놓고 조심스런 손길로 전서구의 다리에 묶여 있는 전서를 풀어냈다. 그리곤 희미한 달빛에 전서를 펼쳐 보았다.

"이건……!"

전서를 읽어 내려가던 미심의 얼굴에 놀람의 빛이 떠올랐다. 그러더니 미심이 서둘러 자신이 들고 있던 전서를 고검에게 건넸다. 고검이 재빨리 미심에게서 건네받은 전서를 읽었다. 서둘러 전서를 읽은 고검의 표정 역시 한차례 변화를 일으켰다.

"벽산철가의 선단이 공격받은 이유가 달리 있었던 모양이군요."

"뭘 싣고 있었을까요?"

미심이 고검을 보며 물었다.

"글쎄요. 열두 척의 철 운반선을 이용해 숨겨올 물건이라면 몹시 중요한 것이었겠지요. 또한 그렇기 때문에 흉수들은 위험을 무릅쓰고 벽산철가의 선단을 공격한 것일 테고 말입니다."

그러자 미심이 시선을 남련 풍운당 쪽으로 돌리며 밀했나.

"남련에서는 그 배에 실려 있던 물건이 무엇인지 알고 있을
까요?"

"어쩌면 알고 있을지도 모르겠습니다. 풍운당주가 밤에 움
직이는 것이 얼마나 위험한 줄 알면서도 서둘러 움직이자는
제안을 한 것을 보면……."

"도대체 어떤 물건일까요?"

"저도 그게 궁금하군요. 철 운반선 열두 척의 배 중 한곳에
는 다른 물건이 실려 있었다라. 더군다나 남련과 동궁에서 앞
서 보낸 선발대에 뒤이어 절정고수들을 다시 태호로 보냈다는
것은 그 물건이 천하사패의 세력 다툼에 적지 않은 영향을 미
칠 수 있는 물건이란 뜻이겠지요."

고검이 계곡 너머 뱀 떼가 몰려 나왔던 깊고 어두운 숲을 바
라보며 중얼거렸다.

일행은 해가 떠오를 무렵 숙영지를 출발했다. 숲 위에는 해
가 떠올랐음이 분명했지만 빛은 숲의 무성한 가지에 걸려 지
면에 닿지 못했다. 하지만 태양의 열기는 그 무성한 숲을 뚫고
들어와 간밤 지면을 적셨던 이슬을 걷어올리고 있었다.

사박사박!

일행에서 흘러나오는 규칙적인 발걸음 소리, 일행은 바쁘지
도 그렇다고 느리지도 않게 낙엽을 밟으며 전진했다. 무불장
의 고수들이 앞에 서 있었고 이곤이 이끄는 남련 풍운당 고수
들이 뒤를 따르고 있었다.

"그럼 벽산철가에 그들의 첩자가 있었다는 말이 되는 건가요?"

문득 추산이 고검에게 물었다. 이미 지난 밤 미심에게 전해진 전서의 내용은 무불장의 고수 모두에게 알려진 상태였다.

"그렇다고 봐야지."

"음… 그리고 그 첩자는 아마도 벽산철가에서 제법 중요한 위치에 있는 사람일 거예요."

"어째서?"

이번에는 대웅산이 추산에게 물었다.

"흉수들은 그 열두 척의 배 중 한 척에 벽산에서 생산한 철 이외의 물건이 실려 있다는 것을 알고 있었을 뿐 아니라, 그 물건이 무엇인지, 그리고 그들이 언제 이 노륙지 앞을 지날 것이며 또한 열 척의 배 중 어느 배에 그 물건이 실려 있는지를 정확히 알고 있었어요. 이런 정보는 벽산철가의 수뇌가 아니면 알아내기 어려운 정보들이지요."

"음, 듣고 보니 그렇군. 벽산철가는 자신들이 잃어버린 그 물건을 찾는 것보다 내부의 첩자를 먼저 가려내는 것이 급선무겠어."

대웅산이 고개를 끄덕이며 중얼거렸다.

"그런데 그 물건이 그토록 중요한 물건이라면 흉수들은 그 배를 도대체 어디에 감춰둔 걸까요? 노륙지의 수로들은 그런 큰 배가 움직이기에 극히 어렵고, 지금쯤이면 남련과 동궁, 그리고 벽산철가의 고수들에 의해 샅샅이 뒤져졌을 텐데요?"

추산이 재차 물었다. 그러자 고검이 대답했다.

"그들이 벽산철가의 수뇌부에 첩자를 심어둘 정도의 인물들이라면 애초에 그 선박을 탈취한 후 물건을 어떻게 처리할지도 미리 생각해 두지 않았겠느냐? 물론 천하사패나 벽산철가의 추적도 미리 계산에 두고 말이지."

"역시 그랬겠지요?"

"추산 넌 머리가 비상하니까 너라면 어떻게 그 배를 천하고수들의 시선으로부터 숨길 수 있는지 한 번 생각해 보거라."

"좋아요. 이 추산이 한 번 이번 수수께끼를 풀어보도록 하죠. 이번 일은 생각보다 무척 흥미롭군요."

추산이 호기심 가득한 눈으로 말했다.

"애초에 벽산철가에서 금오표국이 이 일에 깊이 관여하는 것을 꺼린 이유도 밝혀졌군요. 그들은 아마도 잃어버린 배에 철이 아닌 다른 물건이 실려 있다는 것을 다른 사람들이 아는 것을 원치 않았을 겁니다."

기력을 회복했을 뿐 아니라 무공 자체가 한 단계 진보한 기륭이 차가운 안광을 토해내며 말했다.

"그들이 철이 아닌 다른 물건을 운반하고 있었다면, 그래서 벽산철가의 선단이 공격당했다면, 본 표국은 그들에게 빚을 진 것이 아니라 빚을 받아내야 할 입장이 될 것이다."

진감의 안색도 차갑게 굳어져 있었다.

"더군다나 우린 일곱 형제를 잃었지요."

기륭의 입에서 분노를 억누른 듯한 음성이 흘러나왔다. 두 사람의 말을 들으며 추산이 조오현에게로 시선을 돌렸다. 하지만 조오현은 두 사람과 달리 무표정한 얼굴로 묵묵히 걸음을 옮기고 있었다.

'저 표정이 더 무섭지. 암!'

추산은 무표정한 조오현의 얼굴에서 오히려 짙은 살의를 느끼는 것이었다.

차창!

날카로운 충돌음이 숲을 떨쳐 울렸다. 무불장의 고수들과 풍운당의 고수들이 멀리 보이는 어두운 계곡 안쪽에 비쭉이 솟아 있는 오래된 장원의 지붕을 눈앞에 두고 있을 때 일어난 일이었다.

"먼저 온 사람들이 있는 모양이군요."

선두에서 길을 열던 대웅산이 장창을 앞으로 겨눠 잡으며 말했다.

"앞서 길을 연 사람이 있다면 위험은 그만큼 줄어드는 것이겠지. 하지만 너무 늦게 가면 이번 사단을 일으킨 주인공들의 얼굴을 못 볼 수도 있으니 서두르자."

고검의 말에 대웅산이 한차례 고개를 끄덕이고는 서서히 움직이는 속도를 높이기 시작했다. 그에 따라 지금껏 일정한 속도를 유지하며 여유있게 전진하던 일행이 한순간 바람처럼 숲을 치닫기 시작했다.

차차창!

거무스름한 장원이 가까워질수록 숲에서 들려오는 충돌음은 더욱 격렬해졌다. 일행은 충돌음이 울려 나오는 방향을 향해 무서운 속도로 질주하고 있었다. 일행 모두 일류고수의 반열에 오른 사람들이라 일단 공력을 끌어올려 속력을 내기 시작하자 낙엽 밟히는 소리조차 들려오지 않았다. 그런데 그렇게 무서운 속도로 질주하던 일행의 발걸음이 어느 순간 뚝하고 멈춰졌다.

"음… 이건!"

선두에 섰던 대웅산의 입에서 한마디 나직한 신음성이 흘러나왔다. 그리고 일행은 대웅산의 말에 뒤이어 일제히 얼굴을 굳혔다.

비릿하게 피어오르는 혈향, 그리고 순식간에 변화된 풍경, 숲의 아름드리나무들이 이곳저곳에서 잘려 넘어져 있었다. 그리고 잘린 나무들 근처에는 어김없이 처참하게 죽어간 시체들이 널브러져 있었다. 그런데 이상한 것은 그렇게 죽어 넘어간 사람들의 얼굴에 하나같이 복면이 씌워져 있다는 것이었다.

"복면을 벗겨보라!"

명을 내린 사람은 이곤이었다. 그는 사람들의 시체가 나타나기 시작한 이후에도 여전히 표정이 변하지 않은 유일한 사람이었다. 이곤의 명이 떨어지자 그의 뒤를 따르던 풍운당의 고수 중 서너 명이 재빨리 시체들 곁으로 다가가 시체의 머리에 씌워진 복면을 벗겨냈다. 그러자 이곤이 죽은 자들의 시신

곁으로 다가가 그들의 얼굴을 살폈다. 무불장의 고수들 역시
자연스럽게 얼굴이 드러난 시신들에게로 시선이 쏠렸다.

"어느 곳의 사람들인지 짐작이 가시는지요?"

어느새 이곤의 곁으로 다가온 고검이 시신의 얼굴과 복장을
살피며 물었다. 그러자 이곤이 고개를 저었다.

"음… 나는 처음 보는 자들이오."

강호 경험으로 보자면 남련 풍운당의 당주를 따를 사람이
무림에 많지 않았다. 그런 그가 모르는 인물들이라면 다른 사
람들도 그 정체를 알 리 없었다.

"복면을 한 것을 보면 자신들의 신분을 숨기고 싶어한다는
의미인데……."

추산이 곁에서 중얼거렸다.

"그럼 이자들이 흉수들 중 일부란 말인가?"

대웅산이 추산을 보며 물었다.

"꼭 그렇지만은 않죠. 흉수들이 탈취한 물건을 가로채려는
사람들 중 자신들의 신분을 숨기고 싶어하는 자들도 있을 테
니까요."

추산의 말에 정작 관심을 보인 사람은 이곤이었다.

"흉수들이 탈취한 것이라면 벽산철가의 철을 말하는 것인
가? 하지만 비록 철이 돈이 되는 물건이긴 하지만 이렇게 복면
까지 하고 달려들 물건 같지는 않은데……?"

'이런 음흉한 늙은이 같으니라구. 이미 남련에서도 벽산철
가에서 잃어버린 물건이 벽산에서 운송해 오넌 철이 아니라는

것을 알면서도 우리가 그 사실을 아는지 떠보다니. 어쩌면 이 늙은이는 그 물건이 무엇인지조차 알고 있을지도 모르지.'

태연스럽게 질문을 던지는 이곤을 속으로 비웃으며 추산이 대답했다.

"어린 시절 저는 버려진 도검을 주워 고철로 팔아먹으며 연명을 했었죠. 좋은 철은 없는 사람에겐 큰돈이 되는 물건이죠."

추산이 능청스럽게 이곤의 질문을 받아넘겼다.

"흐음, 추 소협에게 그런 과거가 있었군. 그나저나 생각보다 날파리들이 많이 꼬이는군. 흉수들이 달아나기라도 하면 큰일이니 어서 가보세."

이곤은 추산이 자신의 질문을 교묘하게 벗어나자 짐짓 딴 곳으로 관심을 돌렸다.

"그렇게 하죠."

고검은 이곤과 추산 사이의 신경전에는 전혀 관심이 없는 듯 여전히 격돌음이 들려오는 숲 속을 바라보며 말했다.

"가자!"

이곤이 더 이상 망설이지 않고 명을 내렸다. 그러자 지금껏 무불장 고수들 뒤에 처져 있던 남련 풍운당의 고수들이 무불장의 고수들 앞으로 나서 몸을 날리기 시작했다.

"흐흐, 목표물이 가까이 있단 말이지. 그리고 이젠 서로 동료가 아니라 경쟁자란 의미이기도 하고."

추산이 그런 이곤과 풍운당 고수들을 보며 실소를 흘려냈다.

“하지만 이번에 기릉 대협이 녹정혈을 취한 것처럼 보물의 주인은 항상 따로 있으니 그들이 먼저 간다 해서 반드시 잃어버린 물건의 주인이 되리란 보장은 없을 거야. 추 아우!”

대웅산이 무섭게 돌진하는 풍운당 고수들을 보며 말했다.

“웅산의 말이 맞다. 하지만 그렇다고 너무 게으름을 피워서는 아예 물건의 옆에 도달하기도 전에 다른 사람의 차지가 되기 십상이지. 우리도 서두르자. 그리고 이미 경험했듯이 이 노류지의 괴고수들은 그 무공이 만만치 않으니 모두 조심하시기 바랍니다.”

고검이 무불장의 고수들과 금오표국의 두 고수들에게 당부를 하고는 자신이 먼저 낡은 장원을 둘러싸고 있는 숲을 향해 몸을 날리기 시작했다.

위이이잉!

“큭!”

“커억!”

두 개의 십자륜이 우거진 숲을 비집고 들어오는 엷은 햇빛을 받아 눈부시게 번쩍이며 수목들 사이를 날았다. 십자륜 앞을 막아서는 것은 어느 것이든 성하지 못했다. 그것이 굵은 기둥을 가진 나무든 아니면 사람이든… 십자륜이 나무와 사람을 지나칠 때마다 어김없이 나무들이 잘려 나가고 붉은 피가 하늘로 솟구쳐 올랐으며, 사람의 목숨이 이승을 떠났다.

“도대체 이 많은 인간들이 어디서 뛰어나온 거지요?”

추산이 눈앞에서 벌어지고 있는 치열한 혈투에 놀라며 물었다.

"그러게 말이야. 우리가 가장 먼저 이곳에 도착했을 줄 알았는데 우리보다 먼저 이곳에 도착한 인간들이 이렇게 많았단 말인가?"

대웅산 역시 놀란 얼굴로 탄성을 발했다.

"저들은 모두 한패인 모양이에요. 모두 앞서 본 시체들과 같이 복면을 쓰고 있잖아요. 더군다나 무공도 대단들 한 것 같은데요?"

추산의 말대로 노륙지를 지키는 괴고수들을 상대로 치열한 접전을 벌이고 있는 자들은 하나같이 검은 복면으로 얼굴을 가린 자들이었다. 그들은 셋이 한 무리를 이뤄 움직였는데 그 신법과 도검을 쓰는 것이 강호에서 일류고수 소리를 듣기에 충분한 자들이었다.

"하지만 저 괴고수들을 상대하기에는 역시 역부족인 모양이군. 저들과 부딪치면 어김없이 사상자가 생겨나니 말이야."

대웅산이 십자륜이 나무 사이를 가를 때마다 쓰러지는 복면인들을 보며 말했다.

"하지만 저들의 투지도 대단하군요. 저렇게 죽어가면서도 계속 앞으로 전진하는 것을 보면 말이에요."

추산이 감탄하듯 말했다. 추산의 말대로 일단의 복면인들은 동료들의 죽음에도 아랑곳하지 않고 계속해서 계곡의 장원을 향해 전진하고 있었다. 노륙지의 괴고수 중 모습을 보인 자들은 대도를 쓰는 천괴와 십자륜을 쓰는 수마, 그리고 창의 달인 사신 세 명이었는데 그들은 이미 무불장의 고수들과도 안면이 있는 자들이었다.

이 세 괴고수의 무공은 절정에 올라 있었지만 단 세 명이서 수십 명에 달하는 복면인들을 막아내는 것은 아무래도 힘든 일이어서 계속해서 적을 주살하면서도 차츰차츰 장원 쪽으로 물러나고 있는 상황이었다. 그리고 거기에 더해 풍운당의 고수들이 달려들자 싸움의 정세는 순식간에 변하기 시작했다.

풍운당의 고수들은 노류지의 괴고수들에게 목숨의 빚이 있었다. 그들의 손에 죽은 풍운당의 고수가 수십 명에 달했으므로 일단 밝은 곳에서 그들을 대면하자 풍운당의 고수들은 그간 억눌렀던 적의를 마음껏 드러내 격렬하게 삼 인의 괴고수에게 부딪쳐 가는 것이었다. 그리고 그 선두에는 강호 최상위의 고수 이곤이 있었다. 기실 이곤 한 명의 등장으로도 장내의 상황을 변화시키는 것은 충분했던 것이다.

이곤은 대도를 사용하는 천괴와 다시 한 번 접전을 벌이기 시작했는데 두 사람의 격돌은 다른 사람들의 접근을 불허할 만큼 격렬하기 이를 데 없었다.

날카롭고 현묘한 이곤의 검술에 우직하고 강력한 천괴의 도, 이 두 절정고수의 대결은 이 싸움을 한 걸음 물러서서 바라보고 있는 무불장 고수들에게는 보기 드문 구경거리이기도 했다.

하지만 두 사람의 싸움은 오래 진행되지 않았다. 이미 풍운당의 고수들이 싸움에 뛰어드는 순간부터 뒤로 밀리기 시작한 괴고수들이었기에 이곤을 상대하는 천괴 또한 어느새 장원의 십여 장 앞까지 밀려나 있었기 때문이다.

서로를 알지 못하는 복면인들과 남련 풍운당의 합공이 예상 외의 위력을 발휘해 노륙지의 습지에서 가공할 만한 공포를 심어주었던 괴고수들을 그들의 본거지인 낡은 장원의 어스름한 정문 앞까지 물러서게 하는 성과를 거둔 그때, 갑자기 장원 안에서 기이한 소리가 흘러나오기 시작했다.

삐리리리!

순간 마치 기다렸다는 듯이 노륙지의 세 고수가 적을 향한 공세를 멈추고 재빨리 장원 안으로 사라지는 것이었다.

"서랏!"

풍운당의 고수들과 복면인들이 그간의 억눌렀던 분노를 폭발시키듯 노성을 터뜨리며 세 고수를 쫓아 장원으로 진입하기 위해 몸을 날렸다. 그런데 바로 그 순간 갑자기 장원을 둘러싼 담장 위로 희미한 그림자가 생겨나는가 싶더니 순식간에 그 그림자가 담장의 동쪽 끝에서 서쪽 끝을 횡단해 사라져 갔다.

"크허억!"

그리고 그 그림자가 사라진 직후 담장을 날아 넘으려던 복면인들과 풍운당 고수들 중 세 명이 뒤늦은 비명을 터뜨리며 담장에서 떨어져 내렸다. 그들의 동료들이 재빨리 몸을 날려 그들의 곁으로 달려갔을 때는 이미 그 삼 인의 목숨은 이승을 떠나 있었다.

"뭐죠?"

추산이 경악스런 표정을 지으며 질문을 던져 냈다.

"나도 모르겠어. 도대체 뭐였지? 장주, 장주께선 그 그림자를 보셨수?"

대웅산 역시 순식간에 담장 위를 가로질러 사라진, 그러면서도 복면인과 풍운당의 고수 삼 인을 제거한 그림자의 정체를 고검에게 물었다.

"사람이다."

고검의 입에서 짧은 대답이 흘러나왔다.

"아니, 정말 그 그림자가 사람이었어요? 사람이 그렇게 빨리 움직일 수 있나요?"

추산이 믿기 어렵다는 듯 물었다.

"그럼 이곳에 귀신이라도 있겠느냐? 그는 온몸에 밀착하는 검은 무복을 입은 자였다. 얼굴은 잘 보이지 않아 그 정체를 확인할 수는 없었지만 그는 극도의 경공을 수련한 사람이 분명하다."

"아무리 무림고수의 경공이 상상을 불허하는 속도를 낸다고 하지만 지금 그 그림자의 움직임은……."

추산이 여전히 믿을 수 없다는 듯 고개를 저었다.

"지금껏 우리가 본 노륙지의 괴고수들은 하나같이 괴이하고 고강한 무공을 익힌 자들이었다. 그러니 경공의 달인 하나쯤 있다고 해서 놀랄 일은 아니지 않느냐?"

"하지만 빨리도 보통 빨라야죠."

"강호의 역사를 보면 선광과 같이 움식였다는 인물들도 종

종 있었다. 아무튼 조금 더 조심해야겠다. 저런 자가 실수를 쓰면 그것을 방비하는 것이 그리 쉽지 않으니까.”

고검이 주의를 주고는 천천히 앞으로 전진하기 시작했다. 한바탕 일전이 벌어진 장원 앞 숲은 이리저리 찢겨져 수십 년 동안 사람의 발길이 닿지 않았던 숲이라는 것이 무색할 정도였다.

그렇게 이십여 장을 전진해 일행은 복면인들과 남련 풍운당 고수들 뒤쪽에 다다랐다. 두 무리는 공동의 적을 상대했음에도 불구하고 일정한 거리를 두고 서 있었는데 두 집단 사이에는 미묘한 긴장감이 형성되어 있었다. 마치 먹이를 두고 경쟁하는 사나운 승냥이 떼들같이…….

하지만 지금은 두 집단 모두 먼저 장원에 들기를 꺼려하는 듯했다. 두 집단의 고수들에게도 장원의 담장을 가로지르며 세 명의 고수를 사살한 경공의 달인의 등장은 그만큼 충격적이었던 모양이었다. 그런데 그렇게 기묘한 침묵이 이어지던 장내에 장원 안쪽으로부터 음산한 목소리가 들려왔다.

“노륙지는 수십 년 동안 금단의 땅이었다. 그리고 지금도 여전히 이곳은 금단의 영역이다. 목숨이 귀한 줄 아는 자는 지금이라도 걸음을 돌려 노륙지를 벗어나라. 노륙지에 남아 있는 한 그 누구든 죽음을 면치 못할 것이다.”

무공을 익힌 무림인이 아니라면 그 목소리만으로도 오금이 저려 혼비백산할 만큼 기괴한 음성, 하지만 장내의 인물들 중 담 너머에서 흘러나오는 한마디 경고에 걸음을 돌릴 인물은 없었다.

"어떤 자들이 감히 이런 대담한 일을 벌였는지 얼굴을 보고 싶구나! 어두운 곳에 숨어 모계나 일삼지 말고 노류지의 주인을 자처하려거든 모습을 보여라!"

장내 제일고수라 할 수 있는 이곤의 입에서 서릿발 같은 노성이 흘러나왔다. 대남련의 절정고수로서의 풍모가 한순간에 드러나는 말투요, 기세였다.

"후후후… 남련 풍운당의 명성은 오래전부터 들어왔소. 하지만 소문은 역시 소문인 듯, 오늘날 이 노류지에서 죽어간 당신 수하들의 숫자만도 수십에 달하오. 그런데 아직도 미련을 버리지 못하고 이곳에 남아 있다니 풍운당주 이곤의 얼굴은 생각보다 두껍구려. 더 많은 수하를 잃고 싶지 않다면 당장 이 노류지를 벗어나는 게 좋을 거요."

장원에서 들려오는 말에 이곤의 볼이 한차례 씰룩였다. 그가 풍운당을 이끈 이후 이 노류지에서만큼 속절없이 수하를 잃은 경우는 흔치 않았다. 풍운당의 명성이 오늘의 사건으로 한 풀 꺾일 것은 정해진 일이었다. 하지만 그렇기 때문에 더더욱 뒤로 물러날 수 없는 이곤이었다. 풍운당의 명성을 지키려면 반드시 자신의 손으로 이 노류지의 괴인들을 제압해야 했다.

"천하사패에게 공공연히 도전했다는 것만으로도 너희들의 배포를 짐작할 수 있다. 하지만 지난 수십 년의 세월 동안 강호에 변하지 않는 철칙이 있으니 그것은 바로 천하사패에 도전하는 자들은 반드시 죽음으로써 그 대가를 치렀다는 것이다. 그리고 그 철칙은 오늘 너희들에게도 적용될 것이다."

이곤의 입에서 차가운 대답이 흘러나왔다.

"후훗! 천하사패에 대한 자부심이 무척 대단하군. 천하사패
라… 물론 대단하지. 하지만 사패가 강호를 지배한다고 자부
하는 지난 세월 속에서도 사패의 눈이 미치지 못하는 무림도
존재해 왔다는 것은 부인하지 못할 거요. 당장, 당신 옆에서 한
무리를 이루고 서 있는 저 검은 복면을 뒤집어쓴 자들이 누구
인지 천하의 정보를 모두 손에 쥐고 있다는 남련 풍운당의 당
주 이곤 당신조차도 모르고 있지 않소?"

다시금 장원 안에서 비웃음 섞인 말이 흘러나왔다. 하지만
이곤은 장원에서 들려오는 말을 흘려들을 수 없었다. 지금 자
신들의 곁에 서 있는 복면인들의 정체에 신경 쓰이는 것은 어
쩔 수 없는 일이었기 때문이다. 이곤이 슬쩍 시선을 돌려 복면
인들 쪽을 바라보자 복면인 중 한 명이 그런 이곤의 시선을 받
아넘기며 입을 열었다.

"일단은 굴속에 숨어 있는 뱀들을 끌어내는 것이 먼저인 듯
싶소만……."

어리지도 그렇다고 나이가 많아 보이지도 않는 목소리, 자
신의 정체를 드러내지 않는 모호한 복면인의 목소리가 이곤의
얼굴을 찌푸려지게 했지만 그가 한 말은 옳았다. 지금은 같은
적을 상대로 둔 동지로서 그들의 관계를 한정하는 것이 좋을
때였다. 나중에는 어떻게 변할지 모르는 관계지만…….

복면인의 말에 가볍게 고개를 끄덕인 이곤이 담장 너머 괴

인을 향해 조롱기 섞인 말을 흘려냈다.

"제법 심계가 깊군. 두 개의 적을 서로 반목하게 만들려는 치졸한 수작을 부릴 줄도 알고……."

"핫하하! 역시 늙은 생강인가? 하지만 꼭 그렇게 생각할 것도 아닐 것이다. 얼굴을 가린 자들은 언제나 뒤에서 음모를 꾸미게 마련이니까."

어쩌면 진심이 깃든 충고일지도 모른다고 이곤은 생각했다. 하지만 역시 지금은 장원 안에 숨어 있는 이 노륙지의 괴고수들을 상대하는 것이 중요했다.

"할 말이 다 끝났으면 그만 얼굴을 드러내라. 아니면… 결국 이쪽에서 들어갈 수밖에!"

"하하, 우린 얼굴을 보여줄 생각이 없으니 용기가 있다면 누구라도 장원의 담을 넘으라. 하지만 결국 돌아가는 것은 죽음뿐일 것이다."

순간 이곤의 눈꼬리가 살짝 실룩였다. 그리고 그의 시선이 재빨리 복면인들 중 수장으로 보이는 자에게로 향했다. 마침 복면인 중 앞서 입을 열었던 자가 이곤을 바라보고 있었으므로 두 사람의 시선이 허공에서 마주쳤다. 그리고 두 사람이 동시에 가볍게 고개를 끄덕였다. 그리곤 이내 그들의 입에서 짧은 명이 흘러나왔다.

"진입하라!"

이곤과 복면인의 입에서 거의 동시에 명령이 떨어지자 남련풍운당의 고수들과 이십여 명의 복면이이 망설이지 않고 다시 장원의 담장을 향해 날아올랐다.

"크크, 죽음을 찾아드는 불나방들 같으니라구……."

두 무리의 고수들이 장원을 날아 넘으려는 순간 또다시 장원 안쪽에서 살기가 섞인 음소가 흘러나오더니 예의 그 은빛 십자륜 두 개가 불쑥 허공에서 날아올라 가장 앞서서 담장을 넘으려는 복면인 둘을 향해 닥쳐들었다.

하지만 이번에는 복면인들도 단단히 준비를 하고 있었는지 두 명의 복면인이 재빨리 검을 들어 올려 자신들을 향해 날아오는 십자륜을 막아냈다.

까깡!

"웃!"

십자륜과 두 개의 검이 충돌하는 순간 복면인들의 입에서 나직한 신음성이 흘러나오며 그들의 신형이 십자륜에 담긴 공력을 이겨내지 못하고 장원의 담장 바깥쪽으로 밀려 나왔다. 하지만 두 사람이 뒤로 밀리는 사이 그들의 동료들이 재빨리 그 자리를 메우며 담장을 날아 넘었다.

복면인들의 옆쪽에서는 이미 풍운당의 고수들이 담장을 넘어 장원 안으로 진입해 들어가고 있었다. 그런데 바로 그 순간 예의 그 피리 소리가 다시금 들려오기 시작했다.

삐리리리!

사람의 신경을 긁어대는 피리 소리는 왠지 모를 음산함을 지니고 있어 담장을 날아 넘던 고수들의 신형을 잠시 멈추게 만들었다. 그리고 그 찰나의 순간이 지나자 피리 소리의 뒤를 이어 또 다른 소음이 사람들의 귀에 들려오기 시작했다.

쉬이익쉬이익…….

사람들은 이내 그 소리의 정체를 알아챘다.

"또다시 뱀 떼를 동원할 생각인 모양이에요."

풍운당의 고수들과 복면인들이 월담을 시도하는 것을 지켜보던 추산이 중얼거렸다. 그의 손은 이미 자신의 품속으로 들어가 고검에게서 받은 동피리를 꺼내 들고 있었다. 그러자 고검이 가만히 손을 들어 추산의 행동을 막았다. 추산이 그런 고검의 의도를 깨닫지 못하고 고검을 보자 고검이 낮은 목소리로 입을 열었다.

"아직은 우리가 나설 때가 아니다. 아직 모습을 드러내지 않은 사람들이 많으니……. 아마도 저 뱀 떼가 좀 더 많은 사람들이 모습을 드러내게 만들 것이다."

고검의 말에 추산이 움찔하며 뒤쪽 숲을 살폈다. 하지만 숲은 조용했고 사람의 인기척은 없었다. 그러나 고검이 허언을 했을 리는 없었다. 자신조차도 그 존재를 파악하지 못한 고수들이 숲 속 어딘가에 몸을 숨기고 있을 터였다. 그렇다면 역시 무불장의 고수들이 지금 나설 때가 아니라는 고검의 말이 옳았다.

"기다리죠 뭐!"

추산이 들고 있던 동피리를 얼른 품속에 집어넣었다. 그리고 그때 담장 안쪽으로부터 처절한 비명 소리가 들려왔다.

"으아악!"

사람들의 시선이 비명이 들린 쪽으로 향했다. 그 순간 그들은 볼 수 있었다. 거대한 흑사 두 마리가 각기 한 명씩의 사람을 입에 물고 담장 위로 솟구치는 모습을.

"저런, 한 마리가 아니었네!"

대웅산이 두 마리의 거대한 흑사를 보며 소리쳤다.

"그러게 말이에요. 이제 보니 두 마리였군요."

추산이 대웅산의 말을 받았다.

"모르지. 또 몇 마리가 더 숨어 있을지."

대웅산이 호기심 가득한 눈으로 장원 안쪽에서 모습을 드러낸 두 마리의 거대한 흑사를 바라보며 말했다. 하지만 더 이상의 거대한 뱀은 나타나지 않았다. 대신 장원의 담장을 넘어 예의 그 수천 마리는 됨직한 뱀들이 몰려나오기 시작했다. 그에 따라 호기롭게 담장을 날아 넘었던 풍운당 남련의 고수들과 복면인들이 서둘러 담장을 되넘어오기 시작했다.

그리고 그렇게 독사 떼에 몰려 뒤로 물러서는 두 무리의 고수들을 향해 언제 나타났는지 다시금 예의 그 번개 같은 경공을 선보인 그림자가 뱀들 사이에서 돌진해 나왔다.

슈우욱!

뱀들이 만들어내는 소리보다는 조금 더 큰 파공음이 그림자로부터 만들어지고 무불장의 고수들 눈에 언뜻 그림자로부터 한가닥 빛이 반짝이는 듯 보여지는 순간 다시금 복면인들 중 두 명이 땅 위에 고꾸라지고 그 위로 수십 마리의 독사가 달려들었다.

"우아악!"

수십 마리의 독사 떼로 뒤덮인 복면인 두 사람의 입에서 고통스런 비명 소리가 흘러나왔다. 하지만 그들의 고통은 그리 오래 지속되지 않았다. 왜냐하면 그들의 목숨은 순식간에 그림자 괴고수로부터 받은 치명상에 의해 끊어졌기 때문이었다. 그리고 잠시 후에는 그들의 시신조차 독사들이 내뿜는 독에 의해 형체를 알아보지 못할 만큼 훼손되더니 이내 독사들의 먹잇감으로 전락하는 것이었다.

"저런 망할 놈의 미물들이……!"

사람의 시신을 순식간에 삼켜 버리는 독사들을 보며 추산이 노성을 터뜨렸다. 하지만 고검은 여전히 들썩이는 추산을 제지하고 있었다.

"놈!"

그때 한마디 노성이 풍운당의 고수들 쪽에서 흘러나왔다. 목소리의 주인공은 이곤이었는데, 그는 어느새 복면인들 쪽에서 벗어난 그림자가 풍운당의 고수들 쪽으로 이동하자 번개같이 허공으로 치솟아오르며 검을 뻗어내고 있었다.

차창!

순간 이곤이 뻗어낸 검기가 그림자와 충돌하며 강렬한 충돌음을 만들어냈다. 그리고 그 순간 그동안 흐릿한 그림자로만 존재했던 괴고수의 신형이 제법 선명하게 사람들의 눈에 들어왔다.

괴고수의 머리에서 발끝까지는 온통 검은 천으로 휘감겨져

있었는데, 그의 전신에는 그의 움직임을 방해할 만한 어떤 장식
이나 옷자락도 밖으로 드러나 있지 않았다. 또한 그의 신형은 몹
시 가냘파 작은 바람에조차 이리저리 휘날릴 정도로 약해 보였
다. 그러나 그의 눈빛만은 사람의 심장을 찌를 듯 날카로웠다.

"역시 풍운당주군."

단번에 경공의 달인인 괴고수의 걸음을 멈추게 한 이곤을
보며 대웅산이 감탄사를 흘려냈다. 하지만 추산은 이곤의 대
단한 무공보다는 다른 곳에 관심을 두고 있었다.

"여인이었네요."

"응? 그러고 보니 정말 여자네."

추산의 말에 그제야 대웅산도 놀란 표정을 지었다. 하지만
이내 곧 실망한 어투로 말했다.

"여자는 여자지만 가까이하고 싶지 않은 여자군."

추산도 대웅산의 말에 동의했다. 검은 무복을 온몸에 밀착
시켜 입은 여인에게선 대부분의 남자들이 기대하는 아름다움
이나 부드러움 같은 기운을 전혀 느낄 수 없었기 때문이었다.

얼굴 또한 검은 무복과 대비되는, 평생 햇볕을 단 한 번도
보지 않은 듯 푸르스름한 백색을 띠고 있어 마치 귀신을 보는
듯한 기분을 들게 하는 여인이었다.

"어떻게 저렇게 생겼을까? 나이조차 짐작하기 어려운 얼굴
이야."

대웅산이 새삼스럽게 경공의 달인인 여인을 보며 고개를 저
었다. 그런데 그때 걸음을 멈춘 여인의 뒤쪽에서 한 명의 검은

신형이 떠올랐다.

"풍마의 걸음을 멈추게 하다니 역시 남련 풍운당주답군. 이번에 이 마검의 검을 한번 받아보시구려."

풍마라 부른 여인의 뒤를 날아 넘으며 등장한 자의 목소리가 귀에 익었다.

"저자가 장원에 숨어 풍운당주와 말씨름을 하던 자군요. 마검이라… 검을 쓰는 자인가?"

추산이 눈빛을 반짝이며 새로 등장한 사내를 주시했다. 사내는 어느새 등 뒤로부터 한 자루 묵빛 검을 뽑아 들어 이곤을 향해 떨쳐 내고 있었다.

기이잉!

사내의 검에서 기이한 파공음이 일어났다. 이 노류지의 괴고수들은 하나같이 기이한 무공에 기이한 병기를 사용했는데, 사내의 검 또한 보통의 검과는 달리 묵빛 검신의 폭이 무척 좁아 이곤을 베어가는 검신이 깃든 공력을 이기지 못하고 활처럼 휘는 것이었다.

갑작스레 등장해 괴이한 검을 들어 공격을 가해오는 사내, 보통의 고수라면 몸이라도 움찔할 만했지만 이곤의 표정에는 전혀 미동이 없었다. 그리고 어느새 들어 올렸는지 이곤의 검이 다가오는 적의 기이한 검을 향해 마주 뻗어나갔다.

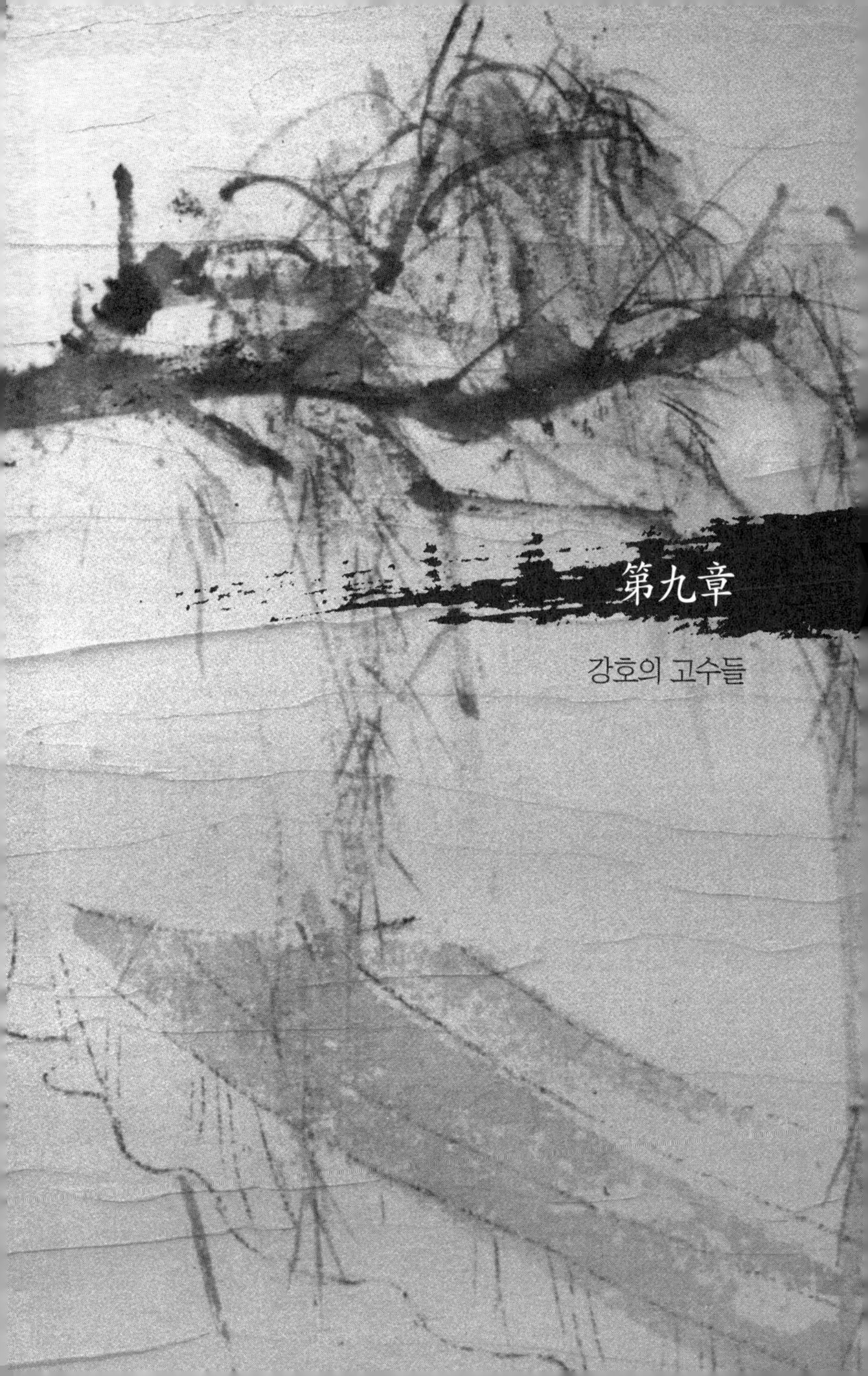

第九章

강호의 고수들

그궁!

검과 검이 맞닿으면서 둔탁하면서도 강렬한 충돌음이 일어났다. 순간 검의 두 주인이 각기 삼사 장 뒤로 물러났다. 그리고 동시에 신형을 정지시킨 두 고수는 서로를 노려볼 뿐 다시 상대를 향해 공격을 가하지 않았다.

"큭, 명불허전이군. 사패, 사패 하더니 과연 남련 풍운당주 이곤의 무공이 무섭긴 무섭구만. 지난 수십 년간 내 검을 막아낸 자는 그대를 포함해 다섯을 넘지 않을 것이오."

마검이라 자칭한 괴고수가 진심이 묻어나는 목소리로 이곤의 무공을 칭찬했다. 이곤의 얼굴은 살짝 일그러져 있었다. 물론 마검이라는 자와의 한 번 격돌에서 손해를 본 것은 아니었

다. 하지만 그렇다고 이득을 본 것도 아니어서 두 사람의 대결
은 팽팽한 균형을 이루었다고 할 수 있었다.

그리고 그 사실, 대남련의 풍운당주인 자신과 동수를 이루
는 자가 이 노류지의 음모자들 속에 포함되어 있다는 것이 이
곤의 마음을 어둡게 하고 있었다.

"뒤에 숨어 흉계나 꾸밀 자의 무공이 아니다. 정체가 뭐냐?"

그러자 괴고수가 한줄기 미소를 입가에 담았다.

"무공이 높다고 흉계를 꾸미지 않는 것은 아니오. 그렇게 따
지면 천하에서 가장 강한 사패는 뒤에서 흉계를 꾸미지 않아
야 하지 않겠소? 하지만 실제로는 천하사패야말로 강호에 난
무하는 음모의 절반 이상을 만들어내는 자들이 아니겠소?"

다시 상대에 대한 조롱기가 깃든 대답, 어쩌면 그는 천하사
패에 대해 본능적인 거부감을 지닌 인물일지도 몰랐다.

"네가 이번 소란의 주모자이냐?"

이곤이 상대의 대답에 아랑곳없이 계속 질문을 던졌다.

"크큭, 이 마검은 천하사패도 존중해 마지않는 대벽산철가
의 선단을 공격할 만큼 배짱이 없는 위인이지."

그러자 이곤의 인상이 다시금 어두워졌다. 자신과 동수를
이룬 이 괴고수가 이번 사단의 주모자가 아니라면 그의 뒤에
는 그보다 강한 고수가 도사리고 있다는 의미가 된다. 그렇다
면 그 자신과 풍운당의 고수들만으로 이번 사태에서 좋은 결
과를 얻어내기는 역부족이었다.

"누군가의 수하라니 놀랍군. 그 무공을 가지고 말이야."

“홋, 그런 그대는 그 무공을 하고도 해월가의 주인이 되지 못하지 않았소? 그리고 그 나이에도 불구하고 이렇게 강호의 진창을 헤매고 다니고 있고 말이오. 당신에 비하면 난 그래도 사정이 나은 편이야. 내가 모시는 주인은 나보다 배는 강하신 분이거든. 당신처럼 정통이 아니라는 이유로 탁월한 능력에도 불구하고 남의 밑에 있는 것은 아니니까. 후후후!”

상대의 심사를 긁으려던 이곤의 얼굴이 오히려 붉어졌다. 지금 괴고수 마검은 해월가 출신인 이곤이 해월가 제일고수로 꼽히면서도 해월가의 정통 핏줄이 아니기에 해월가의 가주가 되지 못한 것을 꼬집고 있는 것이었다.

그리고 마검의 이 지적은 비록 겉으로는 드러내지 않았지만 이곤 평생 가슴에 한이 되어 있는 일이기도 했다. 만약 이곤이 해월가의 가주가 되었다면 이곤은 아마도 이렇게 풍운당을 이끌고 강호를 전전하고 있지는 않을 것이다. 물론 남련 풍운당주라는 지위가 강호의 어떤 고수 앞에서도 당당할 수 있는 위치이기는 하지만 남련의 본거지인 호남 장사 형산(衡山)의 깊은 구중심처에 앉아 천하를 논하고 있는 남련십육문의 문주들에 비할 바는 아니었다.

비유하자면 남련의 입장에서 풍운당주 이곤은 무척 귀한 사냥개일 뿐이었다. 아무리 존귀한 대접을 받는다 하더라도 사냥개와 그 사냥개를 부리는 사람과는 애초에 좁혀질 수 없는 간극이 존재하는 법이었다.

그러나 이곤은 노련한 고수였다. 상대의 지적은 그의 마음

을 아프게 찔렀지만 그는 살짝 얼굴 한번 붉히는 것으로 마음
에 이는 격동을 털어냈다.

"결국 집 지키는 개를 잡아야 주인이 나타나겠군."

대신 이곤의 입에서 조금 거친 언사가 흘러나왔다. 그러자
마검이라 자칭한 괴고수가 득의한 웃음을 지었다.

"맞는 말이오. 난 주인의 집을 지키는 개이고, 그대는 주인
에게 사냥감을 물어다 주는 개지."

마검이 독특한 검을 들어 이곤을 겨누었다. 그의 검신에 거
뭇한 검기가 어리고 있었다. 이곤의 눈에서 파란 한광이 흘러
나왔다. 조용한 가운데 전신의 공력을 최고조로 끌어올리고
있다는 의미, 그것은 어쩌면 마음 깊은 곳에서 용솟음치는 자
신의 처지에 대한 반발심일 수도 있었다.

그리고 두 사람의 신형이 무서운 속도로 서로를 향해 날아
들더니 이내 수장씩 허공으로 솟구치며 검기 난무하는 일대격
돌을 벌이기 시작하는 것이었다.

"흥분했군."

조오현이 차가운 음성으로 오랜만에 입을 열었다.

"누가 말인가?"

금오표국주 진감이 조오현에게 물었다. 조오현에 대한 그의
하대는 너무 자연스러워 그들이 지난날 십수 년을 떨어져 지
내던 사람들이라고 생각하기 어려웠다.

"풍운당주 이곤 말입니다."

"그가 흥분을 했다고? 저 노련한 고수가?"

진감이 믿기지 않는다는 듯 되물었다. 그가 보기에는 지금 이곤은 괴고수 마검을 맞아 냉정하게 일장격투를 벌이고 있는 듯 보였기 때문이었다.

"평소의 그라면 저렇게 한 명의 적을 맞아 전력을 다해 싸우지는 않을 겁니다. 지금 그의 수하들은 풍마라는 경공의 달인을 앞에 두고 있고, 또한 사방에서 수천 마리의 뱀 떼가 몰려들어 생명을 위협하고 있지요. 그런데 지금 그는 자신의 싸움에만 몰두해 있습니다. 한 명의 무인으로서는 모르지만 풍운당의 당주로서는 어울리지 않는 행동입니다. 또한 평소의 그답지 않은 행동이고 말입니다. 그러니 그는 흥분한 것이 분명합니다. 아마도 마검이란 자의 도발이 주효한 듯하군요."

조오현의 날카로운 분석에 진감과 무불장의 고수들이 저마다 고개를 끄덕였다. 그리고 상황은 조오현의 말대로 진행되고 있었다.

"컥!"

이곤과 마검의 재격돌이 시작되는 시점에 다시 움직이기 시작한 괴고수 풍마에 의해 다시 한 명의 풍운당 고수가 헛바람을 흘려내며 땅 위로 쓰러져 내렸고 그 시신 위로 예의 그 독사들이 몰려들어 순식간에 죽은 자의 시신을 없애 버렸다.

"물러나라!"

그러자 한 무리로 원을 그리고 있던 풍운당의 고수 중 한 명의 입에서 다급한 명이 떨어졌다.

쉬이익 쉬이익!

풍마의 공격도 공격이지만 처음 풍운당의 고수들과 복면인들이 장원의 담을 넘어섰을 때 두 명의 고수를 삼켜 버린 두 마리의 거대한 흑사가 수천 마리의 독사들을 지휘하듯 느릿하게 장원의 담장을 넘어오고 있었던 것이다. 그리고 그 독사의 뒤를 따라 한 명이 담장 위로 올라섰는데 그는 한 자루 검은색 피리를 입에 물고 독사들을 움직이는 기이한 음률을 만들어내고 있었다.

풍운당의 유일한 절대고수 이곤이 자신의 싸움에 빠져 있는 상황에서 괴고수들과 수천 마리의 독사, 그리고 절정고수에 못지않은 위력을 지닌 거대한 흑사 두 마리를 상대할 수는 없었기에 풍운당의 퇴각은 당연한 결정이라고 할 수 있었다. 더군다나 그 뱀 떼 뒤쪽의 담장에는 그간 노류지에서 가공할 무위를 선보였던 괴고수들이 속속 모습을 드러내고 있었다.

풍운당이 물러서자 복면인들 또한 뒤로 물러나기 시작했다. 일단 후퇴를 하기 시작한 두 무리는 순식간에 무불장의 고수들이 있는 곳까지 밀려났다.

"우린 어떡하죠?"

추산이 고검을 보며 물었다.

"당연히 물러나야지. 우리가 이 싸움을 도맡을 수는 없지 않느냐?"

고검이 냉정하게 대답했다. 그러자 추산이 가슴속에 다시 넣은 동피리를 한 번 쓰다듬고는 이내 고개를 끄덕였다.

"알았어요, 사형. 지금은 뱀 떼만 있는 것은 아니니까요."

두 사형제의 대화를 듣고 있던 무불장의 고수들과 금오표국의 두 고수가 서둘러 뒤로 물러나기 시작했다. 그 뒤를 풍운당의 고수들과 복면인들이 따랐고, 다시 그 뒤를 수천 마리의 뱀 떼가 거대한 흑사 두 마리에 앞서 밀려들고 있었다.

"그런데 풍운당주는 어떡하죠?"

뒤로 물러나던 추산이 이미 뱀 떼에 의해 뒤덮인 공터에서 괴고수 마검과 일대격돌을 벌이고 있는 이곤을 보며 말을 꺼냈다.

"그가 몸을 빼내고자 한다면 언제 어디서든 가능할 것이다. 그는 적어도 그 정도의 능력은 지닌 인물이다. 풍운당의 고수들이 그를 놔두고 물러나는 것도 다 그에 대한 믿음 때문이지."

"하지만 저렇게 혼자 적진에 남아서야……."

고검의 말에도 추산이 걱정스런 눈빛으로 수십 장 밖에서 싸움을 벌이고 있는 풍운당주 이곤을 바라보며 말꼬리를 흐렸다.

비록 이곤의 무공이 장내 고수들 중 최고 수준에 올라 있기는 하지만 적진에 홀로 남아 싸우는 것은 극히 위험한 일이기 때문이었다. 더군다나 뱀 떼와 거대한 두 마리의 흑사의 뒤를 이어 가장 늦게 모습을 드러낸 노륙지의 괴고수들 중 일부는 이곤과 마검의 격돌을 유심히 지켜보고 있었다. 그들 중 한 명이라도 이곤과 마검의 싸움에 관여하게 된다면 이곤은 당장이라도 큰 위기에 처할 터였다.

그런데 뱀 떼의 등장과 함께 변한 싸움의 양상을 바꿀 새로운 바람이 불어오기 시작했다.

쐐애애액!

갑자기 무불장의 고수들이 물러서는 방향의 숲에서 강렬한 파공음이 일어나더니 다섯 개의 검은 물체가 무서운 속도로 장내를 향해 날아왔다.

"뭐지?"

대웅산이 자신들의 머리 위를 날아가는 검은 물체를 보며 중얼거렸다.

퍼펑!

무불장 고수들의 머리 위를 날아간 다섯 개의 검은 덩어리들은 독사 떼로 뒤덮인 대지 위에 떨어져 내리자 큰 소리를 내며 터졌다. 그리고 그것들이 터진 지점으로부터 희뿌연 연기가 피어오르기 시작했다. 그러자 연기에 노출된 뱀들이 갑자기 요동치기 시작했다.

쉬이익 쉬이익!

뱀들의 입에서 거친 숨소리가 흘러나왔고 개중 일부는 배를 뒤집고 하늘을 보며 고통스럽게 몸부림치는 것도 있었다. 그리고 잠시 후 풍운당 고수들과 복면인들의 뒤를 쫓던 뱀 떼는 서서히 뒤로 물러나기 시작했다. 그래서 얼마 지나지 않아 작은 뱀들의 뒤에 있던 두 마리의 거대한 흑사가 가장 앞에 나서는 형국이 되었다.

캬오오!

두 마리의 거대한 흑사는 뒤로 물러나는 작은 독사들을 막

으려는지 연신 입으로 거친 괴음을 토해냈지만 연무에 쫓겨
물러나는 독사들의 움직임을 막을 수 없었다. 그렇게 독사들
의 추격이 정지된 상황에서 검은 물체가 날아왔던 숲으로부터
노기가 깃든 음성이 들려왔다.

"요물들이 사람의 일에 관여하다니, 과연 이 노류지에 천리
를 어기는 자들이 도사리고 있었구나."

그리고 그 말이 끝나기도 전에 숲에서 다섯 명의 노인이 모
습을 드러냈다.

파파팟!

노인들은 일단 숲에서 모습을 드러내자 아름드리나무에서
뻗어 나온 가지들을 가볍게 밟으며 무서운 속도로 장원을 향
해 돌진했다. 어떤 자는 검을, 어떤 자는 도를 들고 있었고, 또
어떤 자는 적수공권이었으나 그들의 무공은 한눈에 봐도 평범
한 강호고수가 아니었다.

"누구죠?"

어느새 자신들의 머리를 날아 넘는 다섯 고수를 보며 추산
이 물었다. 그러나 무불장의 고수 중 새롭게 장내에 등장한 고
수들의 정체를 알아보는 사람은 없었다. 하지만 그들의 정체
는 곧 밝혀졌다.

"원로원의 노사들께서 오셨다! 이제야말로 남련의 힘을 보
여줄 때다! 노사들의 뒤를 따른다!"

풍우당의 고수들 중 한 명의 입에서 사기충천한 외침이 흘
러나왔다. 그러자 괴고수들과 뱀 떼의 공격에 밀려 뒤로 후퇴

하던 남련 풍운당의 고수들이 순식간에 기세를 올리며 물러나
는 뱀 떼를 따라 장원을 향해 돌진하기 시작했다. 그렇게 다섯
고수의 등장으로 싸움은 새로운 상황으로 전개되기 시작했다.

"요물들!"

새롭게 장내에 등장한 고수 중 두 노인이 각기 거대한 흑사
한 마리씩을 상대하기 시작했다. 그리고 나머지 세 명의 노인
은 뒤로 물러나는 독사들 사이를 박차고 날아올라 순식간에
장원의 담을 넘으려 했다. 하지만 그들의 의도는 쉽게 달성되
지 않았다. 장원의 담장 위에 늘어서 있던 오 인의 괴고수 중
셋이 그들을 향해 마주 달려나왔기 때문이었다.

"크크, 이제야 싸워볼 흥미가 생기는군."

거대한 대도를 머리 위로 치켜든 거인 천괴의 입에서 진득
한 살소가 흘러나왔다. 동시에 번개처럼 움직인 그의 신형이
장원을 향해 날아가는 남련의 노고수 중 도를 쓰는 자와 격돌
했다.

콰쾅!

천괴의 대도와 남련 노고수의 도가 격돌하며 천지를 진동시
키는 굉음이 일어났다.

차차창!

뒤를 이어 다시 두 개의 충돌음이 일어났는데, 십자륜의 괴
고수 수마가 남련의 고수 중 권(拳)을 쓰는 고수와 격돌했고,
장창을 쓰는 사신은 검을 쓰는 남련의 노고수와 격돌하기 시
작했던 것이다.

　그렇게 장내에 남련의 고수들과 노륙지의 괴고수들이 뒤엉킨 일대격전이 벌어지기 시작했다. 동시에 남련 풍운당의 고수들과 복면인들이 다시금 물러나는 뱀 떼를 따라 장원의 담장을 날아 넘기 시작했다. 그러자 뒤에 남아 있던 괴고수 중 풍마와 피리를 불어 뱀들을 조종하던 음침한 인상의 키 작은 노인이 몰려드는 침입자들을 막기 위해 동분서주하기 시작했다.

　"이래서야 쉽게 승패가 결정되겠는데요?"

　추산이 치열한 난전이 벌어지는 장내를 보며 말했다.

　"아무래도 그렇겠지? 아무리 저 괴고수들의 무공이 대단하다 해도 숫자에서 너무 밀리는 상황이야. 더군다나 새로 등장한 남련의 저 다섯 고수는 정말 무섭군. 풍운당주 이곤에게 뒤지지 않는 고수들로 보이는데?"

　대웅산이 추산의 말을 받았다.

　"풍운당주가 흑색 첩지를 보냈으니 저 정도의 고수가 오는 것이 당연한 일일 테죠. 그런데 풍운당주가 첩지를 보낸 것에 비하면 무척 빨리 이곳에 나타났군요. 남련은 이 노륙지와는 제법 멀리 떨어져 있는데… 결국 첩지를 받기 전에 남련에서 저들을 내보냈다는 말이 되겠어요. 더군다나 저들이 이곳에 온 고수들의 전부는 아닐 듯하군요."

　미심의 말에 추산과 대웅산이 미심을 돌아봤다.

　"그게 무슨 말이죠? 설마 저 다섯 고수 말고 다른 고수들이 더 있다는 말인가요?"

추산이 묻자 미심이 고개를 끄덕였다.

“남련에서 흑색 첩지가 돌면 적어도 절정고수 열 명 이상이 움직이는 걸로 알고 있어요.”

“흐흠, 그렇다면 저런 고수 다섯이 어딘가에 있다는 의미인데……?”

추산이 급히 주변을 돌아봤다. 하지만 그의 눈에는 누구의 모습도 들어오지 않았다. 그러자 고검이 담담한 목소리로 입을 열었다.

“모습을 보이지 않는 자들이 어찌 그들뿐이겠느냐? 이미 노류지에서 강호인들의 발걸음을 막았던 저 여섯 명의 괴고수가 모두 이곳으로 물러나 있으니 이번 사건에 연관되어 노류지로 들어온 고수들은 모두 이 근처에 집결하고 있을 것이다. 그중에서도 동궁과 이 일의 직접적인 당사자인 벽산철가의 사람들은 반드시 어딘가에서 이 싸움을 지켜보고 있겠지.”

“그렇겠군요. 동궁과 벽산철가의 고수들이 이곳에 와 있지 않을 리가 없지요. 역시 우리는 굳이 서둘러 앞으로 나설 이유가 없겠군요.”

추산이 얼른 고개를 끄덕였다.

“싸움 구경이나 더 하자고. 조금만 더 때려대면 이 일의 주재자이자 저 여섯 괴고수들의 주인이 모습을 드러내지 않고는 배기지 못할 것 같은데?”

대웅산이 흥미진진한 얼굴로 장내의 싸움을 바라보며 중얼거렸다. 그리고 대웅산의 말처럼 싸움의 양상은 서서히 변해

가고 있었다. 이곤을 상대하는 마검과 남련의 세 고수를 상대하는 괴고수 삼 인은 자신의 상대와 대등한 싸움을 벌이고 있었지만, 두 명의 남련 절정고수를 상대하는 두 마리의 흑사는 이제 목숨을 걱정해야 할 정도로 궁지에 몰리고 있었고, 사방으로 움직이며 남련 풍운당의 고수들과 복면인들을 막아내고 있는 여고수 풍마와 뱀을 움직이는 키 작은 인물 역시 서서히 그 방어막에 빈틈을 보이기 시작하고 있었다.

그렇게 전세가 서서히 침입자들 쪽으로 기울어져 곧이라도 일단의 고수들이 담장을 넘어 장원 안으로 쏟아져 들어갈 것 같은 상황이 전개될 때 갑자기 장원 안으로부터 종소리가 울려 나오기 시작했다.

뎅뎅뎅뎅!

일정한 간격을 두고 울리는 종소리는 어둡고 음침한 장원의 분위기와 달리 너무 맑고 투명해 싸움에 몰두해 있던 장내 고수들의 정신을 시원하게 해주는 힘이 깃들어 있었다.

그래서인지 치열한 공세를 퍼붓던 침입자들의 공세가 잠시 멈칫하는 사이 순식간에 장원의 담장을 방어하던 괴고수 여섯 명이 자신이 상대하던 자들을 놓아두고 장원 안으로 후퇴하는 것이었다.

"흥! 역시 잘 훈련된 개들이군."

자신을 상대하던 마검이 종소리를 쫓아 장원 안으로 사라지자 이곤의 입에서 한마디 비웃음이 흘러나왔다. 그런 그의 곁으로 잠시 공격을 멈춘 풍운당의 고수들과 새롭게 싸움에 참여한 다섯 명의 남련 노고수들이 몰려들었다.

"당주, 우리가 너무 늦은 것은 아닌지 모르겠소이다."

다섯 명의 남련 노고수 중 한 명이 풍운당주 이곤에게 가볍게 고개를 숙여 보였다. 그러자 이곤이 고개를 저었다.

"때 맞춰 잘 와주셨소이다. 첩지를 보낸 것이 오래되지 않아 이렇게 빨리 와줄 거라고는 미처 생각지 못하고 있었소이다. 다섯 분이 아니셨다면 본 련은 이번 행사에서 큰 곤욕을 치렀을 겁니다. 물론 지금까지의 손실도 적지만은 않소이다만……."

"보내신 소식은 보았소이다. 다행히 련주께서 당주께서 보내신 전서가 도착하기 전에 이곳의 일이 심상치 않다고 느끼셨는지 우리 늙은이들 다섯과 삼군의 수뇌부 열 명을 미리 태호로 출발시켰기에 당주가 생각하시는 것보다 빨리 도착할 수 있었소이다."

"그랬구려. 역시 련주께서는 선견지명이 있으신 분이구려. 그런데 삼군의 고수들은 어디에 있소이까?"

"장원의 후미 쪽으로 돌아갔습니다만……."

그러자 이곤이 눈살을 찌푸렸다.

"음… 이 장원에 똬리를 틀고 앉아 이번 일을 꾸민 자들은 보통 자들이 아니오. 삼군의 수뇌들이라도 단 열 명이서 장원으로 진입하면 어떤 위험이 따를지도 모르는 일이오."

"그들만 움직인 것은 아닙니다. 벽산철가에서 만금을 풀어 초청한 고수 삼십여 명이 벽산철가의 무총관들과 함께 움직였으니 크게 걱정하지 않으셔도 될 겁니다.”

노고수의 말에 이곤이 그제야 안색을 풀며 고개를 끄덕였다.

“그렇다면 적이 안심이구려. 그런데 혹 동궁의 고수들을 만나지 못했소이까?”

“저도 그게 이상하오이다. 이곳까지 오면서 동궁의 고수들은 코빼기도 보지 못했소이다.”

원로원의 고수라는 자가 고개를 갸웃거렸다. 그러자 이곤이 눈살을 찌푸리며 중얼거렸다.

“애초부터 세력 대결은 피하고 어부지리를 노리겠다?”

“본시 동궁의 행사는 대부분 그렇지요.”

노고수가 이곤의 말에 고개를 끄덕였다. 그러자 이곤이 고개를 돌려 숲의 그림자가 길어져 서서히 어둠에 싸여가는 장원을 바라봤다.

“그렇다면 그들에게 기회를 줘선 안 되겠군.”

“노륙지에 와 있는 본 련의 전력이라면 그들에게 돌아갈 기회는 없을 거외다.”

원로원의 고수가 자신감이 가득 찬 목소리로 말했다.

“하지만 조심해야 하오. 이번 일은 변수가 너무 많아 당장 이 장원에 든 자들의 정체도 정확하게 모르고 있지 않소이까? 그들이 과연 무슨 목적으로 이 일을 벌인 것인지… 과연 그들이 단지 물건에 욕심이 나서 벌인 것인지, 아니면 벽산철가에 원한이 있는 자들인지, 아니면 또 다른 목적이 있는 것인지 말이오."

"그들의 수괴를 만나보면 답이 나오겠지요."

노고수의 말에 이곤이 고개를 끄덕였다. 그리곤 단호한 목소리로 명을 내렸다.

"장원으로 진입한다. 모두 대형을 갖춰 적의 기습에 대비하라. 혹여라도 일이 길어져 날이 저물게 되면 절대 혼자 움직이지 마라. 명을 어기는 자는 즉참하겠다."

그러자 그의 뒤에 서 있던 십여 명의 풍운당 고수들이 일제히 허리를 숙였다.

"존명!"

수하들의 답을 들은 이곤이 이번에는 다섯 노고수들을 바라봤다.

"이자들의 행사는 워낙 괴이막측하니 다섯 원로께서도 각별히 조심하시기 바라오."

"이미 그들과 한 번 겨뤄봤으니 어찌 방심하겠소이까?"

"좋소이다. 그럼 들어가 보십시다."

고개를 끄덕인 이곤이 시선을 돌려 고검과 추산을 중심으로 서 있는 무불장의 고수들을 슬쩍 바라봤다. 그러자 고검이 가볍게 고개를 숙여 보였다. 먼저 들어가 보라는 의미, 그러자 이곤도 마주 고개를 끄덕이고는 이내 자신이 선두에 서서 오래된 장원의 담을 날아 넘었다. 그리고 그 뒤를 지체하지 않고 남련의 고수들이 뒤따랐다. 그러자 한쪽에서 남련 고수들의 동태를 살피고 있던 복면인들 역시 남련 고수들에 뒤질세라 장원의 담장을 날아 넘는 것이었다.

"우리도 가야 하지 않나요?"

추산이 조금 조급한 표정으로 고검을 돌아봤다. 그러자 고검이 고개를 끄덕였다.

"가봐야겠지. 남련의 정예 고수들이 나섰고, 벽산철가가 만금을 들여 초청한 고수들까지 왔다니 너무 늦는다면 이 음모의 주재자를 만날 기회도 없을 테니까."

고검의 말에 대웅산이 앞으로 한 걸음 걸어나오며 말했다.

"앞은 내가 맡지요."

그리곤 훌쩍 몸을 날려 장원의 담장을 날아 넘기 시작했다.

장원은 밖에서 보던 느낌 그대로 어둡고 음습했다. 아직 하늘에 태양이 남아 있었으나, 담장을 날아 넘자 마치 한밤중에 던져진 것처럼 사방을 분간하기 어려울 정도로 사위가 어두워졌다.

'어쩌면 진일지도……?'

추산은 고검의 뒤를 바싹 따르며 주변을 둘러봤다. 진에 관한 한 강호일절이라 불려도 좋을 추산이었다. 그의 첫 사부 자운 노사로부터 전해진 진법 중 벌건 대낮을 밤으로 바꿀 수 있는 방법 또한 여럿 있었다. 하지만 추산은 이내 고개를 저었다. 진을 설치한 흔적을 찾을 수 없었기 때문이었다.

"이거 사람 살던 곳 맞나?"

그때 선두에서 길을 열고 있던 대웅산의 의혹 어린 목소리가 들려왔다. 대웅산의 의문은 무불장의 고수 모두가 가지고 있는 것이기도 했다. 시야를 가리는 어둠 속에 묻혀 있는 장원은 사람들이 살았던 흔적을 찾아보기 어려웠다. 오히려 그것보다는 오래된 폐장원이라고 부르는 것이 더 어울렸다.

곳곳에 무너져 내린 담벼락과 떨어져 나간 문짝, 그리고 가을 서리를 맞아 어수선하게 말라 죽어 있는 풀들은 이 장원이 전혀 사람의 손길을 받지 못한 곳이라는 것을 말해주고 있었다.

"애초에 그들도 이곳에 살고 있지는 않았던 모양이군요."

대웅산의 말을 미심이 받았다.

"그렇다면 그들은 일부러 노륙지에 들어온 고수들을 이 장원으로 끌어들였다는 말인가요?"

추산이 미심을 돌아봤다.

"그럴 수도 있겠지요."

미심이 고개를 끄덕였다.

"그렇다면… 함정이라는 말인데?"

추산의 중얼거림에 무불장 고수들의 눈빛이 차갑게 변했다. 노륙지의 심처에 마련된 함정이라 또 어떤 위험이 도사리고 있을지 몰랐다. 더군다나 그것이 천하제일재가로 불리는 벽산 철가의 선단을 단 여섯 명의 인원으로 공격하여 그중 한 척을 탈취하고, 그 뒤를 쫓는 강호의 뭇 고수들을 노륙지의 험지에서 도살한 자들이 만든 것이라면, 함정은 생각 외로 위험할 수 있었다.

"저곳에 몰려 있군요."

각자의 머릿속에 저마다 함정이라는 단어가 맴돌고 있을 때 다시 선두에 선 대웅산의 목소리가 들려왔다. 고검과 추산 역시 대웅산의 말에 머릿속에 이는 생각들을 멈추고 전방을 주시했다. 그러자 과연 삼십여 장 앞쪽에 수십 명의 무림인들이 도검을 든 채 크게 원을 그리고 서 있는 모습이 눈에 들어왔다.

"생각보다 많군요."

추산이 말했다.

"아마도 다른 방향에서 진입한 사람들이 합류한 모양이다. 흉수들이 오직 그 여섯 명의 괴고수들뿐이었다면 다른 방향에서 장원으로 진입하는 고수들을 막을 수는 없었겠지."

고검이 담담한 목소리로 추산의 말에 대꾸하는 사이 무불장의 고수들은 어느새 장원의 심처에 형성되어 있는 거대한 공터에 도달해 있었다. 공터는 직경 이십여 장의 넓이로 장원의 크기에 비하면 꽤 넓은 편이었는데 반원형의 모양을 이루고 있었고 그 안쪽에는 높이 십여 장에 이르는 오래된 석탑이 하나 서 있었다.

그리고 그 석탑 앞, 지금껏 노류지에서의 모든 일을 주도한 여섯 명의 괴고수들이 여유있는 표정으로 늘어서서 공터를 빙 둘러 에워싼 강호의 수십 명 강호고수들을 오연한 표정으로 응시하고 있었다. 그들의 표정에서는 궁지에 몰린 자들의 초조감이나 불안감을 전혀 찾아볼 수 없었다.

“이제 또다시 어디로 도주할 것이냐?”

침묵 속에 여섯 명의 괴고수를 바라보고 있던 강호의 고수들 중 한 명이 앞으로 나서며 차갑게 일갈했다. 남련 풍운당주 이곤이었다. 현재 장내에 모인 고수들 중 이곤의 명성에 견줄 만한 자가 없었으므로 이곤이 강호의 고수들을 대표에 앞으로 나선 것은 당연한 일이었다. 그러자 이곤의 질타에 응대해 여섯 명의 괴고수 중 마검이라 불린 자가 앞으로 나섰다.

“훗, 정작 물건을 잃어버린 자들은 가만있는데 제삼자가 앞에 나서다니 경우에 맞지 않는 것 아닌가? 물론 천하사패의 안하무인이야 이미 오래된 이야기이긴 하지만 말이야.”

괴고수 마검이 말을 하면서 이곤을 한 번 바라보고는 이내 시선을 돌려 동쪽 편에 몰려 서 있는 일단의 강호인들을 바라봤다.

“그로군요.”

추산이 낮은 목소리로 고검에게 속삭였다.

“벽산철가는 이번 일의 당사자니 그와 그의 동료들이 이곳에 있는 것은 당연한 일이겠지.”

고검이 추산의 말에 대답했다. 두 사람의 시선을 받고 있는 인물은 벽산철가의 십이 총관 중 무총관 육 인에 속하고 그중 가장 강한 고수로 알려진 황패였다. 고검과 추산은 이미 노륙지의 입구에서 황패를 만났었으므로 쉽게 그를 알아볼 수 있었다. 그의 뒤쪽으로는 삼십여 명의 고수들이 늘어서 있었는데 그중에는 벽산철가 소속의 고수들도 있었고 벽산철가가 만금을 들여 강호에서 초빙했다는 고수들도 있었다.

"물론 본 가가 이 일의 직접적인 당사자이기는 하지만 대남
련 풍운당주께서 앞에 나서주신다면 본 가는 오히려 고마울
뿐이지요."

황패가 괴고수 마검의 말을 일축하며 이곤에게 가볍게 고개
를 숙여 보였다. 그러자 이곤 역시 황패를 향해 고개를 한 번
까딱였다. 아무리 벽산철가가 강호의 재력가 중 첫째 둘째를
다툰다고 하더라도 남련 풍운당주의 명성을 존중하지 않을 수
없었다.

"흥, 역시 강호는 사패의 것인가? 대벽산철가조차도 남련의
위세 앞에서는 꼬리를 내리니 말이야. 하지만 난 그대의 말이
과연 진심인지 확신할 수가 없군."

마검이 황패를 진득한 시선으로 보며 말했다.

"무엇이 진심인지 알기 어렵다는 말인가?"

황패가 차가운 시선으로 마검을 보며 물었다.

"후훗. 사패의 고수를 존중하는 그 태도 말이오. 과연 벽산
철가는 진심으로 사패를 존중하고 있다 말할 수 있소?"

마검이 빙글거리는 표정으로 말했다.

"흥, 어줍잖은 이간계를 쓰고자 하는 것인가?"

두 사람의 대화를 듣고 있던 이곤이 차가운 냉소를 흘려내
며 대화에 끼어들었다. 그러자 마검이 고개를 저으며 말했다.

"이간계라… 뭐, 지금 상황에서 그것도 쓸 만한 계책이기는
하지. 우리 여섯 사람이 아무리 천의무봉한 무공을 지니고 있

다 하더라도, 오늘 이 장원에 모인 수십 명의 강호고수들을 상대하기는 어려울 테니까. 하지만 내가 꼭 이간계를 쓰고 있는 것만은 아니라는 사실을 이곤 당신도 어느 정도 짐작하고 있을 터인데……?"

마검이 이곤의 눈을 뚫어져라 바라보며 말했다. 마치 자신의 말에 이의를 다는 것을 용납하지 않겠다는 표정으로.

"오늘 우리가 이 음습하고도 괴이한 장원에 모인 것에 다른 의미를 부여할 필요는 없다. 오직 강호의 도의를 저버리고 함부로 타인의 물건에 손을 댄 악인들을 추궁하면 그뿐, 더군다나 너희들은 험한 노류지를 방패 삼아 수많은 남련 고수들을 살상했으니 어찌 이번 일이 벽산철가의 일이라고만 할 수 있겠느냐?"

"후홋, 껄끄러운 일은 뒤로 미루시겠다? 과연 노련한 풍운당주다운 결정이오. 그런데 만약 우리가 도검을 놓고 항복을 하겠다면 누구에게 해야 하는 것이오? 벽산철가에서는 그때에도 우리가 남련 풍운당에 몸을 의탁하는 것을 두고 보시겠소?"

마검이 벽산철가의 황패를 보며 물었다. 마검의 말은 의외였다. 이곳에 모인 강호의 고수들은 괴고수들에게 항복을 종용하기는 했지만 실제로 그들이 도검을 버리고 항복할 것이라고 생각하는 사람은 아무도 없었다. 그들의 무공과 그들이 지금껏 벌여온 일들을 생각할 때 이 괴고수들은 죽음이 그들을 찾아들 때까지 절대 무릎을 꿇을 인물들이 아니었던 것이다.

"진정 도검을 버리고 항복할 생각이 있기는 한 것이냐?"

황패가 상대의 진의를 믿을 수 없다는 듯 물었다. 그러자 마검이 정색을 하며 대답했다.

"누구에게 무릎을 꿇으면 되겠소?"

마검의 웅대는 완전히 그를 상대하는 이곤과 황패의 의중을 벗어나 있었으므로 황패 역시 쉽사리 대답을 하지 못했다. 이번 일이 시작된 것은 벽산철가의 선단을 이들 여섯 괴고수가 공격한 것으로부터였으니 그들이 항복을 하겠다면 당연히 벽산철가의 고수들 앞에 무릎을 꿇어야 할 것이다. 그러나 또한 황패는 이 장원에서의 일을 풍운당주 이곤이 주도하는 것에 동의했으므로 괴고수들의 무릎을 꿇을 대상이 풍운당주 이곤이라 하여 잘못된 것은 아니었다.

물론 한쪽이 양보를 하면 간단한 문제이지만, 벽산철가의 고수들을 이끄는 황패나 풍운당주 이곤 누구도 선뜻 여섯 괴고수를 상대방에게 양보하겠다는 말을 하지 않았다.

"자, 누구에게 무릎을 꿇으면 되겠소? 아니, 벽산철가와 남련만 있는 것은 아니군. 여기 얼굴을 가린 분들도 있으시고, 또 애꿎게 이번 일에 말려들어 멸문의 위기에 처한 금오표국과 그들이 고용한 강호제일의 황금충 무불장의 고수들도 있으니, 항복을 하려 해도 도대체 누구에게 항복을 해야 할지 모르겠군."

마검이 진지한 표정으로 고개를 갸웃거리며 중얼거렸다. 그리고 그의 말처럼 지금 장내에 모여 있는 강호고수들은 모두 제각기 그 목적이 달랐으므로 누구도 이 여섯 괴인을 상대에게 양보할 생각이 없는 사람들이었다. 그렇게 괴고수 마검이 던져 놓은 질문을 놓고 장내의 분위기가 답답하게 흐를 찰나 갑자기 마검이 크게 웃어댔다.

"하하하! 이제 보니 아무도 양보할 생각이 없는 모양이구려. 그렇다면 이 마검이 손쉬운 해결책을 제시하겠소."

그러자 복면을 하고 있는 이십여 명의 인물 중 하나가 불쑥 입을 열어 마검에게 물었다.

"해결책이 뭐냐?"

그러자 마검이 히죽 웃음을 지었다.

"모두 알다시피 강호에는 수많은 정의협사와 악인들이 뒤 섞여 있소. 하지만 그들 모두가 따르는 하나의 규칙이 있으니 그건 바로 강자존(强者存)이라는 불문율이요. 그러니 오늘의 이 문제 또한 그 규칙에 따르는 것이 좋지 않겠소?"

그러자 이곤의 얼굴에 비웃음이 떠올랐다.

"결국 결론은 이간계였군. 우리끼리 비무를 펼쳐 강자를 고 르라는 말이 아니더냐?"

그러자 마검이 이곤을 보며 고개를 저었다.

"내가 당신들끼리 비무를 하라고 한들 당신들이 그 말을 따 르겠소? 내가 하는 제안은 그것이 아니오."

"그럼 무슨 말을 하고 싶은 게냐?"

"내 제안은 이렇소. 지금 이곳에는 여러 무리의 강호고수가 모여 있소. 그중 한 무리에서 한 명씩의 고수를 내시오. 그리 고 그 고수들이 우리 여섯 사람과 비무를 하는 것이오. 우린 우리 여섯 사람과 비무를 하여 우리를 제압한 사람에게 항복을 하도록 하겠소.”

마검의 새로운 제안에 장내의 고수들이 잠시 동요했다. 그들은 서로의 눈치를 보며 쉽사리 마검의 제안에 대한 답을 하지 않았다. 그러자 마검이 재차 입을 열어 장내의 고수들을 재촉했다.

“후후, 모두 자신이 없는 것이오? 하지만 대표를 내지 않는 곳은 우리를 손에 넣을 수 없을 것이오. 우린 단 한곳이라도 우리를 무공으로 꺾는 곳에 몸을 의탁할 것이니 말이오.”

마검의 말이 끝나자 먼저 풍운당주 이곤이 앞으로 나왔다.

“좋아. 너희들의 제안을 받아들이지. 이 이곤이 못다 한 승부를 보겠다.”

그러자 마검이 고개를 끄덕였다.

“남련이 뒤로 물러나지는 않을 것이라고 생각했소. 자, 다른 곳은 고수를 내지 않으시겠소?”

마검이 벽산철가와 복면인들, 그리고 무불장의 고수들을 보며 물었다. 그러자 벽산철가의 고수들 중 황패의 뒤쪽에 서 있던 노인 한 명이 앞으로 나섰다.

“벽산철가는 잃어버린 배를 찾고, 선단을 공격한 자들에게 빚을 받아내야 하니 당연히 이번 비무에 빠질 수가 없겠지.”

노인의 등장에 뭇 고수들을 충동질하던 마검도, 그리고 이미 앞으로 나서 있던 이곤도 의혹을 담은 눈으로 노인을 바라봤다.

“벽산철가를 이끌고 있는 사람이 벽산철가 최고수라 불리는 황 총관이 아니었던 모양이구려.”

마검이 깊은 눈으로 노인을 응시하며 물었다. 그러자 노인이 고개를 저었다.

“물론 벽산철가의 고수들을 이끄는 분은 여기 황 대협, 황 총관이 맞소. 다만 나는 벽산철가로부터 분에 넘치는 대접을 받은 터라 이 기회에 그 값을 좀 갚으려고 나선 것뿐이오.”

말은 그렇게 했지만 벽산철가의 고수들을 이끌고 있는 황패조차도 노인을 어려워하는 것이 분명해 보였다.

“벽산철가에서 이번에 만금을 들여 강호의 고인들을 초빙했다는 것은 익히 알고 있소. 혹, 노사의 존성대명을 알 수 있겠소?”

마검이 노인을 보며 묻자 노인이 이내 고개를 끄덕였다.

“뭐, 죄를 진 사람도 아니니 그대들처럼 정체를 숨길 이유가 없소. 난 만불통이라 불리는 늙은이요.”

노인의 입에서 자신의 이름을 흘러나오는 순간 장내 고수들의 얼굴에 경악스런 빛이 떠올랐다.

“저 노인네가 나타나다니, 정말 벽산철가의 재력이 무섭긴 무섭구나.”

대웅산의 입에서 감탄의 목소리가 흘러나왔다.

“도대체 저 노인이 누군데 다들 저리 놀라지요?”

추산이 호기심 가득한 얼굴로 물었다. 그러자 대웅산이 지체하지 않고 대답했다.

"그는 바로 과거 강호제이(江湖第二)의 청부객이라 불렸던 노인이야, 추 아우!"

"강호제이의 청부객이요?"

"그래, 강호제이의 청부객! 십여 년 전만 해도 강호제일(江湖第一)의 청부객은 천검 어른을 지칭하는 말이었지. 당시 저 만불통이라는 노인은 천검 어른과 겨룰 수 있는 유일한 황금충으로 불렸었지. 물론 천검 어른을 넘어서지는 못하고 황금충 중 영원한 이인자 소리를 들어야 했지만……. 그러다가 천검 어른께서 무불장을 만드신 후 이선으로 물러서시자 저 노인 역시 청부사 일을 그만뒀지. 그런데 그런 그가 십여 년 만에 강호에 모습을 드러내다니. 이 어찌 놀랄 일이 아닌가 말이야!"

대웅산이 놀란 표정으로 노인의 얼굴에서 눈을 떼지 못하며 말했다.

"과거 그렇게 잘나가던 청부사라면 그의 얼굴을 아는 사람이 적지 않을 텐데 왜 아무도 그를 알아보지 못한 거죠?"

추산이 고개를 갸웃거리며 물었다. 그러자 이번에는 고검에게서 그 대답이 흘러나왔다.

"사부님이나 만불통 어른이나 과거 극히 청부를 가려 받으셨다. 특히 사부님께서는 많은 금자가 필요했지만 만불통 어른은 그렇지 않았지. 해서 만불통 어른이 강호에서 수행한 청부는 사부님의 십분지 일도 되지 않았단다. 모두 해야 겨우 십여 개 정도의 청부를 수행한 것으로 알려졌지. 그러니 그의 얼굴을 아는 사람이 적은 것은 당연한 일이다.”

“사부님과 사형은 그를 만나보신 적이 있나요?”

추산은 고검이 만불통이라는 노인을 공경하듯 말하자 눈빛을 반짝이며 물었다. 그러자 고검이 미소를 지으며 대답했다.

“단 한 번 저분을 뵌 적이 있단다.”

그러자 추산뿐 아니라 무불장의 다른 고수들도 놀란 얼굴로 고검을 바라봤다.

“아니, 장주께서 저 늙은이를 만난 적이 있단 말입니까?”

대웅산이 확인하듯 되물었다. 그러자 고검이 고개를 끄덕였다.

“내가 사부를 따라 설연장을 떠나 무불장에 들어온 초기에 사부께서 날 데리고 서쪽 지방을 여행하신 적이 있었지. 그때 사천 성도에서 불쑥 한 명의 노인이 사부를 찾아왔다네.”

“그가 바로 저 노인이었나요?”

추산이 물었다.

“그렇다. 그가 바로 저분이셨다. 만불통 어른께서는 사부께서 청부 일에서 은퇴하신다는 소문을 듣고는 사부를 찾아오신 것이었다. 천하제일의 청부사가 은퇴하면 자신은 언제나 천검 능운백이라는 이름 뒤에 있어야 하는데 그게 싫으셨던 것이지.”

“결국 비무를 하자고 찾아온 거군요?”

“그렇다.”

“비무를 했나요?”

고검이 고개를 저었다.

"사부께서는 함부로 검을 드시는 분이 아니시지. 그리고 만불통 어른도 사부를 만나는 순간 검을 들어 사부와 대결할 생각을 깨끗이 접으셨단다. 이미 사부를 한번 뵙는 것만으로도 비무의 결과를 예측했기 때문이다. 그래서 두 분은 하루 동안 서너 병의 술을 마시는 것으로 처음이자 마지막 만남을 끝내시고는 헤어지셨지. 이후 사부님도 은퇴를 하시고 만불통 어른도 청부업에서 손을 떼었단다."

"음, 그런 일이 있었군요. 생각보다 깔끔한 성격을 가진 노인이네요. 자신의 부족함을 알고 깨끗이 물러났으니 말이에요."

"호탕한 성정을 지닌 분이라고 할 수 있지."

고검이 고개를 끄덕이며 말했다. 그런데 바로 그때 만불통이라 불린 노인이 멀리 떨어져 있는 고검을 향해 말을 걸어왔다.

"오랜만에 보는군."

그러자 고검이 얼른 앞으로 나서며 포권을 해 보였다.

"어르신께서는 여전히 정정하시군요."

"그런 말 말게. 벌써 허리가 굽고 있다네. 그래, 자네의 사부께서는 잘 계시겠지?"

"사부님은 역시 여전하시지요."

"흐흠, 그러실 게야. 워낙 강건한 양반이니… 그나저나 청부를 받고 이곳에 온 것인가?"

“그렇습니다. 공격당한 선단에 속해 있던 금오표국의 청부를 받고 왔습니다.”

그러자 만불통이 고개를 끄덕였다.

“자네와 무불장의 명성은 듣고 있었네. 오늘 이 만불통은 조심해야겠어. 천검 노야야 그렇다고 하지만 그 제자에게까지 뒤질 수는 없으니 말이야. 자네 역시 이번 비무에 나서겠지?”

만불통이 고검에게 묻자 고검이 대답을 하지 않고 무불장의 고수들을 돌아봤다.

“누구 저들과 겨뤄보고 싶은 분이 있습니까? 없으시다면 제가 나서도록 하지요.”

그러자 대웅산과 조오현이 동시에 앞으로 나섰다.

“제가 맡지요.”

“난 처음부터 저 대도를 쓰는 작자와 한판 붙고 싶었수, 장주!”

두 사람이 동시에 나서자 고검이 잠시 생각에 잠겼다가 입을 열었다.

“이번 일은 아무래도 조 노사께서 나서시는 것이 좋을 것 같군요. 웅산, 네가 양보해라.”

第十章

황금선(黃金船)

질척한 어둠이 내려앉기 시작했다. 장원은 애초부터 어두웠는데 해가 지기 시작하자 이내 사물을 분간하기 어려울 정도의 어둠에 휩싸였다. 그 어둠 속에서 노륙지의 괴고수들과 비무를 벌이기 위해 네 명의 고수가 나섰다.

화악!

비무를 위해 나선 네 명의 고수를 환영이라도 하듯 여섯 명의 괴고수 뒤쪽에 서 있던 석탑에서 십여 개의 횃불이 솟구쳤다. 그러자 해가 지면서 찾아들었던 어둠이 순식간에 물러가고 수십여 장의 공터가 대낮처럼 밝아졌다.

"미리 준비를 한 모양이군요."

추산이 살짝 눈살을 찌푸리며 말했다.

“그런 모양이구나.”

고검은 묵묵히 고개를 끄덕였다.

“준비를 했다는 것은 그들이 이런 상황을 계산에 넣고 있었다는 것 아니겠어요? 이 비무는 필요없는 일인지도 몰라요.”

“그렇다고 어찌하겠느냐. 이미 시작된 비무인 것을!”

“모두 힘을 합쳐 단번에 밀어붙이면 간단하게 해결될 일을 어렵게 가는군요.”

“후후! 그게 강호요, 무림이지. 지금 이 장원에 들어온 여러 세력들 중 순순히 다른 세력에게 저들을 양보할 곳은 없을 테니까. 그리고 이런 비무를 보는 것도 나름대로 좋은 기회가 아니겠느냐?”

“물론 싸움 구경이 나쁘다는 것은 아니에요. 단지 이 비무가 저들의 계획 중 일부라는 생각을 떨쳐 버리기 어려울 뿐이지요.”

“설혹 그렇다고 하더라도 거쳐야 할 단계면 거쳐야겠지.”

고검의 담담한 목소리에 추산이 어깨를 한 번 으쓱거리고는 장내로 시선을 돌렸다.

잠시 후 여섯 명의 괴고수 중에서 사 인이 앞으로 나섰다. 검을 쓰는 마검(魔劍)과 대도를 쓰는 천괴(天怪), 그리고 십자륜을 쓰는 수마(水魔)와 창을 사용하는 사신(死神) 이렇게 네 명이 풍운당주 이곤과 과거 천하제이 황금충 만불통, 그리고 정체불명의 복면인들의 우두머리와 조오현을 상대하러 나선 것이다.

"장소도 넓으니 우리 여덟 사람이 네 쌍으로 나뉘어 단번에 승부를 결해보는 게 어떻겠소?"

마검이 앞으로 나선 비무자(比武者) 사 인을 보며 물었다.

"굳이 시간을 오래 끌 필요는 없겠지."

이곤이 비무자들을 대신에 고개를 끄덕여 동의했다.

"후후, 좋소이다. 풍운당주와 나는 못다 한 승부를 결하면 될 것 같고 나머지 분들은 알아서 짝들을 찾으시기 바라오."

좁은 검신을 특징으로 하는 괴검을 빼 든 마검이 천천히 이곤을 향해 다가오며 말했다. 그러자 그의 뒤에 서 있던 세 명의 괴고수가 재빨리 걸음을 옮겨 비무를 하기 위해 나선 고수들에게로 다가가기 시작했다. 그러자 순식간에 비무의 상대가 정해졌다.

이곤은 마검을, 만불통은 천괴를, 복면인은 수마를, 그리고 조오현의 상대는 사신이었다. 그렇게 마주한 네 쌍의 비무자들은 잠시 서로를 응시한 후 누가 먼저랄 것도 없이 상대를 향해 달려들기 시작했다. 장내는 금세 여덟 명의 고수들이 일으키는 진기의 소용돌이로 빠져 들어갔다.

"칫, 저자는 내 상대였는데……."

대웅산이 입맛을 다시며 조오현을 상대하는 사신을 바라봤다. 그와는 이미 한차례 창술을 겨뤄봤던 대웅산이었다.

"대 형님은 그자보다는 천괴라는 거한을 상대하고 싶어하셨잖아요?"

추산이 대웅산을 보며 물었다.

"물론 그렇긴 해. 사실 저 사신이라는 자보다는 천괴라는 자가 좀 더 강해 보이니까 말이야. 하지만 사신이라는 자도 보통은 아니야. 그 창술이 강호에서 찾아보기 힘든 자지."

"무림에서 창을 쓰는 사람은 흔치 않죠."

"보통 창술이 익히기 쉽다지만 사실은 절정에 이르기는 창이 가장 어렵거든……."

대웅산이 자신의 창술에 대한 자부심을 드러내며 말했다.

"그나저나 어떻게 생각하세요? 조 노사께서 그를 이길 수 있을까요?"

그러자 대웅산이 고개를 갸웃거렸다.

"글쎄. 고수의 비무는 본래 상대적인 면이 있는지라 승패를 예측하기 어려워 뭐라 말하기 힘들군. 하지만 적어도 조 노사께서 패하지는 않으실 거야. 사신이란 자의 창술은 물론 강호 일절로 불려도 손색이 없지만 공력은 그리 강하지 않았거든."

"그렇다면 안심하고 싸움 구경을 해도 되겠군요."

추산이 적이 안심이 되는 얼굴로 장원의 너른 공터에서 벌어지는 네 쌍의 비무로 시선을 돌렸다.

네 쌍의 싸움 모두 쉽사리 승패가 갈리지 않았다. 네 개의 비무 모두 팽팽한 균형이 유지되고 있었다. 모두들 강호에 나서면 절정고수 소리를 들을 인물들인지라 뻗어내는 초식 하

나하나가 모두 절초였다. 덕분에 싸움을 구경하는 사람들 입
장에서는 보기 드문 눈요기를 할 수 있는 기회를 잡은 셈이었
다.

네 쌍의 싸움 중 가장 사람들의 눈길을 끄는 싸움은 과거의
천하제이청부사 만불통과 천괴라는 괴고수의 싸움이었다. 다
른 세 쌍의 싸움은 절제된 진기의 사용과 상대의 빈틈을 찾는
정중동의 싸움이라면 천괴와 만불통의 싸움은 힘과 힘의 대결
로 이어지고 있었기 때문이었다.

천괴는 익히 사람들의 눈에 익은 대도를 휘둘러 폭풍을 일
으키고 있었고 그를 상대하는 만불통은 어른 팔 길이 정도의
강철로 된 봉을 사용했다. 그런데 그 철봉의 움직임이 사람들
의 눈이 쫓지 못할 만큼 빠르고 화려해 능히 천괴의 대도가 지
닌 천 근의 공력을 상대해 내고 있는 것이었다.

"늙은이가 제법이구나."

천괴가 자신의 무지막지한 공격을 능숙하게 받아내는 만불
통을 향해 소리치며 대도를 일직선으로 내리그었다.

"껄껄, 어둠 속에 숨어 음모나 꾸미는 놈이라 그런지 예의를
모르는구나. 내가 강호를 주유할 때 네놈은 애송이에 지나지
않았을 것을……!"

"흐흐, 나이가 들었으면 조용히 산속에 묻혀 살 것이지 왜
오지랖 넓게 강호 일에는 관여해 얼마 남지 않은 명을 단축하
려 드느냐?"

"본시 나이가 들면 오히려 남의 일에 참견하고 싶어지는 법

이란다. 너도 내 나이가 되어보면 알 것이다. 아니, 오늘 내 손에 죽을 테니 넌 영원히 그 이치를 모르겠구나."

두 사람의 설전도 비무에 못지않게 치열했다.

"늙은이 네가 늙었음을 이제부터 뼈저리게 느끼게 해주마!"

천괴가 자신의 가공할 도기를 능숙하게 받아내는 만불통을 보며 일갈을 터뜨리고는 잠시 공세를 멈추고 뒤로 물러났다. 그러자 만불통 역시 상대의 기세가 심상치 않음을 느끼고는 곤을 들어 자신의 전면을 방어하면 천괴의 다음 공격을 기다렸다. 그리고 찰나의 여유를 두고 천괴가 움직였다.

스스스!

천괴의 거대한 몸이 사람들의 시야에 흐릿한 영상만 남겨두고 사라졌다. 하지만 그가 어둠 속으로 몸을 숨긴 것은 아니었다. 그는 여전히 장내에 남아 있었고, 만불통의 주위를 회전하고 있었다. 단지, 그의 경공이 너무도 빨라 사람들의 시야에는 그의 흐릿한 잔영만이 보이고 있었던 것이다.

천괴가 극도의 빠름을 보이며 움직이자 만불통의 눈이 가늘게 떠졌다. 하지만 그는 천괴의 움직임에 동요하지 않고 땅 위에 다리를 고정시킨 채 오직 자신의 철봉 끝만을 노려보고 있을 뿐이었다.

위위윙!

어느새 바람처럼 움직이는 천괴의 몸에서는 기이한 파공음까지 흘러나오고 있었다. 어느 순간 어느 방향으로부터 공격을 해 들어갈지 누구도 예측할 수 없는 움직임, 만불통을 중심으로 회전하는 그의 신형이 방향을 바꾸는 순간 장내에 경천 동지할 일합의 충돌이 일어날 것이라는 것은 누구나 예측할 수 있었다.

하지만 천괴는 쉽사리 만불통을 공격하지 않았고, 만불통 역시 손가락 하나 까딱하지 않고 자신의 자리를 지키고 서 있 었다. 그래서 차갑게 긴장된 시선으로 두 사람의 싸움을 주시 하고 있던 장내 고수들의 눈빛에 약간의 지루함이 깃들려는 순간, 사람들의 방심을 일깨우려는 듯 만불통 주변 공기의 흐 름이 변했다.

우웅!

공기의 흐름이 변하며 일정하게 일어나던 파공음도 순식간 에 그 성질이 변했다. 동시에 거대한 대도가 불쑥 하늘로 솟구 치더니 유연한 곡선을 그리며 번개같이 만불통을 향해 날아갔 다.

"헛!"

그 속도와 힘이 수십 장 밖에서 비무를 관전하는 사람들에 게까지 느껴져 개중 일부의 입에서 헛바람이 새어 나왔다. 나 이 든 만불통의 몸은 천괴의 거대한 대도 앞에서 한순간에 스 러져 버릴 것처럼 나약해 보였다. 그리하여 만불통이 급기야 일진광풍에 휘말린 가랑잎 처지가 될 순간, 반개했던 만불통 의 노안이 번쩍 떠졌다. 동시에 그의 눈으로부터 형언할 수 없 이 밝은 안광이 토해졌다. 그리고 정지해 있던 그의 철봉 끝이 무서운 속도로 좌측 어깨 위로 움직였다.

콰콰쾅!

경천동지란 바로 이런 소란을 두고 생겨난 말일 것이다. 천괴의 도와 만불통의 철봉이 폭풍처럼 격돌하면서 장내의 대지를 뒤흔들었다. 두 사람의 병기가 교차하는 순간 일어난 강력한 기파가 공기를 응축시켰다가 한순간 폭발시킨 굉음에 두 사람의 비무를 주시하고 있던 수십 장 밖의 고수들까지도 몸을 떨었다.

"어이쿠야!"

대웅산의 입에서도 한마디 탄성이 흘러나왔다.

"어떻게 됐죠?"

일순간 바닥에서 일어난 먼지에 휘감긴 천괴와 만불통의 신형이 눈에 들어오지 않자 추산이 다급하게 물었다. 하지만 두 사람을 볼 수 없는 것은 다른 사람들도 마찬가지여서 추산의 물음에 답을 줄 사람은 없었다. 추산의 궁금함은 두 고수의 전신을 휘감았던 먼지들이 서서히 가라앉으면서 풀렸다.

"역시 승부를 가리지 못했는가?"

대웅산의 입에서 한마디 탄성이 흘러나왔다. 대웅산의 말처럼 천괴와 만불통 두 사람은 서로 병기를 맞댄 채 노한 눈으로 서로를 응시하고 있었다. 두 사람의 안색은 모두 파랗게 바래져 있었으며 입술은 어금니를 악다문 모양으로 굳게 다물어져 있었다.

"정말… 정말 보통 늙은이가 아니구나."

굳었던 입술이 풀어진 것은 천괴가 먼저였다. 그의 입에서 감탄인지, 아니면 상대에 대한 두려움인지 모를 음성이 흘러나왔다.

"네놈의 무공 역시 놀랍구나. 이 만불통 수십 년 강호를 종횡하며 황금충으로 살아왔지만 너보다 강한 자를 상대한 것은 오직 한 번뿐이었다."

그러자 천괴의 눈에 언뜻 호기심이 떠올랐다.

"끌끌, 나보다 강한 자를 만난 적이 있다니 그자가 누구인지 궁금하군."

목숨을 건 비무의 와중에 보일 수 없는 여유, 비록 노류지에 숨어 강호의 고수들을 공격했으나, 호방한 괴고수 천괴의 본래 성품이 잘 드러나는 순간이었다.

"그를 만나면 넌 단 십 초도 견디지 못할 것이다."

만불통이 상대의 심기를 긁어놓기라도 하려는 듯 비웃듯 말했다. 그러자 천괴의 볼이 한차례 씰룩였다.

"흥, 난 강호천하에 내가 십 초를 견디지 못할 인물이 있다고는 믿지 않는다."

"후후, 대단한 자신감이군. 물론 네 무공이 대단하긴 하다. 하지만 역시 그의 앞에서는 십초지적이 되지 못할 것이다. 나 또한 그의 앞에서는 아예 이 철봉을 꺼내 들지 못하고 패배를 인정했으니까."

"도대체 그자가 누구냐, 늙은이!"

만불통이 봉을 꺼내 들지도 못하고 패배를 인정했다는 말에 천괴가 믿을 수 없다는 표정으로 되물었다.

“너도 들어봤을 게다. 천하제일의 청부사 천검 능운백이라
는 이름을!”

“천검 능운백!”

천괴의 입에서 나직한 뇌까림이 흘러나왔다. 그리곤 이내
그의 고개가 끄덕여졌다.

“그라면… 그라면 그럴지도 모르지. 나 역시 그분 앞에서는
도를 꺼내 들지 못했으니까.”

순간 이번에는 만불통의 얼굴에 의혹이 떠올랐다.

“그분?”

순간 천괴의 몸이 움찔거렸다. 그리곤 이내 차갑게 안색을
굳히며 음울한 어조로 말을 뱉어냈다.

“늙은이, 때가 되면 알게 될 테니 호기심은 잠시 접어두거
라. 그것보다는 못다 한 승부나 마주 겨루자꾸나.”

천괴가 그렇게 만불통의 호기심을 막아버리고는 훌쩍 몸을
날려 뒤로 물러나며 다시금 자신의 대도를 고쳐 잡았다.

“홍, 역시 네놈들 뒤에 만만찮은 자가 도사리고 있었군. 천
하팔대고수인 천검과 견줄 수 있는 자가 말이야.”

만불통이 뒤로 물러서는 천괴를 따라붙으며 소리쳤다. 한차
례의 격돌은 공수의 전환을 가져왔다. 자신의 전력을 쏟아 공
격을 가했던 천괴는 뽑아 올렸던 기운을 회복하기 위해 수세
로 돌아섰고, 천괴의 강력한 공격을 막아낸 만불통은 그 기회
를 잡아 공세로 나아갔다.

만불통의 철봉이 어지럽게 허공을 갈랐다. 얼핏 보면 마구

잡이로 휘두르는 듯한 모습이었으나 거기에는 수십 년 강호를 종횡한 노강호의 고절한 무공이 깃들어져 있어 자칫 실수하면 단번에 천괴의 머리는 만불통의 철봉에 박살이 날 상황이었다.

천괴는 몸을 움츠려 만물통의 예리한 공격을 막아내면서 서서히 한차례 광풍 같은 공격에 쏟아 부었던 공력을 회복하기 시작했다. 그렇게 두 사람은 공수가 바뀐 상태에서 또다시 난전 속으로 빠져들고 있었다.

네 쌍의 싸움 중 천괴와 만불통의 싸움이 사람들의 관심을 끌고 있었으나 그들의 곁에서는 화려하진 않지만 서로의 목숨을 노리는 세 개의 싸움이 함께 벌어지고 있었다. 그리고 사람들의 시선이 천괴와 만불통에 쏠려 있을 때 고검의 시선은 두 개의 십자륜을 쓰는 수마와 복면인의 싸움을 주시하고 있었다.

장내에 모여 있는 자들 중 노륙지의 괴고수들보다도 오히려 그 정체가 장막에 가려져 있는 자들이 있다면 그것은 바로 복면인들이었다. 그중에서도 복면인들을 이끄는 우두머리의 정체는 전혀 드러나 있지 않았으므로 고검이 복면인과 수마의 싸움에 관심을 가지는 것은 어찌 보면 당연한 일이었다.

그리고 그들의 싸움은 복면인의 정체를 알아내려는 목적이 아니더라도 충분히 관심을 가질 만큼 치열했다.

'조용하지만 치열하다. 또한 저자의 검은 간결하면서도 강력하니 검의 이치를 깨달은 자라 할 수 있을 것이다. 도대체 저런 정도의 무공을 지닌 자가 어째서 얼굴을 가리고 이 일에 뛰어든 것일까? 저자들의 정체는 무엇이란 말인가?

고검의 머릿속에 복면인에 대한 의구심이 강하게 솟구쳤다.

'어쩌면 저들은 이번 일의 최대 변수가 될 수도 있을 것이다.'

고검이 수마를 향해 날카롭게 검을 꽂아대는 복면인을 보며 생각했다. 복면인의 무공은 간결했다. 일체의 형식이 배제된 채 오직 상대를 베는 것에 충실하다는 의미에서는 살검에 가까웠으나, 살검치고는 현기가 배어나는 검법이라고 고검은 생각했다. 그리고 그러한 검법은 고검 자신의 검법과 맞닿아 있는 것이기도 했다.

수마와 복면인의 싸움은 거리의 싸움이었다. 수마의 십자륜은 적을 멀리 떨어뜨려 놓고 던져 내거나 아니면 완전히 밀착해 적수공권의 난전을 벌일 때 두 손에 잡고 휘두르기에 적당한 병기였고, 복면인은 검을 사용했으므로 멀지도 그렇다고 가깝지도 않은 거리를 유지한 채 적을 상대하는 것이 유리했다. 당연히 두 사람은 서로에게 유리한 거리를 확보하고자 치열한 공방을 주고받고 있었다.

수마가 십자륜을 던져 내기 위해 거리를 벌리고자 하면 복면인은 번개처럼 자신의 검기 안쪽에 수마를 두기 위해 접근했고, 그러면 수마는 이내 복면인의 품 안쪽으로 파고들며 검의 움직임을 막고 두 손에 든 병기를 유리하게 사용할 수 있는 접근전을 펼치려고 했다. 그러면 또다시 복면인은 수마가 자신에게 접근하는 것을 막아내며 상대와 일정한 거리를 유지하려 뒤로 물러나는 것이었다.

이 끊임없는 진퇴의 공방 속에서도 간간이 복면인이 뻗어내는 검기는 수마를 여러 차례 곤혹스럽게 만들고 있었다.

'전체적인 싸움의 양상은 복면인의 우위다. 하지만 그렇다고 쉽게 승부가 결정되지는 않을 것이다. 네 개의 싸움 모두 승패를 가리기에는 시간이 필요하겠군.'

고검이 살짝 고개를 갸웃거렸다.

'혹 시간을 벌려는 것인가?'

불현듯 고검의 머릿속에 한 생각이 떠올랐다. 노륙지의 괴고수들이 정말 비무에서 패할 경우 항복을 할 것이냐의 문제는 그리 오래 생각할 필요 없이 결론이 나는 문제였다.

그들은 항복을 할 자들이었다면 노륙지의 험지를 근거로 수많은 강호고수들의 목숨을 빼앗았을 리 없었다. 또한 그들 한 사람 한 사람이 결코 평범한 강호의 무사가 아니었으므로 목숨을 버릴지언정 상대에게 무릎을 꿇을 인물들도 아니었다.

그럼에도 불구하고 그들이 장원을 찾은 여러 세력의 고수들 중 대표자를 나서게 해 비무에 돌입한 이유가 무엇일까. 물론 이런 의문은 마검이 비무를 요구했을 때 이미 장원에 모여든 모든 세력들이 한 번쯤 가져보았을 의문일 것이었다. 하지만 어쨌든 괴고수들을 제압하는 것이 우선이었으므로 그 한 방법으로 마검의 비부 제안을 순순히 받아들였을 것이다.

‘물론 괴고수들은 전면전을 벌였을 때 세력 면에서 도저히 감당할 수 없는 상황이기에 비무를 유도했을 수도 있다. 하지만 설혹 자신들이 비무에서 이긴다고 해도 몰려든 강호고수 전부를 몰아낼 수는 없는 일, 다른 목적이 이 비무에 있다고 보는 것이 맞을 것이다. 그렇다면……’

비무란 시간이 제법 걸리는 싸움 방식이다. 그것도 서로의 실력이 팽팽히 맞서는 고수들 간의 비무는 더더욱 시간이 많이 걸리는 법, 시간을 끌기에 이보다 더 좋은 방법은 없었다. 고검이 싸움에서 시선을 돌려 추산과 대웅산에게 말했다.

“잠시 주변을 돌아봐야겠다.”

그러자 추산과 대웅산이 의아한 눈으로 고검을 바라봤다.

“주변을 돌아보다뇨?”

추산이 물었다. 그러자 고검이 나직한 목소리로 대답했다.

“비무를 벌여 시간을 번 자들이 할 수 있는 일이 뭐가 있겠느냐?”

그러자 추산의 눈이 반짝였다. 그리곤 이내 고개를 끄덕였다.

“그렇군요. 그들이 굳이 비무 대결로 상황을 이끈 것은 장원에 모여든 고수들의 시선을 돌리고 시간을 벌기 위함일 수 있겠군요. 시간을 벌기를 원했다는 건 그 시간에 할 일이 있다는 의미고… 그래서 사형은 지금 그들이 시간을 벌어 하고자 하는 일이 뭔지 알아보시려는 거군요.”

고검이 고개를 끄덕였다.

"그럼 저도 같이 가요."

추산이 호기심 가득한 얼굴로 말했다. 그러자 고검이 고개를 가로저었다.

"지금 노류지에 들어온 고수들은 대부분 이곳에 몰려 있다. 비록 저 괴고수들을 공통의 적으로 두고 있다지만 각 세력이 한편이라고 말할 수는 없다. 다시 말해 이곳에서 어떤 사단이 벌어질지 모른다는 의미다. 사제와 웅산은 이곳에 남아 만약의 일에 대비하거라. 이미 조 노사가 싸움에 참여했으니 많은 사람이 이곳에서 빠질 수는 없다. 미 부인께서는 저와 함께 가시죠."

"알겠어요, 장주. 그렇게 하죠."

미심이 고개를 끄덕였다. 고검의 말에 추산은 실망스런 표정을 지었지만 그렇다고 고집을 부릴 상황이 아니었으므로 순순히 고개를 끄덕였다.

"알았어요, 사형!"

"이곳은 걱정 말고 다녀오시우, 장주! 나와 추 동생이 있고, 또 금오표국의 고수 분들이 계시니 별일없을 겁니다."

"하지만 방심은 금물이야."

고검이 진지한 눈빛으로 대웅산을 보며 말했다.

"걱정 마시우. 내가 보기는 이래도 허투루 일하는 사람은 아닙니다. 더군다나 추 아우는 누구보다 머리가 빨리 돌아가니 위험이 닥치면 적절히 대처할 수 있을 겁니다."

그러자 고검이 고개를 끄덕였다.

"두 사람을 믿겠네. 가시죠."

고검이 미 부인을 보며 말하자 미 부인이 살짝 고개를 끄덕였다. 고검은 시선을 돌려 네 쌍의 싸움을 잠시 바라보고는 천천히 뒷걸음질을 하여 장내에서 멀어졌다. 그리곤 이내 장내의 고수들이 눈치 채지 못하게 어둠 속으로 사라지는 것이었다.

괴고수들이 사수하려던 장원은 기이한 형태로 지어져 있었다. 나무를 적게 들이고 거대한 석재를 많이 사용해 만들어진 장원의 건물들은 마치 목재가 흔치 않은 서역에서 지어지는 건물들과 비슷했다. 가장 눈에 띄는 것은 기와를 얹은 지붕을 만들지 않은 점이었다. 지붕을 잘 가공된 돌과 차진 흙으로 마무리한 장원의 건물은 그래서 무공을 익힌 고수들이 날아오르기에도 좋았다.

처척!

고검과 미심이 석조 건물의 지붕 위에 날렵하게 날아내렸다. 그러자 어둠에 싸인 장원이 한눈에 들어왔다. 가장 먼저 눈에 들어오는 것은 역시 석탑을 중심으로 형성된 공터였다. 네 쌍의 싸움은 여전히 진행되고 있었고 석탑에서 피어오른 횃불들은 그 싸움의 정경을 건물 위에서도 볼 수 있을 만큼 밝게 타오르고 있었다.

고검은 잠시 공터에서의 싸움에 시선을 준 후 이내 고개를 돌려 횃불로 밝혀진 곳의 반대편을 바라봤다. 빛과 어둠의 경

계를 지나면서부터 다시금 노륙지의 음습한 어둠이 고검의 눈
에 들어왔다. 장원의 크기는 무불장의 서너 배 정도는 되어 보
였다. 그러나 돌담으로 둘러싸인 장원 안에 건물은 겨우 다섯
채에 지나지 않았다. 그나마 지금 고검이 올라 있는 건물을 제
외하고 나머지 건물들은 단층으로 지어져 있었고, 오랫동안
사람이 살지 않은 듯 이곳저곳이 허물어져 있었다.

고검의 시선이 황량하기까지 한 장원의 정원을 지나 북쪽으
로 향했다. 그러자 거대한 석벽이 고검의 눈에 들어왔다. 높이
가 수십 장에 이를 듯한 석벽은 이 괴이한 장원을 하늘로부터
가리려는 듯 위태롭게 앞으로 기울어져 있었다. 장원의 경계
는 바로 그 석벽의 초입까지 이어져 있었다.

고검이 손을 들어 석벽과 잇대어진 장원의 북쪽 끝을 가리
켰다. 그러자 미심이 조용히 고개를 끄덕였다. 동시에 두 사람
의 신형이 장원의 북쪽을 향해 날아가기 시작했다.

고검의 눈빛이 어둠 속에서 반짝였다. 어둠에 싸인 석벽의
아래쪽이 가까워질수록 고검의 몸은 미미하게 움직이는 그러
면서도 눈에는 보이지 않는 기운을 감지하고 있었다.

'사람이다.'

오직 장원의 공터에 모여 비무를 펼치고 있는 자들만이 존
재할 것 같았던 장원에 또 다른 사람이 존재하고 있었다.

'괴고수들의 동료인가? 아니면 또 다른 강호의 세력들인
가!'

지금 노륙지에 든 자들은 두 종류로 나눌 수 있다. 벽산철가의 선단을 공격한 괴고수들과 한패이거나 아니면 그들을 추격하는 강호의 고수들, 고검의 육감이 느끼고 있는 어둠 속의 인물들도 그 두 종류의 부류에서 벗어나지 않을 터였다.

고검의 발걸음이 좀 더 조심스러워졌다. 미심 역시 사람의 인기척을 느꼈는지 발소리를 죽이며 고검의 뒤를 따르고 있었다. 그리고 잠시 후 그들의 눈에 기이한 형상의 인물들이 들어왔다.

'저건……!'

고검의 눈이 가늘게 떠졌다. 그의 눈에 들어온 기이한 형상의 생명체들, 언뜻 보기에는 동물의 형상을 하고 있으나 그들은 또한 두 발로 땅 위를 걷고 있었다. 반인반수(班人班獸)의 생명체가 존재한다는 소문은 강호의 풍문에 간혹 등장하는 말이었지만, 그것은 어디까지나 풍문일 뿐이었다. 그런데 지금 고검의 눈앞에서 바로 그 반인반수의 모습을 한 생명체들이 움직이고 있었다.

'사람이다.'

하지만 고검은 이내 결론을 내렸다. 지금 눈앞에서 움직이고 있는 생명체는 사람이라고.

'그것도 고수들이고…….'

반인반수, 정확히 말하면 머리 위쪽에 늑대의 탈을 쓴 자들의 움직임은 극히 은밀했다. 장원의 북쪽 절벽 바로 아래로는 울창한 숲이 이어져 있었는데 늑대탈의 괴인들은 절벽에 뚫린 어둑한 동굴에서 나와 절벽과 잇대어진 숲을 따라 은밀히 이동하고 있었다. 그들은 바닥에 쌓인 낙엽 위를 이동하면서도 미세한 소음조차 흘려내지 않고 있었다. 무공을 익힌 고수가 아니라면 절대 불가능한 움직임이었다.

"머리에 늑대의 탈을 쓰고 있군요."

미심이 낮은 목소리로 고검에게 말했다. 고검이 고개를 끄덕였다.

"뭔가를 옮기는 듯하군요."

미심이 재차 입을 열었다. 고검이 다시 한 번 미심의 말에 고개를 끄덕였다. 늑대의 형상을 한 괴인들은 모두 다섯이었는데 그중 세 명의 어깨에는 그리 크지 않은 목함(木函)이 올려져 있었다.

"따라가 보죠."

고검이 미심에게 낮게 말을 건네고는 괴인들의 뒤를 밟기 시작했다.

숲은 갈수록 깊어졌다. 더불어 장원 근처의 숲에서는 느껴지지 않았던 습한 기운, 그러니까 노륙지 전체를 휘감고 있던 그 습한 기운이 다시금 느껴지기 시작했다. 동물의 탈을 쓴 오인의 괴인은 어느새 노륙지의 습지로 접어들기 시작했던 것이다. 고검과 미심은 습지의 기운이 느껴지자 괴인들과의 거리를 좀 더 가깝게 좁혔다.

괴인들은 노륙시의 지형에 익숙한 인물들, 자칫 잘못하면 그들의 흔적을 놓칠 수도 있기 때문이었다.

"습지로 들어가 수로를 따라 이동하려는 걸까요?"

미심이 재빨리 걸음을 옮기며 고검에게 물었다.

"그럴 가능성이 많겠죠. 북쪽 절벽으로 막힌 험산을 넘어 이동하지 않는 이상 노륙지의 수로를 따라 이동하는 수밖에 달리 방법이 없으니까요."

"그나저나 저들이 메고 있는 목함에는 뭐가 들었을까요?"

"글쎄요. 저도 그게 궁금하던 차입니다."

고검이 뚫어져라 괴인들이 메고 있는 목함을 바라봤다. 그런데 두 사람의 궁금증은 뜻하지 않은 방향에서 풀리기 시작했다. 어느 순간 갑자기 다섯 괴인의 걸음이 뚝하고 멈춰졌다. 그들의 앞쪽에 언제부터인지 한 명의 인영이 우뚝 서 있었던 것이다.

"누구냐?"

다섯 괴인 중 선두에 섰던 자의 입에서 날카롭고 음침한 목소리가 흘러나왔다.

"끌끌, 그거야말로 내가 묻고 싶은 말이다. 너희들은 대체 어떤 자들이기에 그런 괴상한 복장을 하고 있는 것이냐?"

다섯 괴인의 길을 막은 자의 입에서 여유로운 대답이 흘러나왔다. 목소리로 보아서는 육칠십은 되어 보이는 노인, 하지만 또한 노륙지의 험지에서 늑대 탈을 쓴 괴고수 다섯을 홀로 막아서면서도 전혀 두려움을 느끼지 않는 목소리이기도 했다.

"쓸데없는 호기심은 명을 재촉하기 마련, 오늘 우리의 갈 길이 바쁜 것을 다행으로 알고 물러나라. 물러나면 늙은이의 목숨은 건질 수 있을 것이다."

늑대의 탈을 쓴 괴인 중 한 명이 차가운 말을 뱉어냈다.

"후후, 나이가 들면 호기심은 많아지고, 죽음은 두렵지 않은 법이지. 난 그 늑대탈 속에 숨어 있는 너희들의 얼굴과 그 목함에 들어 있는 물건이 무엇인지 확인해야겠다. 자, 순순히 탈을 벗고 목함을 내려놓겠느냐? 아니면 이 늙은이가 한차례 고생을 해야겠느냐?"

"늙은이의 거짓말 중 하나가 빨리 죽고 싶다는 말이라던가? 좋아. 죽기를 소원하니 죽여줄밖에!"

늑대탈을 뒤집어쓴 괴인 중 한 명이 차갑게 냉갈하며 순식간에 노인과의 거리를 좁혔다.

파팟!

그리고 어느새 뽑혀진 날카로운 검이 땅 아래쪽으로부터 사선으로 그어지며 노인의 몸통을 베어갔다.

"헛! 과연 보통 놈들이 아니구나. 하지만 강호 늙은이의 손속은 생각보다 매운 법이란다."

노인의 신형이 나이에 걸맞지 않게 바람처럼 움직이며 괴인의 공격을 허리 아래쪽으로 흘려보냈다. 동시에 처음에 들고 있던 나무 지팡이가 손에서 사라지고 대신 언제 빼 들었는지 노인의 손에 한 자루 부채가 들려 있었다. 그리곤 재빨리 자신을 지나쳐 가는 괴인을 향해 가볍게 부채를 펼치는 것이었다.

"흡!"

그런데 그 가벼운 부채 짓에 괴인이 입으로 다급성을 토해 내더니 급하게 땅을 뒹굴었다.

파팟!

땅을 뒹구는 괴인의 몸 위로 노인의 부채에서 시작된 가느 다란 진기들이 지나쳐 그 너머의 굵은 나무 기둥에 박혀들며 미세한 소음을 일으켰다.

"후후, 동물의 탈을 쓰더니 과연 하는 짓도 그와 비슷하구 나. 땅 위를 뒹구는 것이 본시 동물들의 본성이 아니겠느냐?"

노인의 입에서 한마디 비웃음이 흘러나오더니 노인의 신형 이 허공으로 붕 떠올랐다. 그리곤 부채를 든 손과 다른 쪽 손 을 활짝 좌우로 벌린 채 땅 위를 뒹굴다 막 몸을 일으켜 세우는 괴인을 향해 날아갔다.

그것은 마치 거대한 독수리가 참새를 덮치는 듯한 모양으로 늑대의 탈을 쓴 괴인으로서는 도저히 자신을 향해 날아오는 노인의 공격을 피해낼 수 없을 것처럼 보였다. 하지만 경각의 위기에 몰린 늑대탈의 사내에게는 자신을 도와줄 동료가 있었 다.

"늙은이!"

낮고 음울한 뇌까림이 남아 있던 네 명의 늑대탈의 괴인들 중 한 명에게서 흘러나왔다. 동시에 그중 한 명이 재빨리 노인 을 향해 세 자루의 비도를 던져 냈다.

슈우욱!

비도는 빛과 같은 속도로 노인을 향해 날아갔다. 머리와 등의 정중앙, 그리고 왼쪽 다리를 향해 날아가는 세 자루 비도가 여지없이 노인의 몸을 관통할 것처럼 보였다.

"훗, 하는 짓도 음흉스럽구나."

노인의 입에서 한마디 비웃음이 흘러나왔다. 동시에 노인의 신형이 허공에서 한 바퀴를 빙글 돌았다. 그러자 노인의 몸이 있던 공간으로 세 자루의 비도가 매서운 파공음을 내며 지나갔다. 그러자 비도의 뒤를 이어 비도를 던져 낸 늑대탈의 괴인이 노인을 향해 닥쳐들었다.

순식간에 싸움의 양상이 변했다. 이제는 두 명의 늑대탈 괴인이 노인을 협공하는 형세가 된 것이다. 하지만 두 명의 협공을 받으면서도 노인은 전혀 당황하는 기색이 없었다. 오히려 노인의 얼굴에는 한줄기 미소마저 생겨나는 것이었다.

"생각 같아서는 하는 짓이 대견해 오래 놀아주고 싶지만 나도 바쁜 몸이라 언제까지 놀아줄 수는 없구나."

노인의 입에서 진득한 진기가 서린 음성이 흘러나왔다. 동시에 노인이 한 손으로 자신의 오른쪽 옆구리를 베어오는 적의 검날을 묘한 각도에서 밀어내며 훌쩍 두 명의 공격자로부터 멀어졌다. 그가 움직인 방향은 두 공격자가 움직이는 방향과는 반대였으므로 노인과 두 늑대탈 괴인의 간격이 순식간에 오 장여로 벌어졌다.

그리고 늑대탈의 괴인들이 재빨리 신형을 멈춘 후 재차 노인을 향해 몸을 날리려는 순간 노인이 가볍게 자신이 들고 있던 부채를 던져 냈다. 그러자 부채가 마치 가을바람에 날리는 가랑잎처럼 산들산들 움직이며 두 명의 괴인을 향해 날아가기 시작했다.

"무서운 노인이군요."

미심이 노인이 날린 부채가 살랑거리며 두 괴인을 향해 날아가는 것을 보고는 고개를 저었다.

"강호에 저런 선법의 고수가 있다는 말을 들어본 적이 없습니다만… 왕 선생의 선법과 견주어도 부족할 것이 없는 선법이군요."

고검 역시 뚫어져라 부채의 움직임을 보며 중얼거렸다. 무불장의 고수 중 왕민은 부채를 사용하는 선법의 대가였으므로 고검과 미심도 왕민을 통해 선법에 대해 어느 정도 지식을 갖추고 있었다.

그래서 노인이 던져 낸 부채는 맥없이 나풀거리면 적을 향해 날아가는 것 같았지만 두 사람은 그 부채가 정확히 노인이 의도한 대로 움직이고 있다는 것을 알 수 있었던 것이다.

대체로 사람들은 검을 날려 그 검을 자신의 공력으로 제어해 자유자재로 적을 공격하는 수법을 두고 검술의 최고봉인 이기어검이라 부른다. 이 이기어검의 경지는 강호상에 극히 드물게 등장했기에 이기어검을 펼칠 수 있는 고수는 어느 시대건 천하제일인의 칭호에 근접하게 마련이었다. 그런데 지금 이 정체불명의 노인이 펼치고 있는 선법은 비록 전설의 이기어검은 아닐지라도 그와 동일한 원리에 의해 움직이고 있었다. 그러니 고검과 미심 두 사람이 노인의 무공을 보고 놀라는 것은 당연한 일이라고 할 수 있었다.

하지만 두 사람의 놀람은 노인의 공격을 받아내야 하는 두 늑대탈 사내의 놀람에 비할 바가 아니었다. 서서히 자신들을 향해 날아오는 부채를 보며 두 괴인의 동공이 극심하게 떨려 왔다.

"오늘 내 본전을 드러나게 했으니 네놈들도 제법 재주가 있는 놈들이라 할 수 있을 것이다."

노인의 입에서 이 한 수로 상대를 제압할 수 있다는 자신감이 내포된 말이 흘러나왔다.

"세 분은 어서 이곳을 피하시오!"

노인의 공격을 받아내야 하는 두 명의 늑대탈 괴인 중 한 명이 다급한 목소리로 소리쳤다. 자신들의 패배를 예상한 괴인의 외침에 뒤에 남아 있던 세 명의 동료들이 망설이지 않고 신형을 날렸다.

"역시 사람의 성정을 가지고 있지 않은 놈들이구나. 동료가 죽어가는데 도망갈 궁리나 하다니. 후후, 하지만 소용없는 짓이다. 이놈들을 제압하고 따라가도 난 충분히 그 목함에 든 물건을 확인할 수 있을 테니까."

"늙은이! 그렇게 쉽게는 되지 않을 것이다!"

노인의 빈정거림에 늑대탈을 쓴 두 명의 괴인이 노성을 터뜨리며 검을 빼 들어 자신들을 향해 날아오는 부채를 잘라갔다. 그러자 노인의 눈에서 한차례 살광이 번뜩였다.

그때 고검과 미심은 정체불명 노인과 두 늑대탈 괴인이 벌이는 싸움의 결과를 보지 않고, 신형을 날려 장내를 벗어나는 세 명의 늑대탈 괴인의 뒤를 쫓고 있었다. 싸움의 결과보다는 괴인들이 가지고 있는 목함에 든 물건의 정체가 더 궁금했기 때문이었다.

"큭!"

그리고 두 사람이 괴인들을 쫓아 십여 장을 전진했을 때 등 뒤로부터 한 명의 신음성이 들려왔다. 보지 않아도 늑대탈을 쓴 두 명의 괴인 중 한 명이 노인의 손에 죽어가는 소리였다. 하지만 두 사람은 그 이후 또 다른 자의 비명 소리는 듣지 못했다. 어느새 두 사람은 죽어가는 사람의 신음성을 들을 수 없을 만큼의 거리를 이동했기 때문이었다.

파팟!

고검이 달리는 속도를 높였다. 그러자 미심이 걱정스런 얼굴로 고검에게 물었다.

"저들을 막아설 생각인가요?"

그러자 고검이 고개를 끄덕였다.

"어쩌면 그들을 주시하고 있는 다른 사람들이 있을 수도 있어요. 그 노인처럼 말이에요."

미심이 경고하듯 말했다.

"그렇다고 저들을 그냥 가게 내버려 둘 수는 없지요. 그렇게 되면 우린 아무것도 얻는 것이 없을 테니 말입니다."

고검의 말에 미심이 고개를 끄덕였다. 그 순간 고검이 무섭게 진기를 뽑아 올렸다. 그러자 고검의 신형이 미심의 곁을 떠나 쏜살같이 허공으로 치솟았다. 그리곤 순식간에 아름드리나무 사이를 날아 넘어 어두운 숲 속을 질주하는 세 명의 늑대탈 괴인들 앞쪽으로 날아가는 것이었다.

"장주의 무공은 결코 그 정체불명의 노인에게 뒤지지 않지."

미심이 한가닥 미소를 지어내며 고검의 뒤를 따랐다.

"누구냐?"

동료들을 뒤에 남겨두고 노륙지의 습지를 향해 달리던 삼인의 늑대탈 사내들이 급하게 걸음을 멈췄다. 그들의 앞에 삼십대 중반으로 보이는 한 사내가 우뚝 서 있었기 때문이다. 길을 막은 사내는 당연히 어느새 늑대탈 괴인들을 추월한 고검이었다.

"그대들의 정체와 그 목함에 든 물건이 뭔지를 알고 싶은 사람이오."

고검이 대답했다.

"그게 가능할 것 같으냐?"

목함을 멘 늑대탈 사내들의 입에서 날카로운 노성이 터져나왔다.

"물론 이렇게 대화를 나눠서는 불가능한 일임을 알고 있소. 그리고 난 쓸데없는 일에 시간을 허비하는 사람도 아니오. 모든 것은 결국 검이 말해주지 않겠소?"

고검이 천천히, 그러나 천 근의 무게를 가지고 자신의 검을 뽑아냈다. 투명할 정도로 검은 마검이 요기롭게 검집에서 벗어나며 자신의 나신을 드러냈다. 그러자 세 명의 늑대탈 괴인들의 눈에서 차가운 살광이 쏟아져 나왔다.

"놈, 죽고 싶다니 소원을 들어주마!"

동시에 삼 인의 허리춤에서 날카로운 빛이 번뜩였다. 여전히 한 손으로는 목함을 어깨 위에 걸친 채 검을 뽑아낸 삼 인이 지체없이 고검을 향해 삼각형을 이루며 공격해 들어갔다. 그러나 그들의 합공은 제대로 이루어질 수 없었다. 삼각형의 진형을 이루고 있는 가장 왼쪽의 사내를 향해 어둠 속에서 불쑥 하얀 손이 나타나 매서운 수강을 뻗어냈기 때문이었다.

"웬 자냐?"

수강의 공격을 받은 자가 재빨리 신형을 틀어 불청객의 공격을 피해내며 소리쳤다.

"이자는 제가 맡을게요."

미심이었다. 그녀는 늑대탈의 물음에 대답하는 대신 고검을 향해 자신이 셋 중 하나를 맡겠다는 의사를 전했다.

"그래 주면 고맙지요."

고검의 입에서 담담한 대답이 흘러나왔다.

"계집!"

자신들의 공격을 방해한 자가 여인임을 확인한 늑대탈의 입에서 거친 욕설이 흘러나왔다. 동시에 고검을 공격하던 그의 검이 방향을 틀어 미심에게로 향했다.

그렇게 한 명의 동료가 이탈한 상태에서도 두 명의 늑대탈 괴인은 여전히 고검을 향해 달려들고 있었다. 순식간에 고검과 두 괴인의 거리가 좁혀졌다. 동시에 고검의 마검이 한차례 방향을 틀었다.

우웅!

마검이 무거운 진기를 품은 울음소리를 흘려냈다.

"놈!"

그리고 한순간 두 명의 늑대탈 괴인이 고검의 양쪽 옆구리를 가르며 들어왔다. 고검의 눈이 낮게 가라앉았다.

'전력을 다한다. 시간이 없으니 한 수에 끝을 본다.'

고검이 살짝 입술을 물었다. 그의 전신에 승천공의 공력이 용솟음쳤다. 적은 강하다. 하지만 그들은 고검을 모른다. 고검이 전력을 다했을 때 어떤 검이 그들을 찾아가리라는 것을 그들은 상상조차 하지 못하고 있었다. 고검의 마검이 허공에 검은 검기를 그려냈다.

삭!

본래 고검의 검은 중검으로 유명했다. 일격필살의 강력한 검기를 발출하는 것이 고검 검법의 특징이었다. 그런데 두 명의 늑대탈 괴인을 향해 뻗어낸 고검의 검끝에서는 평소와 다른 미세한 절단음이 일어났다. 그리고 그 소리의 끝에 제법 요란한 소음이 뒤따랐다.

"큭!"

"욱!"

두 명의 늑대탈 고수가 땅 위를 뒹굴었다. 고검이 펼친 단

한 번의 검식에 두 늑대탈 괴인의 숨이 끊어졌고 그들이 메고 있던 검은색 목함이 땅 위에 나동그라졌다.

쩔렁!

나뒹군 목함 중 하나의 자물쇠가 땅 위를 나뒹굴며 부숴지면서 목함 안에 들었던 내용물이 쏟아져 나왔다. 거무튀튀한 묵색 덩어리들은 목함에서 쏟아지며 쇠 부딪치는 소리를 만들어냈던 것이다.

일검에 적을 베어낸 고검이 천천히 검을 회수했다. 그리곤 나뒹굴고 있는 목함과 쇠붙이들 쪽으로 걸어가 천천히 목함을 뒤집었다.

"음, 벽산철가의 물건이었나?"

고검의 손에 뒤집혀진 목함의 겉 표면에 벽산(碧山)이라는 글씨가 음각으로 새겨져 있었다. 소문에 벽산철가에서 나는 철 중 최상품은 이렇게 목함에 넣어 운송한다는 말을 들은 것도 같았다. 어쩌면 이 목함과 그 안에 든 철은 지난번 벽산철가의 선단을 공격하여 탈취한 선박에 실려 있던 것일지도 몰랐다. 아니, 그때 얻은 물건들이 거의 확실했다.

"하지만 아무리 질 좋은 철이라 하더라도 철은 철일 뿐인데 이렇게 목숨을 버려가면서까지 빼돌려야 했을까?"

고검이 고개를 갸웃거렸다. 그리고는 천천히 쏟아진 철 덩어리들을 집어 올렸다.

"응?"

순간 고검의 고개가 갸웃했다. 상급의 철치고는 조금 가볍다는 느낌을 받은 것이다. 그리고 다음 순간 고검의 눈빛이 반짝였다. 그의 눈에 철 덩어리들이 목함에서 쏟아져 나오면서 만들어진 흠집들이 들어왔던 것이다. 그런데 그 흠집을 통해 드러난 철 덩어리의 안쪽 색깔이 고검의 관심을 끌었다. 고검이 철 덩어리를 좀 더 눈 가까이로 가져갔다. 그러자 철 덩어리에 난 상처로부터 노란 빛이 반짝이는 것이었다.

"이건!"

고검이 재빨리 마검을 뽑아 철 덩어리의 표면을 긁어냈다. 그러자 거무튀튀하던 철 덩어리의 표면이 벗겨지면서 그 안쪽에서 휘황찬란한 금빛이 눈부시게 그 모습을 드러내는 것이었다.

"철이 아니라 황금인가? 벽산철가의 선단에는 철이 아닌 황금이 실려 있었던 것인가? 황금이라면… 철선이 아니라 황금선(黃金船)이라면… 이번 일은 충분히 설명되어질 수 있다."

고검의 눈에서 한차례 기광이 번쩍였다.

"큭!"

그리고 그때 미심과 대결하던 마지막 괴인의 신음성이 나직하게 들려왔다.

'황금선(黃金船) 下' 편이 6권에서 이어집니다.

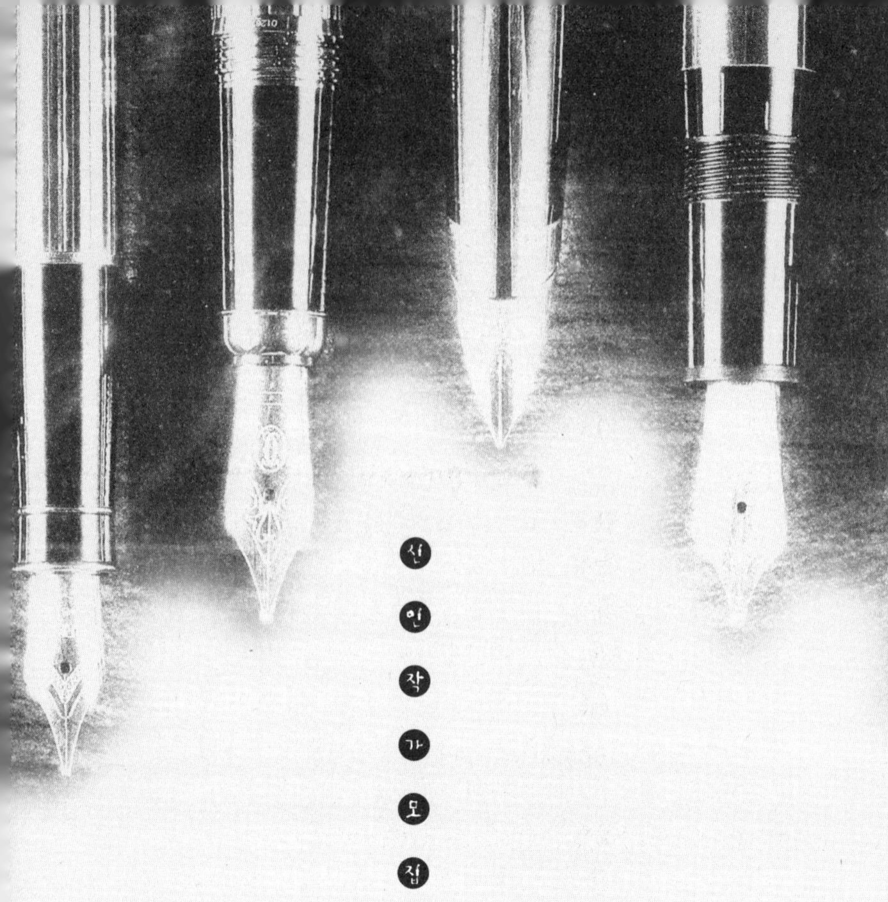

시작이 반이라고 했습니다.
작가의 길에 대한 보이지 않는 벽을 과감히 깨뜨리십시오!
청어람은 작가 지망생 여러분들의
멋진 방향타가 되어드리겠습니다.

저희 도서출판 청어람에서는
소설 신인 작가분들을 모집합니다.
판타지와 무협을 사랑하시는 분들의 많은 참여를 바랍니다.
소정의 원고(A4용지 150매)를 메일이나 우편으로 보내주시면
검토 후 출판 여부를 알려드리겠습니다.

주소:경기도 부천시 원미구 심곡1동 350-1 남성B/D 3F 우편번호420-011
TEL:032-656-4452 · **FAX**:032-656-4453
http://www.chungeoram.com
e-mail:chungeoram@chungeoram.com

BOOK Publishing CHUNGEORAM

fly me to the moon
플라이 미 투 더 문

새로운 느낌의 로맨스가 다가온다!

판타지의 대가 이수영 작가의 신작!
드디어 판매 카운트다운!

플라이 미 투 더 문 | 이수영 지음

판타지의 대가, 이수영. 그녀가 선보이는 첫 번째 사랑이야기.
사랑, 질투, 음모, 욕망……
상상한 것 이상의 절애(切愛), 그 잔혹한 사랑이 시작된다.

온전히, 그의 손에 떨어진 꽃. 잡았다.
짐승의 왕은 즐거웠다.

인간, 그리고 인간이 아닌 자.
절대로 이어질 수 없는 두 운명이 만났다!
사랑 혹은 숙명.
너일 수밖에 없는 愛.

1998년 〈귀환병 이야기〉
2000년 〈암흑 제국의 패리어드〉
2002년 〈쿠베린〉
2005년 〈사나운 새벽〉

그리고 2007년,
『FLY ME TO THE MOON』

유행이 아닌 자유추구 –
WWW. chungeoram.com
BOOK Publishing CHUNGEORAM

눈길발길 쏙쏙 끄는 **비법이 가득!**
왕성한 가게 만드는

잘나가는
가게 노하우
151 가지

고다 유조 지음
김진연 옮김
가격 9,800원

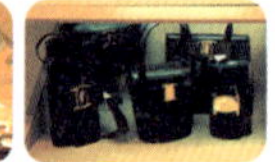

물건이 팔리지 않는 시대!
왕성한 가게 만드는 비법이 가득!

가게 안에 웅덩이를 만들어라
조명만 조금 바꿔도 매출이 팍 늘어난다
보기 쉽고, 집기 쉬운 가게 배치는 '경기장 형' 이 최고 등등
가게에 실제로 적용했을 때 매출이 오른 노하우만 알차게 수록
외관, 입구, 배치, 내장, 조명, 디스플레이에서 사원교육까지

도움이 되는 '발견' 이 가득가득.
당신 가게를 회생시키기 위한 소중한 책!

유행이 아닌 자유추구 –
www.chungeoram.com

초등학생이 반드시 읽어야 할 좋은 책 49권

각 학년별로 초등학생이 반드시 읽어야할 좋은 책을
선정하여 통합논술의 기본이 되는 '올바른 독서법'을
일깨워 줍니다.

교과서와 함께하는
초등학교 통합논술

초등1학년 | 값 12,000원 / 초등2학년 | 값 9,500원 / 초등3학년 | 값 11,000원 / 초등4학년 | 값 9,500원 / 초등5학년 | 값 9,500원 / 초등6학년 | 값 11,000원

♣ 혼자 할 수 있어요.

엄마가 책 읽는 방법을 가르쳐 주어도 좋아요.
독서지도하는 선생님이 가르쳐 주어도 좋답니다.
"초등 교과서와 함께하는 **통합논술 시리즈**"는
아이 스스로 독서할 수 있도록 꾸며진 책이에요.
엄마와 선생님은 요령만 가르쳐 주시면 된답니다.

♣ 교과서의 중요한 내용이 총정리되어 있어요.

각 학년별로 중요한 교과 내용이 함께 수록되어 있어요.
초등학생은 교과서 내용을 충실하게 공부해야 합니다.
아울러 그와 병행한 독서가 대단히 중요하지요.
"초등 교과서와 함께하는 **통합논술 시리즈**"는
두가지 방법 모두 알려준답니다.

♣ 이 책은 훌륭하신 선생님들이 함께 쓰신 책이랍니다.

동화작가 선생님들이 쓰셨어요. 소설가 선생님도 쓰셨답니다.
국어 논술독서지도 선생님들도 함께 쓰셨지요.
"초등 교과서와 함께하는 **통합논술 시리즈**"는
엄마의 마음으로 모든 선생님들이 함께 꾸민 책이랍니다.

입소문을 통해 아는 분은 다 알고 계십니다!
올 한해 공인중개사 최고의 화제작!

수험생 기본 필독서
만화 공인중개사

제목 : 만화공인중개사 쓰신 분에게 감사드립니다.

학원을 두 달 다녔어요. 근데 과연 그 숫자 외우기 그런 게 몇 문제나 나올까 생각을 했어요

아니라는 생각이 드네요. 학원강의를 뒤로하고 서점을 갔어요. 내 머리에 가장 이해될 수 있는

책이 없나 하구요. 거기서 만화를 발견했어요. 무조건 세 번 봤어요. 3개월 걸렸어요. 문제집을 보라고

했는데 그건 시행을 못했어요. 근데 합격을 했네요.

어떻게 감사의 말을 해야 될지……

도서관에서 만화책 들고 다니니까 사람들이 비웃더라구요. 만화책으로 공인중개사를 공부한다고

미친 사람처럼 보더라구요. 근데 그거 다 감수하고 했던 내가 자랑스럽습니다.

어떻게 감사의 말을 해야 할지… 정말 감사합니다.

부디 행복하세요. 제 나이 41살에 좋은 스승을 만난 것 같습니다.

엎드려 감사드립니다.

-본사 홈페이지에 독자분이 올린 메일 中 에서 발췌-